講談社文庫

本格王2020

本格ミステリ作家クラブ選・編

講談社

CONTENTS

本格王2020

序

「あなた、本格ミステリって知ってますか――？」

書店の売り場で、この文庫を手に取りながら『買おうかな、どうしようかな』と迷っている読書好きのあなたに。そんなことを聞いたなら、きっとあなたは少し憤慨しつつ、こう答えるはず。「ちょっと、馬鹿にしてもらっちゃ困りますね。本格が何かってことぐらい、もちろん承知ですよ。要するにアレでしょ――『館とか孤島とかで殺人事件が起こって密室やらアリバイやらの謎があって、そこに名探偵が現れ、天才的な推理で犯人のトリックを暴き、意外な真相を解き明かす』みたいな――それが本格ですよね。ええ、知ってますとも。そんなの常識ですよ、ジョーシキ！」

……うーん、なるほど、確かにあなたのおっしゃるとおり。本格ミステリに対する常識的なイメージは、実際そんなところなのかもしれません。かくいう私も、そういう本格が大好物。ですが、この際、敢えていわせていただきましょう。

――残念ながら、あなたのその常識、もう古いんですよッ！

そのことは、あなたの手にしているこのアンソロジーを一読すれば、歴然と判るはず。もちろん、従来型の本格ミステリの面白さはけっして滅びません。謎めいた犯罪の怪しい魅力は永遠に読者を惹《ひ》きつけるでしょうし、奇想天外なトリックは常に本格の華《はな》。名探偵の語る推理の美しさは、本格の醍醐味であり続けるでしょう。

ですがその一方で、いままでとは違ったミステリを貪欲に追求する多くの作家たちは、過去の本格のイメージにとらわれず、柔軟な発想と斬新なアイディア、独自の舞台設定と登場人物によって、現代における新たな本格を続々と創作中です。ひょっとすると、それらの物語は一見したところ、あなたのよく知る本格ミステリとは異なるもののように映るのかもしれません。ですが、これも本格。いや、むしろこれぞ本格。いずれの作品も根っこの部分には、謎と論理の精神が染み付いていることが、きっとお判りいただけるはず。――ええ、間違いありませんとも！

というわけで、そんな本格シーンの最前線を一望できる本書『本格王２０２０』が刊行の運びとなりました。傑作本格短編ばかりを七作品収録した傑作集。まさに、あなたの常識を覆す一冊。どうぞ迷うことなくレジへとお進みください！

二〇二〇年七月

本格ミステリ作家クラブ会長　**東川篤哉**

惨者面談

結城真一郎

Message From Author

今、このページを開いているほとんどの方が「誰だ、こいつ」と首を傾げ、「どこの馬の骨か知らないが、悪いことは言わないから、怪我する前に大人しく家へ帰りなさい」と眉を顰《ひそ》めていることでしょう。初めまして、結城真一郎と申します。何かのご縁ですので、この機会に名前だけでも。

本作は、デビュー作の改稿に追われながら、「ミステリって何ぞや」と悶《もだ》え、白目を剝《む》き、破れかぶれで書き上げた、人生初の短編です。数秒前は「名前だけでも」なんて強がってしまいましたが、お時間の許すようであれば、ぜひこの先も読んでみてください。

この度は栄えある『本格王2020』に選出いただき、ありがとうございました。

結城真一郎（ゆうき・しんいちろう）
1991年神奈川県生まれ。東京大学法学部卒業。2018年、失われた記憶を巡る青春群像小説『名もなき星の哀歌』で新潮ミステリー大賞を受賞し、翌19年デビュー。所収の「惨者面談」は著者が初めて書いた短編である。受賞後初長編となる特殊設定ミステリ『プロジェクト・インソムニア』を2020年刊行。計算されたロジックと、人間心理の精緻な描写が持ち味で、注目大の新星である。

車内アナウンスが「次は新宿」と告げている。何の気なしに中吊り広告を見上げると、週刊誌の派手な見出しが目に入った。『実行犯は小6児童・オレオレ詐欺の最前線』——近頃テレビを賑わせている事件の特集記事だ。「小6」という文字を目にした瞬間、僕の脳裏にある少年の姿が蘇る。怯《おび》えながら、それでも必死に何かを訴えかけるようにこちらを見やる二つの瞳《ひとみ》。彼もまた、小学六年生だった。あのとき、彼は何を考えていたのだろう。どんな思いでいたのだろう。僕には、まるで想像がつかない——。

*

始まりは二週間前のある夜だった。

「——今日は本当にありがとうございました。どうぞ引き続きよろしくお願いします」

玄関口で頭を下げる母親と、その脇ではにかむ小学六年生の少女。

「こちらこそ。お嬢さんのためにも、最高の先生を紹介させていただきます」

深々とお辞儀を返し、その場を後にする。角を曲がる直前、振り返るとまだ母娘は僕のことを見送っていた。力いっぱい手を振る。母親がもう一度会釈し、少女は大きく手を振り返してきた。すべてが首尾よく運んだ、何よりの証拠だ。

大通りに出ると、結果報告のために会社へ電話をかける。作り物の笑顔を引き剝《ひは》がして道端に投げ捨てたが、母娘からはもう見えやしない。

「——お電話ありがとうございます。『家庭教師のアットホーム』です」

すぐに呼び出し音が切れ、聞こえてきた余所《よそゆ》行きの声。社長の宮園《みやぞの》さんだ。大学卒業と同時に中学受験を専門とした家庭教師の仲介ビジネスを始め、今年で八年。会社を大きくすることに頓着が無いのか、彼以外に社員はいない。だから、外線を取るのはすべて宮園さんだった。

「お疲れ様です、片桐《かたぎり》です」

「——なんだ、ギリちゃんか。クレームの電話かと思って構えちまったよ。とりあえず、お疲れ。今日は長かったね、なかなか手強《てごわ》いお母さんだった？」

電話が僕からと分かると、宮園さんの口調はいつもの調子を取り戻した。軽薄で適当。それが社長の魅力であるのは間違いないが、そのせいで迷惑をこうむることも多い。

「ええ、割と大変でしたが、なんとか即決してもらいました。週二の一回百二十分です」

「サンキュー。やるねえ、さすがエース営業マンのギリちゃんだ」

『家庭教師のアットホーム』のビジネスモデルは単純だった。大手進学塾が主催する模擬試験の会場前で、たくさんのチラシをばら撒《ま》く。それを見て問い合わせをしてきたご家庭に営業担当スタッフがうかがい、お子さんが抱える課題や家庭教師の必要性を懇々《こんこん》と力説する。それを受けて親御さんが「わかりました。御社の家庭教師をお願いします」となれば、一丁上がり。社に登録している大学生リストの中から諸条件が合う者が選ばれ、家庭教師として送り込まれるというわけだ。

「――授業の希望日は月水金のうち二日、優しい女性の先生が希望だそうです」

「女の子が求める『優しさ』って、この世で一番難しいものの一つだよ」

「そうですね。だからすぐに探してください」

　鍵を握るのが営業担当スタッフの力量なのは言うまでもない。家庭が抱える問題点――それは勉強方法だったり、親子の関係性だったり、家によって様々だが、とにかくそれらについて意見を交わし、最終的には彼らが今後進むべき道を示してやらないといけないのだ。もちろん、いかなる場合もその道は「家庭教師をつけるべきです」という結論に通じているわけではあるが、それが論理的に導かれた納得感のある帰結でなければ、契約には至らない。中学受験は子供の人生を左右する一大イベントだし、簡単に首を縦に振ってもらえないのは当然だ。だからこそ、営業の現場でいかに親御さんや受験生本人である子供の信頼を勝ち得ることができるか、そこに全てはかかっていた。

そんな肝心かなめの営業担当スタッフが、全員バイトの大学生なのは驚きと言える。総勢四名。それも揃《そろ》いも揃って、いわゆる中学受験で名門といわれる学校の出身者だ。宮園さん曰《いわ》く「堅苦しいスーツ姿の大人はダメ」「でも、大学生なら親近感が湧《わ》くでしょ」「歳の近いお兄さんお姉さん的なね」「人件費も安上がりだし」とのことだった。

僕がここで働き始めたのは大学一年の秋。そもそもは派遣される側の家庭教師として面接を受けに来たのがきっかけだ。そこで僕の経歴を見た宮園さんは、すぐに話を持ちかけてきた。「都内の私立男子校御三家の一角である麻布高校卒、現役東大生」「素晴らしい経歴だ」「中学受験を考えてる親御さんには大ウケだろう」「片桐くん。きみこそが我が社の営業担当にふさわしい人材だ」と畳みかけられてその気になった僕は、二つ返事でオファーを受けた。

大学三年となった今でも、常々この仕事をやっていてよかったと思っている。成果報酬だから収入は安定しないものの、上手くいけば月に二十万ちかく稼げるのは学生のバイトとしては魅力的だったし、なにより、いろいろなご家庭に乗り込み、いわゆる「教育ママ・パパ」たちを相手にしのぎを削る毎日はスリリングだった。これまでにこなした案件は三百件を超える。バイトの中ではベテランの部類だ。この日も一度は「家庭教師なんか不要」と結論を出した母親を説き伏せ、なんとか契約まで漕《こ》ぎ付けたのだった。

「——ところで、ギリちゃんは来週木曜の夕方、暇？」

出し抜けに宮園さんが訊《き》いてきた。新しいアポが入ったのだろう。

「ええ、特に予定はないので大丈夫です」

「よかった。十七時から新百合《しんゆり》ヶ丘《おか》で新規のアポ。いつも通り頼むよ」

「男の子ですか？　女の子ですか？」

「小六の男の子。九月の全国模試の結果が散々だったんで、テコ入れの必要性を感じたんだと。電話口の雰囲気は落ち着いた理知的なお母さんだったから、いつもの調子でやれば問題ないはずだよ。それに志望校は御三家のどこかって話だから、ご家庭からしたらギリちゃんは憧《あこが》れの存在さ。やりやすそうでしょ」

聞く限りでは、特筆すべき点のない一般的な案件だった。成績不振からくる新たな突破口の模索。二月に受験当日を迎えることを考えると、十月の今から家庭教師をつけようというのは、どう見ても後手に回っている。だが、夏休み明け一発目の模試が振るわず、藁《わら》にも縋《すが》る思いで連絡をしてくるご家庭というのは案外少なくない。

「――ってことで住所と電話番号、その他の詳細はメール入れるから、適当に見といて」

電話はそこで終わり、すぐにスマホがメールを受信した。

『矢野悠くん　十二歳　木曜の十七時から面談希望　都内の私立小学校に通っている　中小高とエスカレーター式　中学からもっとレベルの高い外部の学校（御三家など）に通わせたい　塾は小学三年から　夏期講習でも結果が出ず不安になった　得意科目は国語　習い事はピアノと水泳　お父さんは海外に単身赴任中』

まとまりのない雑な書きぶり。電話口でご家庭から聴取した内容をその場でタイピングし、そのまま送りつけてきたのだろう。下の名前は「ユウ」だろうか、せめて読み方くらいは事前に教えてほしいものだ。そんなたわいのないことをぶつくさと胸の内で呟《つぶや》くだけの、よくある何の変哲もない案件としか、そのときは思っていなかった。

約束の日、午後四時半。三十分前に最寄りの駅に到着した僕は、当てもなく町をぶらついていた。どんな町並か、近くの公園ではどんな遊びができそうか、地元の小学校はどんな外観かなど、話のネタになりそうなものを探して回るためだ。都内の私立小学校に通っているそうなので、地元の小学校を見ておくことにあまり意味はなさそうだが、いずれにせよこのような「生の」情報があるとないとでは、相手との距離の詰めやすさが変わってくるし、そういう小ネタが思わぬ突破口を示してくれたことは一度や二度ではない。

新百合ヶ丘は、小田急線快速急行が停車する新百合ヶ丘駅を擁する神奈川県北部のベッドタウンだ。新宿や渋谷へも三十分程度とアクセスは申し分ない。駅周辺のショッピングモールで日用品の類いはすべて揃うだろうし、やや坂が多いことを除けば、住むのに不便はないだろう。静かで平凡。それが第一印象だった。町内掲示板には、市民センターで開催される行事のビラや、町内会からのお知らせ、地元高校の文化祭開催案内に混じって『空き巣被害が頻発中』という大きな注意喚起のポスターがあった。治安は良さそうだが、意外とそうでもないのだろうか。

矢野家があるのは、ごく普通の住宅街の一角だった。白を基調とした、庭無し二階建ての戸建て。大きくも小さくもない。駐車場にはトヨタのクラウン。絵に描いたような中流サラリーマン家族。表札には「矢野慎一・真理・悠」とある。一人っ子なのだろう。玄関脇に停められた子供用自転車のサドルは、砂埃を被っていた。受験勉強が忙しくて、外で遊ぶ時間がなくなったからだろうか。やや気になったのは、家の前の道に生ゴミが散乱していたことだ。見ると、すぐ側のゴミ捨て場に側面に穴が開いた透明なゴミ袋が一つ置いてあった。カラスのいたずらだろう。ちゃんとネットをしないからこうなる。

それにしても、と僕は思う。やけに静かだ。あまりにも人の気配がしない。まもなく来訪者があるのだから、何かしら準備などの物音がしそうなものだが。

ゆっくりと家の周囲を巡る。おそらくリビングに面すると思われる大きな窓は、カーテンで覆われていた。不気味なほど、しんと静まり返る矢野家。裏手に回ると、勝手口と思《おぼ》しき扉が少しだけ開いていた。いくぶん不用心だ。

そのとき、突如として家の中から悲鳴ともつかぬ金切り声が響いた。何を叫んだのかはよく聴き取れなかったが、間違いなく女性が発したものだった。

——お母さんかな。

中学受験には親子、なかでも母と子の戦争がつきものだ。いつになったら勉強を始めるのよ、なにこの成績は、どうしてこんなこともわからないの、終わるまで遊びに行っちゃだめよ、ゲームも禁止だから——どこの家庭でも見られる光景。「風物詩」と言っていいかも知れない。それはきっと、矢野家も同じはずだ。

玄関前に戻った僕は、深呼吸とともにドアホンを鳴らす。少し早いが、別に問題はないだろう。周囲をずっとうろうろするのは偵察しているようで気が引けるし、母親がヒステリーを起こしているのだとしたら、悠くんが気の毒だ。

しばしの沈黙——一分ほど経過した後、もう一度ボタンを押す。けれども、いっこうに誰も出てくる気配はなかった。念のため宮園さんのメールを確認するが、面談は十七時からで間違いない。それに、家の中から確かに声がしたのだ。誰もいないはずはない。すいませーん、と呼びかけてみたが、まったくの無反応。まるで家全体が息を潜めてこちらの様子を窺《うかが》っているようだった。

埒《らち》が明かないので、矢野家の固定電話にかけてみることにした。ドアホンが故障しているのかもしれないし、カメラ越しに見える僕を『家庭教師のアットホーム』の営業担当と思わずに居留守を使っているのかもしれない。スマホを取り出し、まさに発信ボタンをタップしようとしたときだった。

「——はい、どちらさまでしょうか？」

ドアホンから突如として、上ずった女性の声がした。一瞬呆気《あっけ》にとられてしまったが、すぐにスマホをしまうと答える。

「『家庭教師のアットホーム』の片桐と申します。本日、十七時からお約束を——」

「ああ、そうでしたっけ。大変失礼しました。あの、変なこと訊いてごめんなさい。ちなみになんですが、片桐先生がうちにお越しになるのは、今日が初めてでしたっけ？」

当たり前だ。自分から問い合わせの電話をしてきたくせに、何を言っているんだこの人は。そう思ったが、顔にも声にも出さないように気をつけた。

「はい、今日が初めてでございます。まずは、そもそも家庭教師をつける必要があるかということも含め、いろいろと一緒に考えていければと思っております」

「え、ええ、そうですね。ぜひとも、お願いします。そのためにご連絡したんでした。最近、他にもいくつか家庭教師業者をお呼びしていたので、ちょっと混乱してしまい……だから、ごめんなさい。家の中を片付けないといけないので、十分ほどそこでお待ちいただいても宜《よろ》しいですか？」

「は、はあ。別に構いませんが――」

宮園さんは言っていた。電話口の雰囲気は落ち着いた理知的なお母さんだった、と。つくづくあの人の見立ては当てにならない。どの業者をいつ呼んだか自分でもわからなくなるのは少し抜け過ぎと言えようが、同時に重要な事実も分かった。この案件には競合他社がいる。となると、普段以上に気合を入れなければならない。比較検討に持ち込まれることなく、今日この場で即決してもらえるかどうか――それが、今回のキモだからだ。

待たされること二十分超。ようやく、玄関扉が開いた。

「すいません、大変お待たせしました」

現れたのはジーパンにニットのセーター、エプロンという装いの女性だった。歳は四十前後か。中肉中背で色白、神経質に瞬かれる大きな瞳。茶色の髪を後ろで束ねている。洗い物を終えてそのまま出てきたのか、手にはゴム手袋をしていた。彼女の後ろからは、浅黒く日焼けした半袖半ズボンの少年がこちらを覗《のぞ》いている。野球少年を髣髴《ほうふつ》させる短く刈《か》り揃えられた髪は、いくぶん湿って見えた。風呂あがりだろうか。あまり見た目は受験生っぽくない。

「——お邪魔します」

リビングに通された僕は、すぐに視線を走らせた。成約のためには、あらゆる情報に価値がある。本人たちの口から語られない、様々な「事情」を部屋は教えてくれるのだ。

まず、第一印象——散らかってはいないが、総じて物が多く雑然としている。目を引くのは大きなプラズマテレビ、四十型くらいか。近くで見ていたら目が悪くなりそうだ。隣には無造作に置かれたゴルフバッグ、たぶん父親の趣味だろう。その向こうに、アップライトのピアノが一台。鍵盤蓋は閉じられ、上に物が置かれている。しばらく弾いていないようだ。いずれにせよ、装いから察するに裕福なのは間違いない。小学校から子供を私立に通わせるだけのことはある。視線を転じると、テーブルには書類の山。中学受験関係の資料だろう。きちんとファイリングしないからこうなる。不思議なのは、部屋のどこにも家族写真が見当たらないことだった。もしかすると、夫婦仲はあまり芳しくないのかも知れない。不用意な発言は慎んだ方がよさそうだ。

「――足元に気を付けてください。スリッパを履いているので大丈夫とは思いますが、さっきこの子が花瓶を割っちゃったんです。その掃除もしてたんで、時間がかかってしまって……もう破片は落ちていないはずですが」

だから待たされたのか、と納得がいった。ゴム手袋も掃除のためのものだろう。もしかしたら、先ほどの金切り声は花瓶を壊した時のものだったのかもしれない。フローリングの床をざっと眺めてみると、たしかに少し水気が残っているようだったが、目に見えるサイズの破片は落ちていなかった。

向かい合って席につく。口火を切ったのは僕だ。

「それでは、ぼちぼち始めましょうか。本日、担当させていただきます『家庭教師のアットホーム』の片桐と申します。こんな仕事をしていますが、実はまだ学生です。東京大学の三年で――」

いつもと同じ自己紹介。それに頷《うなず》きを返す母親と息子。普段通り、平常運転。そのはずなのに一抹の違和感を拭えなかった。

「――この仕事を始めて、今年で三年目です。これまでにたくさんのご家庭にお邪魔し、相談に乗ってきました。なので遠慮せず、気になることは何でも聞いてくださいね」

──本当に、僕の言葉は彼らに届いているのだろうか。

特に母親。表向きには、話を聞いて感心しているように見える。が、明らかに彼女は上の空だ。僕の言葉は彼女の胸に響いていない。どうしてだ、まったくわからない。こんな感覚は初めてだった。

「──実は十年前、僕も同じように受験生でした。さんざん親とは怒鳴り合い、摑《つか》み合いの喧嘩《けんか》をしましたし、勉強が嫌でたまらない時期もありました。でも、そういう苦難を乗り越えて、最終的には麻布中学に合格することができたんです。酸いも甘いも経験しているので、中学受験の一先輩としても、何か今日はお役に立てるかと思います」

「そうなんですか」

僕の母校──都内の私立男子校御三家の一つである麻布中学。彼らの志望校も御三家と聞いていたが、これほど反応が薄いものだろうか。麻布には興味がなく、他の二校──開成や武蔵に行きたいのだろうか。いや、そうだとしても、やっぱり何かがおかしい。いつもならここで「麻布ですか、まあ、すごいですね！」という一言が飛んでくるはずだった。

そんな疑念をぐっと飲み込みながら、自分の生い立ちや会社の概略、今日の往訪目的についてひとしきりの説明を終えた僕は、いよいよ本格的にヒアリングを開始する。

「——僕や会社についてはこんなところですので、ここからはいろいろと訊いていきますね。まずは、名前——『ユウ』くんで合ってるかな？」

唇を引き結び、身を固くしながら話を聞いていた少年がビクッと母親に助けを求める。それに対し、母親は目を剝《む》いた。

「何よ、ママに言わせないで、自分で答えなさいよ」

詰問するような厳しい口調。矢野家の親子の関係性が垣間見えた気がした。教育熱心な母親と、その表情を常に窺い縮こまる息子。もっとも多い構図だ。「ほら、早く！」

少年は逃げるように、「そうです」と小さく頷いた。

「片桐先生、ごめんなさいね。この子、人見知りなんです——」

「まあ、急に知らないお兄さんが現れたら、そりゃ緊張するよな」

そう言って笑いかけてみたが、悠は怯えたように肩をすくめるだけだった。

——ずいぶん、警戒されてるな。

気を取り直して次の質問をしようとした瞬間、母親が思い出したように声をあげた。

「——忘れてた。飲み物を持ってきますね。片桐先生はお茶でよろしいですか？」

「はい」と返した僕の目は、キッチンへ向かう彼女の手元に釘付けになった。ゴム手袋をつけっぱなしだったからだ。外し忘れたとは考えにくい。だとしたら、意図的につけているのだろうか。余計な質問をして不愉快にさせてはならないが、やや気になる。

すぐに母親は戻ってきた。トレイにコップが三つ、ゴム手袋は依然つけたまま。

「あ、ごめんなさい。これ、変ですよね――」

僕の視線が一瞬だけ手元に注がれたことに、彼女が気付いた。「実は先日、晩御飯の支度をしているときに両手を火傷しちゃって……傷をお見せするのもあれですから――」

――なんだ、そういうことか。悪いことをしたな。

変に気を遣わせてしまったことを心の中で詫《わ》びながら、僕は質問を継ぐ。

「――まずは、勉強以外のことを教えてもらおうかな。電話で聞いた限りだと、習い事は水泳とピアノをやってるって話だったけど、これはいつからやってるんだろう？」

再び悠に水を向けるが、相変わらず頑なに黙ったままだ。「今も続けてるの？」

それでも彼は口を開かない。業を煮やした母親がまた怒鳴る。

「そろそろ、本気で怒るわよ。ちゃんと答えないと片桐先生に失礼でしょ！　ほら自分の口で言いなさい！」

「まあまあ、お母さん、そんなこと言わず――」

「六年生にもなってこんなんじゃ、先が思いやられます。片桐先生も仕事柄ご存じだとは思いますが、いまの子たちって大人も驚くほどしっかりしているでしょ？」

「ええ、まあ、それはそうですね――」

――子供だと思って、彼らを侮らないほうが良い。

働き始めてすぐの頃、宮園さんが言っていた。

――俺たちが思っている以上に、小学六年生は大人だぜ。

いつだったかお邪魔したある家の女の子は、ヒアリングの間ずっと机の下で足を絡めてきた。「ここまでで何か質問はある？」と訊くと「先生は彼女いるの？」「家庭教師をつけたら、片桐先生が教えてくれるの？」と物憂げな視線を寄越されたりもした。最近の女の子はませてやがる、なんて思いながら、少しだけ頰《ほお》が紅潮する自分がいたのも事実だ。ただ、そんなのはまだ可愛《かわい》いほうかもしれない。近頃のテレビでは、小学生が詐欺をはたらいた件が報じられたりするほどだ。恋人がいるのは当たり前。下手すると立派な犯罪にも手を染めかねない。子供の仮面をかぶったオトナ。それと比べたら、人見知りを発揮して口を閉ざす悠の様子は、むしろ「ちゃんと」子供らしいとも言えた。

「――そうだ、悠くん。もしよかったら、何か軽く弾いてみせてよ」

何とか距離を縮めるべく、最後に一つだけ提案してみる。「僕も昔、ピアノを習ってたんだ。だから、悠くんの演奏も聴いてみたいなあって思ってさ」

「あら、それはいいじゃない。ちょうど、練習してる曲があったでしょ？」

そんな母親の後押しもむなしく、悠はカッと目を見開くと全力で首を横に振った。その瞳には、ただならぬ決意が浮かんでいるように見える。

「どうして？」と再び母親が迫るが、悠に折れる気配はない。それどころか「絶対に、嫌だ」と、この日初めての明確な意思表示までしてみせる始末。

「あんた、いい加減に――」

「ご、ごめんなさい、急に変なお願いしちゃって。それでは、今度はお母さんにお尋ねしますね。そもそも中学受験を考えたのはどうしてですか？」

慌てて、話の矛先《ほこさき》を変える。このまま悠に質問を続けても話は前に進まないし、母親の怒りのボルテージが上がっていくばかりなのは目に見えているからだ。

「それは……やっぱり、いい環境で六年間勉強に励んでもらいたいので」

「でも、エスカレーターでそのまま中高にも進めるのに、あえて外に出ることを決心されたのは、どうしてなんですか？　別にそのままでも、悪い環境ではないかと」

「エスカレーター？　ええ、まあ、そうですが、もっといい環境があるなら、そっちのほうがいいと思ったので」

「悠くんもそれは納得しているんですか？」

そう言って顔を向けると、悠と真正面から目が合った。彼の眼差しは何かを訴えかけるかのように真剣で、思わず僕のほうが先に視線を逸らしてしまった。

「――それとも、ご両親のご意向なんでしょうか？」

「もともとは私たちの考えですが、悠も納得しています。そうよね？」

母親の視線を追って、僕はもう一度悠を見る。彼はいまだにこちらを凝視していた。どうしたのだろう。何かを僕に伝えたいのだろうか。本当は受験なんてしたくないんだ。そう言わされてるだけなんだ。ねえ先生、気付いてよ――。

「海外赴任中のご主人様は、今回ご連絡いただいた件はご存じなんですか？」

夫婦仲があまりよくない可能性はあるものの、ここは聞いておかねばならないし、これくらいなら尋ねても地雷を踏むことはないだろう。

質問に対し、母親は怪訝《けげん》そうに眉を寄せた。

「海外赴任？」

「あれ、違いましたっけ？」

「いえ、電話でどこまで喋ったかあまり覚えてなくて――」

「そう聞いてますが」

「そうでしたか」と母親は安堵したように笑ったが、なぜか隣の悠は顔を強張らせた。

「塾通いを始めたのは小学三年からとのことですが、どちらの塾ですか？」

すると、母親は顔をしかめて小首を傾《かし》げてみせた。

「――むしろ、それは電話で言いませんでしたっけ？」

「あれ……失礼しました。電話に出たスタッフからは、具体的な塾名を聞いていなかったもので――」

記憶を辿る。見逃したり、読んだのを忘れたりするはずはない。間違いなく、塾名は書いてなかったはずだ。まったく、そういうところはちゃんとしてくれ、宮園さんよ。

「――申し訳ございません、もう一度お伺いしてもよろしいでしょうか？」

「どうしてですか？　言いましたよね」

「はい？」

「そういう情報がきちんと共有されていないなんて、組織として信用できません」

「おっしゃる通りです――」

「帰ってください」

あまりの急展開に、さすがに動揺を隠せなかった。

「ちょ、ちょっと待ってください、それはさすがに――」

「帰ってください。おたくの家庭教師をつける気はありません」

たしかに彼女の言うことはわかる。電話で伝えたことがきちんと担当間で共有されないような会社は信用ならない。しごくごもっともな言い分ではある。どんなに些細《ささい》なことであっても、競合他社との比較に際しては命取りになるのだ。その危うさは、これまで数多くの案件をこなすなかで、嫌というほど身に染みている。ただ、さすがにあんまりではないだろうか。二十分以上も待たされた挙句、この仕打ち。

反論の言葉を探す僕の耳に届いたのは、あまりにも予想外な悠の言葉だった。

「――帰らないで」

あまりにもか細すぎて、何と言ったのか一度では聴き取れなかったが、間違いなくそれは彼が発したものだった。

「え、なんだって?」

「帰らないで、片桐先生。家庭教師のこと、もっと教えて……」

悠は懇願するように僕を見ていた。なぜだ。何を訊いても、ほとんどしゃべらなかった癖に、どうして今になって助け舟を? いったいぜんたい、何がどうなっているんだ。

結局、すんでのところで追い返されずに済んだ。一瞬、頭に血が上ったように見えた母親も悠の一言で思い直したのか、それ以上「帰れ」とは言ってこなかった。やや気まずいムードではあるが、立ち止まっている時間はない。ヒアリングを再開する。

「――それでは、ここからは少し耳が痛くなるかもしれませんがお許しください。これまでの模試の結果がわかる資料が、何かあったりしませんか？」

母親と悠は顔を見合わせた。「できれば、過去からの成績の推移がわかるものだと嬉しいのですが……」

「どこにしまったかしらね――」

母親は顎《あご》に手をやりながら、天井を見上げる。「ちょっと、探してきますね。悠も一緒に来なさい」

連れ立ってリビングを出て行く二人。すぐにバタンバタンとドアを開け閉めする音が聞こえてきた。家中を大捜索するつもりなのだろうが、ここでも一抹の違和感を覚えた。成績表なんて受験生にとって最も重要な書類の一つだからだ。どこにしまったか咄嗟《とっさ》にわからないなんてことがあるだろうか。部屋という部屋を引っくり返さないと見つけられないとは考えにくい。それじゃあ、テーブルのうずたかい書類の山には、何が埋まっているっていうんだ？

その山に視線を移す。下の方で、塾のテキストと思しき本の背表紙がこちらを向いていた。見ると発行は『日能研』とあった。おそらく悠が通っているのだろう。直接彼らの口から聞いてはいないが、まず間違いない。そのすぐ上のあたりからは、成績表らしき紙が端をのぞかせていた。ここにあるじゃん、と思いながら摘まんで少しずつ引っぱる。崩すと大変なので、ゆっくり慎重に。徐々に『小学五年　八月　公開模試』の文字が見えてくる。なんだ、去年のか。すぐに指を離す。

ちょうどそのとき、家宅捜索を終えた二人が部屋に戻ってきた。

「――片桐先生、ごめんなさい。ちょっとどこにしまったかわからなくて、見つかりませんでした。ダメですね、整理が悪くて」

「そうですか――」

やっぱりおかしい。もとはと言えば、九月の模試の結果が悪かったから連絡をしてきたはずだ。それなのに、その九月の成績表すら見つからないなんてありえない。むしろ真っ先に「これなんですよ、見てください！」と差し出されてもいいくらいだ。

その後も要領を得ないやりとりが続いた。塾通いをしているのは何曜日か、塾の無い日はどうやって自宅学習を進めているのか、土日祝日の使い方は。何を訊いても、明確な答えは一つとして返ってこない。悠は相変わらず口をつぐんでいるし、母親は母親で「どうだったかしら」「そこは主人に任せている」「ママばっかりに答えさせないで」「あなたも自分で答えなさい」を繰り返すばかり。

彼らの素性が、まったくと言っていいほど見えてこない。わかっているのは母親が直情径行であるということと、それに悠が怯えているということ、ただそれだけ。とてもじゃないが、家庭教師の必要性を説けるような段階ではない。それ以前の話だ。

「――すいません、お手洗いをお借りしてもいいですか？」

この八方塞がり、さすがに我慢ならない。いったん空気を変える必要がある。そう思って僕が席を立とうとした瞬間だった。

「あ、待って！　ダメ！」

母親が大声とともに立ち上がり、衝撃でテーブルの資料の山が崩れた。「ダメです、待ってください！」

呆気にとられた僕は、浮かせかけた腰をおろした。

「――どうしたんですか？」

トイレを貸してくれという申し出自体は、別に失礼なものでもないだろう。それなのにこの拒絶反応。おまけにどこか様子もおかしい。母親の両目は血走り、鼻息が荒くなっている。それほど他人に我が家のトイレを貸したくないのだろうか。

我に返った様子の母親が、申し訳なさそうに俯《うつむ》きながら着席した。

「ご、ごめんなさい。急に大声を出してしまって」

「いえ、別に大丈夫ですが――」

「詰まって壊れているのを忘れていたんです。それをお伝えしそびれて片桐先生が使ってしまったら、まずいことになると思って、つい……」

「そうですか」

「どうしても、ということであれば、近くに公園があります」

「そこまでしたいわけではないので、大丈夫です」

尿意は我慢できる。耐えられないのはむしろ、この家に溢《あふ》れる違和感のほうだ。

床に散らばった書類をテーブルの上に戻すと、ここからは体験授業に入ることにする。成績表だけでは見えてこない生徒の実力を測るとともに、授業の雰囲気を摑んでもらうのが目的だ。ここで生徒本人に「なんだ、案外楽しいじゃん」と思ってもらえると、成約はぐっと近づく。やる気になった我が子を応援しない親など、どこにもいないからだ。

「――というわけで、やっていこうか。いつも悠くんはどこで勉強しているの？」

「いつもは、自分の部屋で――」

そう言って二階を指さす悠を、母親が遮る。

「いえ、片桐先生。ここでやってください。私も授業の様子を見たいので」

「おっしゃる意味はわかりますが、そうすると実際の雰囲気とは違ってしまって

「ここでやってください」

「——」

有無を言わさぬ迫力があったが、ここは簡単に折れられない。

「悠くんも、お母さんに見られてるとやりづらいよな？」

何度も悠は首を縦に振ったが、母親は譲らなかった。

「契約するか決めるのは親です。今日は、私の見てる前でやってもらいます」

毅然《きぜん》とした態度。鉄の意志。母親が「監視」しているなかでの授業はやりづらいったらないが、ここまで頑なだと逆らうことはできない。また「帰れ」と言われたら、今度こそ本当に帰らざるをえないだろう。

「——わかりました。それじゃあ、今日はここでやろうか」

母親から一瞬でも離れられると期待していたからか、悠はその言葉にがっくりと肩を落としながら、シャープペンシルを手にした。

僕は椅子に座り直すと、気さくな調子で彼に微笑みかける。

「ところでさ、悠くんは外で遊んだりするの？」

授業を始める前のアイスブレイク。勉強以外の話で、まずは子供の緊張をほぐしてやることが肝要だ。「家に来る途中に公園があったけど」

「——うん」

「どんなことするの？」

「サッカーとか、野球とか。学校の友達と——」

「そうなんだ、中学に入ったら何部に入りたいとか考えてる？」

たわいない雑談をしながら、鞄から一枚のプリントを取り出す。難易度別に三問、算数の文章題が並んでいる。

「——よし。それじゃあ、まずこの問一をやってみて。ヒントはなしだよ」

オーソドックスなつるかめ算。百円玉と五十円玉の二種類がある。わかっているのは総額と硬貨の合計枚数。このとき硬貨はそれぞれ何枚か。小学六年の十月で解けないとしたら赤信号だ。すらすらと走るシャーペンと、それを隣からじっと見つめる母親、そんな親子を前に口を閉ざす僕。妙な緊張感が部屋に満ちる。

やがてペンが止まった。僕は悠の手元を覗き込む。計算式は途中で終わっていた。

「——あれ、もう答えは出たようなもんじゃない」

すべての硬貨が百円玉だとすると、合計金額が二百五十円多くなってしまう。それを百円と五十円の差で割ってやればおしまいだ。「ん、どこで悩んでる？」

しかし、悠の握るシャーペンは凍ったように動かない。

「何がわからないのよ」

急かす母親。「もう、イライラするわね。ほら、この二百五十を——」

「ダメです、お母さん」

思わず大きな声を出していた。悠の手からシャーペンをもぎ取ろうとしていた母親が、呆気にとられたように目を丸くしていた。

「あなた、私に口出しを――」

「悠くんにとって、家庭教師は初めての経験なんです。しかもお母さんがこんな近くで見ていて、緊張もあると思います。いつもならできたことが、できなくなることもあるかもしれない。だから、変にプレッシャーをかけたり、叱《しか》ったりしないでください」

怒りからか母親は頰を震わせていたが、それ以上は言い返してこなかった。

僕は悠の手元をもう一度見やる。どさくさにまぎれて、彼は既に答えを出していた。

「――え、なんで。どういうこと……？」

そこには大きく「110円」と書かれていた。そもそも求めるのは硬貨の枚数だし、問題文に登場するのは百円玉と五十円玉の二種類なのだから、十の位に「1」が登場するはずがない。いずれにしても、まったく意味不明だ。さすがにどうしたものかわからず、一から説明し直すほかなかった。

「――ってなるよね。この二百五十を、百円と五十円の差の五十で割ると？」

「五十円玉が五枚？」

「そのとおり、できるじゃん」

できるじゃんもなにも、仮にも御三家を狙おうというのだから、この程度の問題が解けないなど論外だ。ただ、なんにせよ「１１０円」という答えはおかしすぎる。どういう思考を経て辿り着いたのか、まるで想像がつかない。

「それじゃあ、問二に移ろうか――」

腑《ふ》に落ちないまま、次の問題へ進む。やや難易度が増した仕事算だ。太郎君が一人ですると三十六日、次郎君と花子さんが二人で一緒にすると十二日かかる仕事がある。その後いくつかの条件が示され、求めるべきは「この仕事を花子さんが一人でするとと何日かかるか」だ。解き方は何通りかあるが、仕事全体を「１」と仮定するのがオーソドックスだろう。そうすると、太郎君は一日で三十六分の一の仕事をこなし――。

「――できた」

悠がシャーペンを置く。答えを覗き込んだ僕は、再び目を疑った。

そこには大きく「１１０日」と書かれていた。よくみると、計算の途中式も何も書かれていない。ただ唐突に紙の上に現れた数字。

「何よこれ、滅茶苦茶じゃない！」

母親が爆発して、机を拳で叩く。「ちゃんとやりなさい！」

けれども、悠はそれには動じることなく、じっと僕を見つめていた。先程と同じく、何かを訴えかけるように。わかってよ、僕の真意を。そう言いたげに——。

ヒステリーを起こして喚《わめ》き散らす母親をよそに、僕は頭を捻る。どういうことだ。彼はこれで何を僕に伝えたいのだろう。まったくわからない。見当もつかない。とても意味があるようには思えない。何の脈絡もないただの数字。考えるだけ無駄な気もする。

「これは、どこから説明しようかな——」

諦めて問題の解説に移ろうとした僕は、何の気なしに書類の山へと目を向けた。トイレにまつわるやりとりの中で崩れ落ちたのを積み直したものだ。書類の順番が入れ替わったせいで、一番上が『小学五年　八月　公開模試』になっていた。露わになったリアルな成績。一年前のものとはいえ参考にはなる。得意科目だという国語の偏差値は六十三。悪くない。一方で算数は偏差値四十九。ただ、答えを全て「１１０」と書いていたら、もっと恐ろしく悪い数字が出ているだろう——。

そのとき、僕の視線がある一点に留まる。そこに記されていた「文字」の意味が、すぐには分からなかった。混乱が押し寄せ、鼓動が速くなる。

——え、どういうことだ？

次の瞬間、何かが閃《ひらめ》き、同時に背筋を悪寒が駆け抜けていった。

それを引き金に、次々にここまでの「違和感」がフラッシュバックする。噛み合わない会話、予想とは違う反応の数々、喋らない息子に業を煮やす母親、何かを訴えかける悠の目、入ってはいけないトイレ、床に落ちて割れた花瓶、外さないゴム手袋、そして執拗に悠が導き出す「110」という答え――。

――ま、まさか……。

――まさか、そんなわけ……。

わざと肘をぶつけて、僕はテーブルのコップを倒した。

「あ、ごめんなさい――」

あらまあ、と慌てふためく母親。テーブルの上にお茶の海が広がっていく。それを横目に、僕は履いていたスリッパの裏面を確認する。

――こ、これは……。

額には脂汗が滲《にじ》み、手が震えはじめる。白い裏地には、うっすらと血痕らしきものが付着していた。テーブルの下でスマホを取り出し、メッセージアプリを起動する。

母親はキッチンに布巾を取りに行っている。やるなら、今しかない。フリック入力で素早く文面を打ち込むと、僕は宮園さんへ決死の救難信号を送り出した。

『助けて！　母親は偽者！　矢野家に警察を！』

「――片桐さんのおかげです。この度は本当にありがとうございました」

待ち合わせに指定された新宿のカフェ。僕が腰をおろすと、向かいの男が開口一番に謝意を示し頭を下げた。矢野慎一、四十二歳。大手家電メーカー勤務で、新百合ヶ丘で起きた主婦殺害事件の被害者・矢野真理の夫。この日、彼から事件の全容を教えてもらうことになっていた。

「いえいえ、僕は何も……」

「たしかに、いずれ事件は発覚していたでしょう。でも、片桐さんのおかげで早期に桂田を逮捕することができたのは間違いありません」

矢野慎一が口にした「桂田《かつらだ》」こと桂田恵子《けいこ》が、矢野真理を殺害した張本人であり、僕がずっと悠の母親だと思っていた人物だ。

決め手となったのは『小学五年　八月　公開模試』の成績表だった。そこに記されていた名前の振り仮名「ヤノ　ハルカ」――そのとき、僕は気付いたのだ。いま、目の前にいるこの女は実の母親ではない。母親のフリをした別人だ、と。何故なら、母親なのだとしたら、我が子の名前を間違って呼ばせたままにするはずがないからだ。

――『ユウ』くんで合ってるかな？

この質問に頷いてみせた悠。彼の咄嗟の機転のおかげだ。あそこで「ハルカです」と訂正されていたら、最後まで僕は気付かなかったかもしれない。

思い返せば、彼の不可解な行動にはすべて説明を付けることができた。質問に対して頑なに口を閉ざしていたのは、桂田に喋らせることで彼女の口からぼろが出るのを狙ってのことだろう。しきりに導き出した「110」という数字は、警察へ連絡してくれというメッセージだ。

「――半年前、桂田夫婦が隣に越してきました。それからです、妻がたびたび桂田とトラブルを起こすようになったのは――」

慎一は訥々《とつとつ》と経緯を説明してくれた。「あの日、二人はゴミ出しを巡って口論になったそうです。それが、悲劇の始まりでした……」

桂田が出そうとしていた生ゴミ。それに難癖をつけた慎一の妻・真理。こんな時間にゴミ出しはルール違反よ。それに最近、分別されていないものが多いの。桂田さんが犯人でしょ。袋の中を見せなさい。ペットボトルとかも一緒に捨ててるはずよ――

揉み合いになる二人。その最中に袋が破れ中身が飛び散った。家の前に生ゴミが散乱していたのはそのためだ。

「帰ろうとした妻に、桂田は詰め寄った。いい加減にしてくれ、もう我慢ならないってね。無視して扉を開けた妻でしたが、そこを狙って桂田は家に押し入った。どんなやりとりがあったのか、正確にはわかりません。でも、そこで妻は桂田に心無い言葉――子供がいない彼女を嘲《あざけ》るような、そんな一言を投げつけたんだそうです。そして――」

慎一はそこで唇を噛んだ。溢れる哀しみとやり場のない怒りをじっと押し殺すかのようだった。僕は黙って耳を傾けるしかない。

「激昂《げきこう》した桂田は、リビングに飾ってあった花瓶で妻の頭を殴りつけた。そして、落ちて割れた花瓶の破片をそのまま妻の胸に突き立てたんです」

そんな目を覆いたくなる現場に、運悪く帰宅してしまった悠。そのとき、既に母親は絶命していた。悠と出くわし、悲鳴を上げる桂田。僕が聞いた女の金切り声はこのときのものだ。けれど、本当に叫びたかったのは悠の方だろう。母親の変わり果てた姿を目にした彼の心中など、とうてい推し量ることはできなかった。

「――そこにやって来たのが、片桐さんでした。最初、桂田は居留守を使ってやり過ごすつもりだったそうです。けれど、カメラに映る片桐さんがどこかに電話しようとしたのを見て、彼女は焦った。もしかしたら、この男と会う約束をしていたのかも知れない。だとしたら、いっこうに姿を見せないことを不審に思われるかも知れない。事件の発覚を恐れた桂田はあろうことか、矢野真理を演じることにしたんです」

——片桐先生がうちにお越しになるのは、今日が初めてでしたっけ？

あの質問に隠されていた意図。初対面なら誤魔化し通せる。そう確信した桂田は、僕が待たされていた二十分の間に現場を片すことにした。ひとまず遺体をトイレに隠し、床のガラス片と血痕を掃除する。リビングに飾られていた家族写真をすべて悠に処分させている間、自らは血で汚れた服を隠すためにエプロンをつけるなどして身なりを整える。ゴム手袋をしていたのは手についた血を洗い流す暇がなく、またこれ以上現場に指紋を残さないようにするため——身の毛もよだつ話だが、何よりおぞましいのはそれらの作業を悠も手伝わされていたことだ。

——逃げたり、余計なことをしたら、お前も同じ目に遭わせる。

そう脅されていた悠は、桂田とともに死体の隠蔽から、家族写真の処分までを自らの手で行い、最後にシャワーを浴びて血の汚れを落とすよう指示をうけた。彼が風呂あがりに見えたのはそのためだ。逃げ出すチャンスがまったくなかったかというと、そんなことはないだろう。だがもし自分が悠だったら、きっと同じように従うしかなかったはずだ。圧倒的な恐怖、そして絶望。

——帰らないで、片桐先生。家庭教師のこと、もっと教えて……。

あのとき、僕を引き留めるのにはさぞや勇気が必要だったことだろう。

そこからの顚末《てんまつ》は先の通り。麻布中高の出身だと告げても反応が薄かったこと。塾の名前は電話で言ったはずだと鎌をかけ、それを理由に僕を追い返そうとしたこと。成績表を探しに行っても見つけられずに帰ってきたこと。トイレに行こうとした僕を必死に食い止めたこと。体験授業で悠と僕が二人だけになるのを決して許さなかったこと。事件の発覚を恐れた桂田が母親を演じていたのだとすれば、そのすべてにきちんと説明が付く。

ひとしきり事件の経緯を語った慎一が、窓の外に視線を移した。僕もコーヒーカップを手に取ると、椅子の背にもたれかかる。これが事件の全真相。たしかに悲劇は起きたものの、いちおうは解決をみた。そう思った瞬間だった。

「――ただ、実はまだこの事件には、片桐さんが知らない秘密があります」

気を緩めかけていた僕は、ぎょっとして身を起こす。

「どういうことですか？」

「今日、わざわざお呼びたてしたのは、そのことをきちんと私の口からお伝えしなければならないと思ったからなんです……」

心臓が早鐘のように打ち、全身から汗が噴き出してくる。既にこのうえないほど異常な事件なのに、この期《ご》に及んでさらに何が潜んでいるというのだ。

張りつめたような沈黙。慎一が口を開いたのは、それからしばらくしてのことだった。

「――実はあのとき、あの家に私の家族は誰一人としていなかったんです」

　耳を疑った。どういうことだ。言っていることの意味がまったくわからない。

「ど、どういうことですか？」

「うちの悠は、半年前に亡くなっているんです」

「は？」

　一瞬、何を言われたのかわからなかった。頭が真っ白になる。

「下校途中、交差点で信号無視のトラックに撥《は》ねられて。即死でした」

　その瞬間、埃を被ったサドルが脳裏をよぎった。乗り手を失い、放置された自転車。その理由は、受験勉強が忙しくなったからではなかったということか。

「そんな――」

「それからです、妻がおかしくなっていったのは――」

　我が子は死んでいない。今も一緒に暮らしている。そう信じ続けた真理は、毎日悠のためにお弁当を作り続けた。着てもいない洋服や下着を洗濯し、夜の食卓には三人分の皿が並んだ。小学校の授業参観に顔を出しにいくことすらあったという。

　近所とのトラブルが始まったのも同じ時期。特に、隣人の桂田と揉めた回数は数え切れなかった。掃除機の音がうるさい、息子が受験勉強に集中できないでしょ、今すぐやめろ、と怒鳴り込んだこともあるのだとか。真理が正気を失う最中に、隣へと越してきてしまった桂田夫婦――これに関しては、彼らの運が悪かったとしか言いようがない。

「そんな風にして、とにかく妻は悠が生きているものとして振る舞い続けた。御社に問い合わせをしたのもその一環でしょう」

――九月の全国模試の結果が散々だったんで、テコ入れの必要性を感じたんだと。宮園さんにそう告げられた時のことを思い出す。まさか、その受験生本人がこの世に存在しないなど、天地が引っくり返っても想像するはずがなかった。

「まともに葬式もできていませんから、近所の人がそのことを知らないのも無理はありません。ましてや、半年前に越してきたばかりの桂田は、生きている悠を見たことがないはずです。だから、突然現れた彼のことを悠だと思い込んだんでしょう――」

慎一が差し出してきたのは一枚の家族写真だった。両親の間に立ってはにかむ、色白メガネの少年。さらさらの黒髪は耳が隠れるほど長い。どこからどう見ても、あの日の僕が向かい合っていた「悠」とは別人だ。

「――それじゃあ、あれは誰だったんですか？」

すべてを受け入れるにはまだ時間が足りなかったが、当然の疑問だった。

「近所の小学生みたいです。警察の方が教えてくれました。六年生なので、悠と同い年ってことになります――」

そのとき、いくつかの場面を思い出した。

まず、僕が「ピアノを弾いてみて」とお願いしたときのこと。あのとき、彼は全力で演奏を拒否してみせた。反抗期をこじらせているだけかとも思ったが、おそらくそうではない。彼はピアノが弾けないのだ。だからこそ、あれほど鬼気迫る拒絶をしてみせたのだろう。かろうじて場を「平穏」たらしめている「虚構」が取り払われたときの混乱と狂気、繰り返されるかもしれない凶行を想って――。

続いて、体験授業前のアイスブレイク。僕はそこで彼に「近くの公園で遊ぶことはあるか」と訊いた。それに対し、彼はこう答えたのだ。

――サッカーとか、野球とか。学校の友達と。

そのときは聞き流してしまったが、悠が通っているのは都内の私立小学校で、地元の公立ではない。もちろん、近所に何人か幼馴染はいるだろう。彼らと公園で遊ぶこともあるかもしれない。けれども、サッカーや野球に興じることができるほど「学校の」友達が近所に住んでいるとは考えにくい。彼が犯した唯一のミスだ。

最後に、僕が海外赴任中のお父さんについて尋ねたときのこと。

――海外赴任中のご主人様は、今回ご連絡いただいた件はご存じなんですか？

あのとき彼は表情を強張らせ、身を固くしていた。現場ではその理由がわからなかったけれど、今なら納得がいく。もしかしたら、彼は期待を寄せていたのかも知れない。このまま持久戦に持ち込めば「父親」はきっと帰ってくる、と。けれども、あの瞬間に知ってしまったのだ。一家の主は帰ってこない——だからあの直後、彼は勇気を振り絞って僕を引き留めたのだ。

——帰らないで、片桐先生。家庭教師のこと、もっと教えて……。

沈痛な面持ちのまま語る慎一を前に、僕は言葉を失うほかなかった。

「——しかも驚いたことに、彼は空き巣の常習犯だったんだそうです」

すぐさま別の光景がよぎる。町内掲示板に貼られていた『空き巣被害が頻発中』と書かれたポスターと、少しだけ開いていた勝手口の扉。いつかのテレビ番組に、車内の中吊り広告。犯罪にも手を染めかねない小学六年生。

「裏の勝手口から忍び込んだ彼は、偶然にも殺人事件の現場に出くわしてしまった。しかも、どうやら犯人にこの家の子供だと誤解されている。ただ、下手なことをしたら自分も同じように殺されるかもしれない。だとしたら、ひとまずは彼女の指示に従い、好機を待つのが得策だ。彼は咄嗟にそう思ったんだそうです」

「じゃあ、僕が『ユウ』くんかと尋ねたときに頷いてみせたのは——？」

「彼が息子の名前を知っていたのかは不明です。ただ、少なくとも言えるのは、あの場面においてはそれが彼にとっての『最善手』だったということです」

──子供だと思って、彼らを侮らないほうが良い。

──俺たちが思っている以上に、小学六年生は大人だぜ。

宮園さんの言う通り、その冷静な状況判断は大人顔負けだ。

「──もしも片桐さんが今後も同じバイトを続けるのだとしたら、私から言えることは一つ。これからは、まず真っ先に確認してください。目の前にいるのが、本当にその家の人間かどうか……」

その日の夜、メールを受信してスマホが震えた。画面をタップする。差出人は宮園さんだった。『篠原裕紀くん　十二歳　面談希望日は──』

最後まで読まずに、僕は返事を打ち返す。

『まずは名前の読み方を教えてください。話はそれからです』

アリバイのある容疑者たち

東川篤哉

Message From Author

この作品は、雑誌「ミステリーズ！」の企画《懸賞付き犯人当て小説》のために書いたものです。過去に犯人当てゲームのためのテキストなどを書いた経験はゼロ。正直まともに完成させられるか否か判らないまま、引き受けたのですが——やはり難しかった！　何とか破綻のない形で纏《まと》めるために四苦八苦。しかしその甲斐あって、応募者の中には正解にたどりついた人も間違えている人も、ちゃんと両方いました。ちなみに３章までが問題編で４章からが解決編です。みなさんも挑戦してみてください。

東川篤哉（ひがしがわ・とくや）
1968年広島県生まれ。岡山大学法学部卒業。2002年、カッパ・ノベルス新人発掘プロジェクトに選ばれ『密室の鍵貸します』でデビュー。2011年、『謎解きはディナーのあとで』で本屋大賞を受賞。2012年、2014年、2015年には、日本推理作家協会賞候補に選出された。近著に『君に読ませたいミステリがあるんだ』『伊勢佐木町探偵ブルース』『魔法使いと最後の事件』などがある。

1

黒板を爪で引っ掻くようなブレーキ音。続いて聞こえてきたのは何か大きな物体が倒れるようなドスンという音だ。大島聡史《おおしまさとし》はハッとなって目を覚ました。電車は下手なスキップを思わせるぎこちない動きで、ようやく停止。ロングシートの端に座る彼の上半身が、慣性の法則に従って大きく横に傾く。空気が抜けるようなプシューという音は、扉の開閉音だろう。秋夜の冷たい空気が、斜め後方から車内へと流れ込んでくるのが判った。

薄く目を開けると、車内は実に閑散としている。午後七時に土居《どい》駅を出発した時点で二十人程度いたはずの乗客が、いまはもう片手で数えられるレベルだ。二両編成だから電車全体では、これの倍ぐらいの乗客数だとしても、果たしてこんな状況で鉄道経営が成り立つのかしらん。――と寝ぼけた頭でつい余計な心配をしてしまう聡史だった。

なにしろ土居駅と中田《なかだ》駅を結ぶ土居中田線、通称『どいなか線』はその名前が示すとおり、ド田舎にある寂れた地方都市である土居市と、それに輪をかけて寂れきった地方都市である中田市の間をただひたすら往復するだけのローカル線。それを運営する『どいなか電鉄』は過去に幾度となく経営危機が叫ばれ、会社の存続自体が危ぶまれている。それでも地元住民にとっては欠かせない足だから、廃止になってもらっては困るのだが、これではもうあと何年持つのやら——などと、電鉄会社の将来に思いを馳せている場合ではない。どうやら電車は、どこかの駅に停車したようだ。いったい何駅だろうか？

聡史は背後を振り返るようにしながら、開いた扉の向こうを見やる。暗いプラットホーム越しに、二両編成の別の電車が停まっている。こちらの電車が中田行きだとするなら、向こうは土居行きということになる。『どいなか線』は単線だ。土居発中田行き電車も中田発土居行き電車も同じ一本の線路の上を走っている。進行方向が違う二つの電車は、両駅の中間地点である田畑《たばた》駅で待ち合わせて擦れ違うのだ。——ん、ということは、ここは田畑駅!? なんだ、降りる駅じゃないか！

いまさらながら重要な事実に気付いた聡史は、ロングシートから勢い良く立ち上がる。だが背後に開いた扉へと駆け寄ろうとしたところで、足元の何かに躓《つまず》いた。床に転がるのは大きなゴルフバッグ。それは聡史自身の荷物だった。電車に乗り込んだとき、シートの脇に立て掛けて置いたものが、さっきのヘタクソな停車の際に倒れたのだろう。ブレーキ音の直後に聞こえたドスンという大きな音は、これが倒れる音だったのだ。

「ええい、くそッ！　こういうときに限って、なんで俺は接待ゴルフ帰りなんだよ！」

と誰に八つ当たりしているのか判らないような台詞《せりふ》を漏らしながら、倒れたゴルフバッグを右手で持ち上げる。モタモタしている暇《ひま》はない。いまは全開になっている扉も、いつ閉まってしまうか判らないのだ。切羽詰まった聡史は「ハッ」と小さく叫ぶと、ジャンプするように扉から外へと飛び出す。幸いにして事なきを得た。無事にプラットホームに降り立った聡史は、「ホッ、良かった！」と胸を撫で下ろし、ついでに重たいゴルフバッグをホーム上にドスンと下ろした。その背後で再びプシューという音が響いて扉が閉まりはじめる。まさにギリギリのタイミングだったらしい。

そう思った次の瞬間、背後から「おっと、待て待て！」と妙に慌《あわ》てた男性の声。

「ん!?」と首を傾《かし》げたその直後、聡史は背中に激しい衝撃を受けた。「わあぁッ」いきなり背中を押されて弾き飛ばされた聡史は舞台上のバレリーナのごとく二回転、いや二回転半か。とにかくクルクルと回転運動を演じた挙句、目を回しながらバタリと倒れて両手を突いた。気が付くと狭いホームの中央付近で四つん這いになっている。

思わず目をパチクリさせた聡史は、しかしすぐさま状況を理解した。どうやら慌てて電車を降りようとする男性客が、自分以外にもうひとりいたらしい。その男性客が閉まりかけた扉をすり抜けるように外に飛び出したところ、ホームには先に降りた聡史が油断した状態で突っ立っていた。結果、聡史は男性客から背中に強烈なタックルをお見舞いされて、ホーム上で下手なバレエを披露するに至った。どうやら、そういうことだったらしい。

「畜生、駆け込み乗車はおやめくださいって……」いや違う、いまのは『駆け込み乗車』じゃなくて『駆け降り降車』か——「って、んなことどうでもいい。とにかく危ないだろ！」

そう吐き捨てた聡史は、上体を起こして周囲をキョロキョロ。前後左右に視線を巡《めぐ》らせて、体当たりしてきた男性の姿を捜す。するとホームの遥《はる》か先に遠ざかっていく男性の背中を発見。どうやら詫《わ》びも入れずに、さっさと逃げようという魂胆らしい。

「おいこら、待てよ！　酷《ひど》いじゃな……」

だが彼の呼び止める声は、「プワ〜ン」と警笛を鳴らして走りはじめる電車の音で、完全に掻き消された。仮に声が届いたとしても、どうせ男に立ち止まる気などないのだろう。ならば自ら駆け出して、ふん捕まえてやろうか。そう思ったものの、大きな荷物をほったらかしにもできず、また彼自身もともと争いを好むタイプでもない。結局のところ聡史は、

「ふん、卑怯者め！　素直にゴメンナサイできない奴は半人前だぞ」

と不満をぶちまけただけで、男の逃走を許した。男はホームの端までたどり着くと跨線橋《こせんきょう》を駆け上がり、聡史の視界から消えた。おそらく駅舎にたどり着いたら、何食わぬ顔で駅員に切符を渡して改札を抜けるのだろう。——ちッ、忌々《いまいま》しい奴め！

舌打ちしながら聡史は立ち上がった。田畑駅にプラットホームは一本きり。中田行きが停まる①番線からは駅舎と駅前の風景が見渡せる。その反対側、土居行きが停まる②番線は線路際まで切り立った崖が迫っている。いまホーム上には客はおろか駅員の姿さえもない。先ほどまでホームの両側に停まっていた電車も、それぞれの方角へ向けて走り去っていった。残されたのは聡史と彼のゴルフバッグだけだ。聡史はホームの端に放置されたゴルフバッグを、あらためて肩に担《かつ》ぐと、疲れた足取りで跨線橋へと歩きはじめた。

橋を渡ったところに建つのは、学校の体育倉庫よりは多少マシと思える程度の粗末な駅舎だ。いうまでもなく『どいなか線』の駅に自動改札などという贅沢品はない。それどころか大半が駅員さえいない無人駅なのだが、田畑駅はそれなりに重要性が高い駅なので、駅員が常駐している。聡史は初老の駅員に定期券を示して改札を抜けた。先ほどの卑劣漢の人相風体など、念のため駅員に尋ねてみようかとも思ったが、そもそも駅員はホーム上での些細《ささい》なアクシデントなど気が付いていない様子だ。結局、聡史は何もいわないまま、ひとり田畑駅を出た。

目の前に広がるのは、秋風の吹く閑散《かんさん》とした駅前の風景。田舎なので商店街などという立派なものはない。目立つ建物といえば郵便局や地方銀行の支店だが、いまはもうシャッターが下りている。米や酒を売る個人商店が一軒あるけれど、これも都市部のスーパーと違って午後七時を過ぎるとアッサリと店を閉めてしまう。営業中なのは最近できたコンビニだけだ。

「夕飯は今日もコンビニ弁当か……いや、それじゃあ味気ないな……」

聡史はゴルフバッグを肩に担ぎながら、自宅への道を歩きはじめた。田畑駅から彼の自宅までは歩いて五分の距離だ。道は線路沿いに伸びる一本道。車の通行量はそれなりにあるけれど、歩道を歩く人は皆無という片側一車線の道路だ。

歩き出した直後に目に入るのは地元の居酒屋『酒蔵』。小さな駐車場には一台の軽トラックのみが停車中。看板代わりの赤提灯は煌々《こうこう》とした明かりを放っている。粗末な扉越しに「ケラケラ」という女性の陽気な笑い声が漏れ聞こえてくる。『酒蔵』は聡史にとって馴染《なじ》みの店。深夜一時までが営業時間なので、帰りが遅くなったときなどには、よく立ち寄ることがある。ここで夕飯を済ませて帰ろうかと一瞬思ったものの、そうなるときっとまた酒を飲むことになるだろう。さすがに、それはやめておいたほうがいい、と聡史は思い直した。

なぜなら今日の接待ゴルフの相手は得意先の取締役だったのだが、この人物が大の酒好きだったのだ。早朝から昼過ぎまで続いたラウンドの最中、聡史は相手の放つポップフライ程度の飛球を見ては「ナァ〜イス・ショット〜ォ！」、グリーン上では、たとえそれが五度目のパッティングであろうと「ナァ〜イス・パタァ〜ッ！」を連発。お陰で向こうの取締役はすっかり上機嫌。ラウンド終了後には、まだ真っ昼間だというのに聡史らを土居駅近くの料理店に誘って酒宴を催《もよお》した。むしろ酒宴を楽しむためにゴルフで軽く身体を動かした、というのが向こう側の本音だったのかもしれない。

そんなわけだから酒宴がお開きになった夕刻には、もう彼は相当量のアルコールを摂取していたのだ。これ以上の飲酒は身体に毒だろう。「……といっても、まあまあ酔いも醒《さ》めてるし、ビールの一杯ぐらいなら悪くないか……」いや、むしろ日本酒のほうがいいかもしれない。なんだか夜になってぐっと冷え込んできたようだし、熱燗で一杯というのは魅力的かも――「って、いやいや、駄目だ駄目だ……」

明日の仕事に差し支えてはマズい。そう思って誘惑を断ち切った聡史は、赤提灯に未練を残しながらも『酒蔵』の前を素通り。ひとり帰宅の道を急いだ。やはり歩道を歩く人の姿は、彼以外にはひとりもいない。擦れ違う者もない。なにせ田舎は都会以上に車社会だ。彼のように自宅から田畑駅まで歩き、そこから電車に乗って土居市内の会社に出勤するというライフスタイルは、まったくの少数派なのだ。

結局、誰とも擦れ違わないまま、聡史は自宅にたどり着いた。彼の家は、いかにも農村で見かけるような黒い瓦屋根の日本家屋。まるで農業を営む大家族が住むような建物だが、実際のところ現在、この家に暮らすのは聡史ただひとりである。以前は両親が健在で三人暮らしだったのだが、ここ数年の間に両親とも悪い病気を患《わずら》い、相次いでこの世を去った。その後は様々な事情があった末、次男である聡史がひとりで家を守っているのだ。

聡史は暗い玄関に歩み寄ると、ポケットから取り出した鍵を引き戸の鍵穴に差そうとする。だが次の瞬間、「あれ!?」という呟きが口を衝いて出た。鍵が開いているのだ。試しに引き手を真横に動かすと、戸はスムーズに開いた。「――なんでだ?」

出掛けるときに鍵を掛け忘れたのだろうか。そう思って記憶を手繰《たぐ》ってみるが、朝の自分の行動については、酷く眠かったという印象しか残っていない。なにしろゴルフに出掛ける際の朝は、普段よりも早いのだ。それに電車に乗り遅れてはマズいという焦りもあった。だから鍵を掛け忘れたという可能性は充分にある。もちろん泥棒の仕業という考えも一瞬頭をよぎったが、なにせ田畑は田舎町だ。泥棒被害などは滅多にない。両親が現役だったころは、鍵などいっさい掛けずに畑仕事に出掛けていた。そういう土地柄なのだ。やはり自分がボンヤリして鍵を掛け忘れたのだろう。

「――まあ、それしかないよな」

そう結論付けて、聡史は玄関に足を踏み入れた。柱にあるスイッチを押して、明かりを点ける。広い玄関には出しっぱなしの靴が何足もあって、正直片付いているとはいえない。そんな中に見慣れぬ誰かの靴が紛れ込んでいる——そんな可能性も否定はできないのだが、それより何より、担いだゴルフバッグの重みのせいで肩が限界だった。聡史は上がり口にバッグをドスンと置くと、「あー、やれやれ、疲れた」と大きな声で独り言。無造作に靴を脱いでそのまま上がり込んだ。

ゴルフバッグを玄関に置きっぱなしにしたまま、家の奥へと進む。居間に入って明かりを点ける。見回してみるが、別段いつもと違った様子はない。「まあ、そりゃそうだよな……あ、そうそう、親父たちに『ただいま』をいわなきゃ……」

信心深い聡史は両親の死後、仏壇に手を合わせて『いってきます』『ただいま帰りました』と声を掛けることが日課となっている。彼は襖《ふすま》を開き、居間に隣接する暗い和室に足を踏み入れた。蛍光灯の明かりを点ける。その直後、彼の口から「ああッ」という声が漏れた。

和室には明らかな異常があった。仏壇の傍に置かれた年代モノの金庫。その重厚な扉が開きっぱなしになっているのだ。さすがにこれは聡史が閉め忘れたものではない。

「ど、泥棒だ……さては、金庫の中のお宝が……」

聡史は金庫の前に駆け寄り、片膝を突いて金庫の中を覗き込む。だが意外なことに、心配したお宝は無事だった。ホッと安堵《あんど》の息を吐くと同時に、大いなる疑問が湧いた。

仮に自分が泥棒の立場だったとして、自ら荒らした金庫の扉を、このように開けっぱなしにして立ち去るだろうか。扉さえ閉めておけば、金庫が荒らされたこと自体、しばらくは気付かれずに済むかもしれないのに。それに、わざわざ金庫を開けた泥棒が、このお宝を盗まずに立ち去るなどということが、果たしてあり得るのだろうか。いや、あり得ない。ということは――ひょっとして、まだ泥棒は立ち去ってはいない！

そう思った瞬間、背後に何者かの忍び寄る気配。ハッとなって振り向こうとする寸前、後頭部に強い衝撃が走った。「うッ」と呻《うめ》いて畳の上に倒れ込む。そんな彼の視界の片隅で、蛍光灯の明かりを背にしながら何者かがニヤリと笑った気がした。だが、それが男なのか女なのかさえ判然としないまま、大島聡史は意識を失っていったのだった――

2

「……で、目が覚めてみると、目の前にはなぜか叔父の姿がありました。叔父は僕の肩を激しく揺すりながら『大丈夫か、聡史君！』と懸命に呼びかけています。僕は訳が判らず、しばらくはボンヤリとしていました。しかし扉の開いた金庫を見るなり、瞬時に事態を把握しました。僕は泥棒に頭を殴られて、長い間気を失っていたのです。仏壇の傍《かたわ》らに置かれたデジタル時計は、すでに深夜零時を十五分ほど過ぎていました……」

長い回想シーンが一段落したところで、依頼人は疲れたように「フーッ」と長い吐息を漏らすと、革張りのソファに背中を預けた。その向かいに悠然と腰を下ろすのは、手代木礼次郎《てしろぎれいじろう》三十五歳。雪兎のごとき純白のスーツ、烏《からす》のごとく真っ黒なシャツ、おまけにネクタイの色は濃厚なワインを思わせる赤だ。その際立った装いは、果たしてダンディなのかコッケイなのか評価が分かれるところだが——いや、おそらくは後者に一票という者が大半だろうが——それでも彼が《土居市でいちばんの私立探偵》であることは論をまたない。

そんな手代木は自分の城である『手代木探偵事務所』にて新しい依頼人から事件の経緯を聞いているところである。依頼人は大島聡史三十二歳。土居市内のとある食品会社に勤める営業マンだという。手代木は落ち着いた声で依頼人に尋ねた。

「で、目覚めてみると金庫のお宝は、もう奪われていたのですね。ところで、そのお宝というのは、いったい何なのでしょうか。差し支えなければ教えていただきたいのですが」

「ええ、もちろん。お宝というのは古い茶碗。でも、ただの茶碗ではありません。我が家に代々伝わる萩焼《はぎやき》の逸品で、オークションに出せば数百万円の値がつくのだとか。それは木製の箱に収められた状態で、金庫の中に大切に仕舞ってありました。万が一にも割ったりしたら大変ですからね。それが箱ごと奪われてしまったのです」

「なるほど。犯人はあなたの家に盗みに入り、金庫の扉を開けた。そこに運悪く、あなたが帰宅した。泥棒はいったんカーテンの背後あたりに身を隠したのでしょう。そして隙を見て、あなたの頭を殴打した。泥棒は気絶したあなたを横目に見ながら、悠々とお宝を持ち出したってわけだ。つまり、これは悪質な強盗事件ということになる。しかし、そうだとすると、ちょっと解せませんね……」

そう呟く手代木の脳裏には、すでに幾つかの質問事項が浮かんでいた。

「まず疑問に思う点は……いや、その前に」手代木は口にしかけた質問を中途で引っ込めると、依頼人に対して「少し西日が眩《まぶ》しくありませんか？」と唐突にいって真横を向く。そして誰もいない空間に向けて声を発した。「――ア○クサ、ブラインドを閉めて」

「承知シマシタ。ぶらいんどヲ閉メマス」機械的で、どこか女性的な音声が応える。

すると次の瞬間、電動式のブラインドが自動的にスルスルと下りてきて、窓という窓をすべて被いつくした。西日は完全に遮断されて、探偵事務所は漆黒の闇に沈んだ。

「やあ、これじゃあ依頼人の顔も見えやしない。――ア○クサ、ライトを点けて」

「承知シマシタ。らいとヲ点ケマス」

次の瞬間、デスクの上の作業用ライトがパッと灯《とも》った。煌々と照らし出される無人のデスク。その一方、ソファに座る探偵と依頼人は薄暗い中で顔を見合わせる。手代木はゴホンとひとつ咳払《せきばら》いしてから、「やあ、いまのは僕の言い方がマズかった。――ア○クサ、部屋の明かりをつけてほしいんだ。デスクのライトは消しておくれ」

「チッ」

スピーカーから妙なノイズが漏れる。「ん!?」と首を傾げる探偵。それをよそにデスクのライトは消え、代わって天井の照明に明かりが灯る。たちまち依頼人の顔には驚嘆と羨望、そして尊敬の色が浮かび上がった。彼は目を丸くしながらソファから立ち上がると、真《ま》っ直《す》ぐ壁際の飾り棚へ。そこに置かれた黒い筒状の物体を物珍しそうに眺めて歓声を発した。

「凄《すご》い！　これってスマートスピーカーですね。テレビCMで見たことがあります。でも実際に活用されている場面は初めて見ましたよ。――さっすが《土居市でいちばん《私立探偵》手代木礼次郎さんだ。僕らとは使っているものが違いますねえ」

「いやあ、なに、それほどでもありませんよ」手代木はソファの上で、これ見よがしに脚を組んだ。「実は知り合いにロボット工学に詳しいマッド・サイ……いえ、とびっきり優秀な博士がいましてね。その人からプレゼントされたものです。正直、使いこなせるかどうか心配だったんですが、案外よく働いてくれています。いまでは、僕の助手みたいな存在と呼んでも差し支えないでしょう」

「へえ、名探偵の助手がスマートスピーカーですか。それは面白い。じゃあア〇クサというより、むしろワトソンと呼ぶべきですね」

「なるほど、では今度ウェイクワードを『ワトソン』に変えてみましょうか。『ワトソン、エアコンを点けて。ああ、設定温度は二十五度で頼む』――みたいにね、ははは！」

と余裕の笑みを浮かべる手代木だが、実際のところ、そこまでこの最新機器を使いこなせているわけではない。だが、それでもスマートスピーカーは役に立つ。もちろん本来の機能においても便利なものだが、何より手代木礼次郎という探偵のカリスマ性を演出する小道具として役立っている。どうやら人は特殊な機械を扱う人間を見ると、その人物もまた特殊な存在に違いないと、簡単に思い込むらしいのだ。――そう、この依頼人のように。

「ところで、そろそろ話を戻したいのですがね」自分で話を脱線させておきながら、悪びれもせずに手代木はいった。「まず疑問に思う点ですが、その叔父さんという方は、どういう人物なのですか。なぜ、その日の深夜、あなたの家に現れたのです？」

「ああ、その説明がまだでしたね」依頼人は再びソファに戻って答えた。「叔父の名は大島耕造《こうぞう》。亡くなった父の弟で、年齢は六十五歳。田畑町で小さな自動車修理工場を営んでいます。で、事件の夜なんですが、叔父は僕の携帯に電話したらしいんです。仕事の合間を縫《ぬ》うようにして八時、九時、十時と三回にわたって。用件は、近々おこなう父の三回忌についての相談事だったようです。しかし何度掛けても僕はまったく電話に出ない。実際には、出たくても出られない状態にあったわけですが……」

「ふむ、気絶していたんじゃあ、電話には出られませんね」

「そうなんです。しかし叔父は多少不審には思ったものの、そこまで深刻には考えなかった。いつもどおり深夜まで仕事を続けて、遅い夕食を済ませたそうです。それから叔父は、車で自宅へと向かったわけですが、その途中、偶然僕の家の前を通ったのだとか。そのとき叔父は気が付いたんですね。僕の家に明かりがあることに」

「どうやら甥《おい》っ子は在宅中らしい――耕造さんはそう思ったわけですね」

「ええ。それで急遽《きゅうきょ》、叔父は僕の家の前に車を止めて、玄関を開けた。深夜ですけど、叔父はそういうことには頓着《とんちゃく》しない人です。叔父は何度か僕の名を呼んだようですが、やはり返事はなかった。玄関にはゴルフバッグが放り出されていて、脱ぎ散らかした僕の靴がある。『なんか変だな……』と思った叔父は『邪魔するよ』とひと声かけて、家に上がり込んだそうです。いまは僕の家ですが、叔父にしてみれば子供のころに父と一緒に住んでいた家ですからね。上がり込むことにも抵抗はなかったんでしょう。叔父は居間を覗き、それから奥の和室の様子を窺《うかが》った。そこでビックリ……」

「あなたが畳の上に倒れていた。それが午前零時十五分ごろの出来事――ということですね。なるほど、そういった経緯でしたか。ならば次なる疑問ですが」

そういって手代木は、最も気になる点を確認した。「事態を把握した耕造さんやあなたは、警察を呼ぼうとは思わなかったのですか。普通はその場で一一〇番するところですよね。だが僕の知る限り、今回の強盗事件は地元の新聞に載っていない。テレビのローカルニュースでも取り上げられていない。あなたたちは今回の事件で数百万円という損失を被りながら、むしろそれを揉み消そうとしているかのように映ります。違いますか」

「も、揉み消そうだなんて、そんな……」滅相もない、というように大島聡史は身体の前で両手を振った。「悪いことをするつもりはありません。ただ僕らとしては、なるべく身内の恥を世間様に晒《さら》したくはない。その一心なのです」

「はあ、『身内の恥』というのは、どういう意味ですか？」

「『身内ノ恥』トハ家族ヤ親族ノ行動ヤ振ル舞イ、アルイハソノ存在ソノモノヲ、世ノ中ニ対シテ恥ズカシク感ジル状態ノコトデス」

判りきった説明を終えると、女性的な電子音声はピタリと途絶える。直後には、微妙な沈黙が舞い降りた。それは男性二人しかいない探偵事務所を数秒間にわたって支配した。

「…………」依頼人は怯《おび》えた感情を滲《にじ》ませながら、「い、いま、喋《しゃべ》ったのは、このスマートスピーカー？　でも探偵さんが『ア〇クサ』って呼びかけたわけじゃありませんよね。なのに自分から勝手に探偵さんの問いに答えた……いったい何で……？」

依頼人は気味悪そうな顔だ。おおかた幽霊の声でも聞いたかのように感じているのだろう。手代木は彼を安心させるべく、信頼感百パーセントの笑みを浮かべていった。

「いや、よくあることなんですよ。まあ、いわばコンピューターの誤作動ですね。原因は正直よく判りません。僕も馴れないうちは随分ドキリとさせられたものです」

実際はいまでも、ちょいちょいドキリとさせられている。だが依頼人の手前、手代木はその件を伏せておくことにした。例えば夜中にひとりデスクワークなどしている最中、突然喋りはじめるスピーカーにギョッとなって、思わず書類を床にぶちまける。うっかり珈琲《コーヒー》をこぼす。四層まで積み上げたトランプ・タワーを台無しにする。そんな失敗談は枚挙に暇《いとま》がなく、最近の手代木にとっては、むしろ悩みのタネといっても良いのだが――

「そ、そうなんですか。よくあることなんですね」依頼人はそれなりに納得したようで、ホッと安堵の表情を浮かべた。「ええっと、何の話でしたっけ？　ああ、そうそう『身内の恥』って話でしたね。ええ、もちろん僕は意識を取り戻して、すぐに警察を呼ぼうとしました。しかし、そのとき叔父に忠告されたんです。『これは、おそらくは身内の仕業だ。警察沙汰にはしないほうがいいんじゃないか』と。その指摘に僕もハッとなりました。確かに金庫は壊されたわけではなく、ダイヤルと鍵を用いて開けられています。もちろん凄腕の金庫破りの仕業と考えることも可能でしょうが、おそらくは……」

「金庫のダイヤル番号を知ることができて、なおかつ鍵を入手することのできた人物が犯人。つまり、あなたの周辺にいる人物こそが怪しい。そういうことですね。――ちなみに金庫の鍵は誰がお持ちなのですか」

「鍵は僕が持っていますが、あまり厳重に管理しているわけではありません。とある引き出しの奥に仕舞ってあるのですが、誰かが偶然見つけることも充分あり得るでしょう。古色蒼然とした鍵ですから、ひと目見れば『あの古い金庫の鍵だな』と想像がつくと思います。それでもダイヤル番号が判らなければ、金庫は開かないわけですが……」

「ならば問題はその番号のほうですね。あなた以外に、それを知る人物がいますか」

「ええ、確実に知っている人物がひとり。大島龍一《りゅういち》、僕の残念な兄です」

そういって大島聡史はガクリと肩を落とした。「かつては親戚一同から前途を嘱望《しょくぼう》された優秀な兄。しかも長男ですから、大島家の財産や不動産など最も多くのものを受け継ぐのは、兄のはずでした。だからこそ、亡くなった父は兄に金庫のダイヤル番号を教えたのです。ところがその後、兄は田舎の家や畑など継ぎたくない、東京に出てロックスターを目指す――などと馬鹿な夢を見て、勝手に家を飛び出してしまったのです」

「なるほど、ありがちな話です。しかし結局、東京では鳴かず飛ばず。龍一さんは尻尾を巻いて地元に舞い戻った――といったところですか」

「いえ、東京では『メダーリア』というバンドのボーカルとして、兄はまあまあの人気者に。中でも『昨日の未来』という曲は、そこそこのヒットとなり、バンドはほどほどの成功を収めました。いまから十年近く前、兄が二十代だったころの話です」

「え、え、『メダーリア』ってバンドの『昨日の未来』って曲⁉　なんか、それ知ってる気がするな……」手代木はここぞとばかりに横を向くと、忠実なる《助手》に尋ねた。「ア○クサ、『メダーリア』の『昨日の未来』って、どんな曲？」

「昨日ノ未来ハ今日ノコト～♪　今日ノ未来ハ明日ノコト～♪」

と電子音声がいきなり歌いだす。手代木はソファの上から思いっきり床に滑《すべ》り落ちた。

おいおい、なんだなんだ、その調子ハズレな歌は!?　感情表現が超下手クソな女性アイドルの歌みたいじゃないか。いや、それよりも何よりも——「ア○クサ、君が歌わなくてもいいんだよ。そうじゃなくて『昨日の未来』って曲をかけてほしいんだ」

「アッ……承知シマシタ、『昨日ノ未来』ヲカケマス」

そう応える電子音声が、なんだか少し恥ずかしそうに聞こえるのは、気のせいだろうか。

首を傾げる探偵をよそに、スピーカーからは野太い男性ボーカルのバラード曲が流れはじめる。確かに聞き覚えのある曲だった。「ふむ、これが龍一さんの声ですね」

「え、ええ、そうですけど……」依頼人は兄の歌声よりも、一瞬だけ披露されたア○クサの歌声のほうが気になったらしく、円筒形のスピーカーを凝視している。

手代木は気にせず、話の先を促した。「で、その龍一さんは、いまどこで何を？」

「実は兄が三十代になるとバンドは解散。その後のソロ活動もサッパリで、結局いま兄は地元に戻ってのらりくらりの生活ぶりです。そんな兄を見限ったのでしょう。父は死の直前に遺言書を書き直して、兄に譲るはずだった遺産の多くを、この僕に譲ったのです。金庫のダイヤル番号も、そのときに教えてもらいました」

「なるほど。龍一さんにしてみれば、さぞかし不満を抱いたはず。そこで家宝の茶碗を奪うことによって、その不公平感を解消しようとした。充分考えられることです。ならば話は簡単。龍一さんを親戚一同で問い詰めて、本当のことを吐かせれば良いのでは？」

「ところが話は、そう簡単ではないのです」溜め息をついた依頼人は、おもむろにその理由を告げた。「なぜなら兄には、事件の夜の完璧なアリバイがあるからです」

「ほう、アリバイね」こいつは面白くなってきたぞ――と心の中で快哉《かいさい》を叫びながら手代木は依頼人を見やった。「いったい、どんなアリバイでしょうか」

「ご説明します。まず事件が起こったのは午後七時四十分ごろだと思うのですが……」

「なぜ、そう断言できるのです？　あなたは気絶する寸前に腕時計でも見たのですか」

「いいえ、実をいうと僕は腕時計が嫌いで、なるべく嵌《は》めたくないタイプなんです。事件の日はゴルフでしたから、ラウンド中は当然外していましたし、その後も腕時計を嵌めないまま帰宅しました。スマホなどで時刻を確認することもなかったですし、そういう意味では正確な帰宅時刻は僕には判りません。ですが、土居駅を午後七時に出た電車が田畑駅に到着するのが午後七時三十分ごろですよね？」

「え、ちょっと待ってくださいよ……」

いきなり『ですよね？』と聞かれても困る。中古のワーゲンを主な移動手段とする手代木は、『どいなか線』を利用するケースなど皆無なのだ。彼は一瞬スマートスピーカーに視線をやり、電車の運行時刻について尋ねてみようかと考えた。だが何をどう質問すれば、求める答えが返ってくるのか、よく判らない。結局、手代木は古典的な名探偵にならって、アナログな時刻表を開いた。『どいなか線』のページに目を通す探偵。その姿を見やりながら、電車のダイヤに精通している依頼人が愉快そうに説明した。

「時刻表を見るまでもありませんよ、探偵さん。『どいなか線』のダイヤは至ってシンプルなもの。土居発中田行き電車は、毎時零分に土居駅を出発します。つまり午後七時ちょうど、八時ちょうど、九時ちょうど……というのが出発時刻です。土居駅を出た電車は一時間で中田駅に到着します。そこで乗客を下ろした電車は、車内点検もせずに、また新たな乗客を乗せると、すぐさま折り返して中田駅を出発。結果、中田発土居行き電車の出発時刻も毎時零分になります。すなわち七時に土居駅を出た電車は、八時に中田駅に到着。同時刻に中田駅で折り返すと、九時に土居駅に到着。そして同時刻に再び土居駅を出ると、十時に中田駅に到着して、また折り返し……という具合。この単純な行ったり来たりが深夜零時まで延々と続くわけです。——どうです、時刻表いらずでしょ？」

「ふむ、そのようですね」手代木は時刻表のページに視線を落としながら頷《うなず》く。「なるほど、田畑駅は土居駅と中田駅のちょうど中間地点。すなわち土居駅から三十分ってわけですね。午後七時ちょうどに土居駅を出た電車は、七時三十分に田畑駅に到着とある」

「そうです。その田畑駅から僕の自宅まで、歩いて五分程度。そうして家に到着した数分後に、僕は犯人の襲撃を受けたわけです。ならば普通に見積もって、それは午後七時四十分前後の時間帯だったはず。ちなみに田畑駅の駅員に確認したところ、事件の夜の電車の運行は通常通りだったとのこと。だとするなら、この計算で間違ってないですよね」

「なるほど、大変論理的です。では犯行時刻は午後七時四十分ということにしましょうか。それで龍一さんは、その時刻にどこで何を？」

「兄は田畑駅近くの居酒屋にいたというのです。『酒蔵』という名の店で、田畑駅から僕の家へ向かって歩き出してすぐのところにあります。小さな駐車場のある居酒屋です」

「ほう、『酒蔵』ね。でも、その店はあなたの家からも歩いて数分の距離なのでしょう？　で事件の夜、その店に龍一さんが偶然いたわけだ。むしろ怪しいと考えるべきでは？」

「ええ、僕も何かあると感じました。でも店員に聞いて回ったところ、どう考えても事件の夜に、兄が『酒蔵』を抜け出して僕の家に盗みに入る、というのは不可能らしいんです。なぜなら兄は板前さんたちの目の前にあるカウンター席に座って、夜の七時からずっと飲んでいた。その姿を板前さんやフロア係の人が、ずっと見ていたんですから」

「カウンター席ですか。個室とかじゃなくて？　うーん、それは確かに無理っぽいですね。いくら犯行現場が目と鼻の先にあるといっても……」

「ええ、そうなんです。店員に聞いても、兄がトイレに立つなどして数分間、席を外すようなことはあったとしても、不自然なほど長時間にわたって席を離れていたことはないと、誰もが口を揃《そろ》えて証言しているんです。七時四十分前後の時間帯はもちろん、それ以降の時間帯においても同様だそうです」

「ふうん、随分と詳しく調べられたんですねえ」手代木は思わず感嘆の声をあげた。

「で、龍一さんは最終的に何時までその居酒屋で飲んでいたんですか」

「実は午後九時を過ぎたころに兄は店でトラブルを起こしましてね。早い話が酔っ払いの喧嘩《けんか》です。『酒蔵』に居合わせた別の客が、兄に気付いたんですね。それで『あんたの顔、昔テレビで見たことあるぞ』って指を差したのだとか。それで兄が激昂《げっこう》したそうです。ええ、兄はそういう形でイジられるのがイカの塩辛より嫌いなんだと常々いっていました」

「ふうん、『イカの塩辛』ねえ」

「結局、お互い摑み合いになって、見かねた店員が一一〇番に通報。九時三十分ちょうどに警官がパトカーで店にやってきて、なんとか二人の諍《いさか》いを治めたそうです。その後、問題を起こした二人は無理やりパトカーに乗せられて、署まで連行されたのだとか。だから兄は午後九時三十分を随分と過ぎたころまでは『酒蔵』にいたはず。その後は事情聴取を受けるなどして、深夜まで警察のお世話になっていたらしいですね」

「なるほど、強盗事件の夜に、そういう別の事件も起こっていたわけですか」

なんだか気になる出来事ではある。だが、いずれにしても大島龍一が密《ひそ》かに居酒屋を抜け出して、大島邸にいる弟を襲撃することは、まったく不可能なことと思われた。

「お話はよく判りました。要するに、龍一さんを犯人と決め付けることもできず、かといって警察沙汰にもしたくない。思い悩んだ末に、あなたは我が探偵事務所の扉を叩いた。――というわけですね？」

「ええ、おっしゃるとおりです。どうかお力をお貸しください」

「もちろんですとも」手代木は即答し、さっそく依頼人に確認した。「ところで、あなたと龍一さんの他に、金庫のダイヤル番号を知っている人物は誰もいないんでしょうか」

「いえ、それがですね、探偵さん」大島聡史は声を潜《ひそ》めていった。「実は金庫の開け方は複雑でして、例えば『右に30、左に45、もう一度右に60……』といった具合なんです。万が一にも忘れては困ると思った僕は、その手順を手帳にメモしておいたんですが……」

「ははあ、そのメモを誰かに見られた可能性がある、というわけですね」

「面目ない話ですが、このような事件が起こった以上、その可能性も考慮すべきかと」

「では、あなたのメモを見ることのできた人物といえば、いったい誰でしょうか」

依頼人は指を二本突き出して答えた。

「ひとりは母方のいとこである松田《まつだ》玲子《れいこ》さん。我が家には以前から家族同然に出入りしています。もうひとりは……疑うのもアレなんですが……僕の交際相手、水元京香《みずもときょうか》さん。うちには何度も泊まってもらっていますからね」

「なるほど、女性二人ですか」――では依頼人の兄、龍一を含めて容疑者は三人か。いや、違う。叔父の耕造もいるから四人だな！

心の中で呟きながら、手代木は密かに指を折るのだった。

3

依頼があってからの数日間、手代木礼次郎は容疑者たちからの聞き取りや、その裏取り調査などに精を出した。やがて事件の真相について、ひとつの確信を得た彼は、べつにその必要は全然ないのだけれど、探偵になった以上は一度やってみたいと念願していた『名探偵、皆を集めて……』の場面をやりたい一心で、わざわざ事件の関係者を一堂に集めた。

場所については、依頼人の父の遺影がある大島家の和室あたりが『犬神家〜』っぽくて理想的かとも思われたが、大島聡史にその旨を打診すると「え、なんで僕の家で？」と真顔で尋ね返されたので、手代木はそれ以上もう何もいえなくなった。

結局、関係者が一堂に会したのは、彼のホームグラウンド『手代木探偵事務所』だ。

半ば強制的に集められた関係者たちは、ある者は不満そう、ある者は不安そう、またある者は不快そうな表情。依頼人であり被害者でもある大島聡史でさえ、どこか落ち着かない様子で、探偵のあまりにダンディすぎる白いスーツ姿を見詰めている。

だが、そんな中でも手代木だけは余裕綽《しやく》綽《しやく》。本日この場で難事件にケリを付けるという意気込みに満ち溢れていた。彼は神聖な儀式に臨む司祭のごとく一同の前に進み出ると、おもむろに口を開いて厳粛な審判の開始を告げた。

「さて、みなさん、わざわざ集まっていただいたのは、他でもありません。みなさんもすでにお聞き及びのように、恐るべき強盗事件が起こりました。何者かが大島聡史さん宅に侵入。彼を背後から殴打して昏倒させると、金庫から家宝の茶碗を奪ったのです。そこで問題となるのは金庫のダイヤル番号を知ることのできた人物。それは、ここにお集まりの五人、いや、被害者である大島聡史さんを除けば、四人に絞られるわけですが……ああ、その前に……みなさん、西日が眩しくはありませんか？」

「また、それですか、探偵さん？」と大島聡史が呆《あき》れたような声でボソリと呟く。彼は手代木の隣に立ち、探偵と同じ目線で容疑者たちを見渡している。

「全然、眩しくなんかないぜ」と、ぶっきら棒に言い放ったのは依頼人の兄、大島龍一だ。元ロックスターらしく細身のブラックジーンズに革ジャンというスタイル。ひとり掛けのソファに悠然と腰を下ろして長い脚を組んでいる。態度だけなら《ロックの大御所》だ。

「外、曇ってるもの。眩しいわけないわ」と依頼人のいとこ、松田玲子が窓の外を指差す。田畑町の保険会社で働きながらひとり暮らしを営む独身の三十代女性だ。赤いセーターを着た彼女はロングソファの端に座って、いらだたしげに腕を組んでいる。

「探偵さんは、眩しいんですか」そう尋ねる二十代女性は、依頼人の交際相手である水元京香。白いワンピース姿の彼女はソファを遠慮して窓辺に佇《たたず》んでいる。喫茶店でアルバイトしながら、やはりひとり暮らしを送る彼女は、田畑町あたりでは評判の美女だ。

「探偵さん、ひょっとして目が悪いんじゃないのかね？」と真顔で心配する背広姿の男性は依頼人の叔父、大島耕造だ。彼は松田玲子の隣に座りながら、やはり窓の外に視線を向けた。「むしろ少し暗くなってきたんじゃないのかね。ひと雨きそうな雲行きだぞ」

「え、暗いですって!?　そうですか、暗いですか」その言葉に密かに歓喜しながら、手代木はさっそく誰もいない壁際を向いて命令した。「ア○クサ、ライトを点けて」

たちまち無人のデスクの上で作業用ライトがパッと点灯。それを見た一同はいっせいにキョトンとした顔つき。大島聡史は、『学習能力ないですね、探偵さん……』とでもいいたげに、こちらを横目で見やる。手代木はむしろ、このスマートスピーカーの学習能力にこそ問題があると感じた。

「ええい、もういいッ——ア○クサ、デスクのライトを消して。それから天井のライト、いや、明かり、つまり照明器機を点灯させるんだ」

「チッ」

スピーカーからノイズのような音が——いや、もはや舌打ちとしか思えない音が——結構ハッキリと響いて、その直後、彼の命令は無事に実行された。だが一同の間からは賞賛の声も感嘆の溜め息も聞こえてはこない。誰もがスマートスピーカーどころではないらしい。もちろん手代木だってそうだ。彼は話の先を急ぐことにした。

「とにかく容疑者は四人。この中に憎むべき強盗犯がいます」

「ふむ、しかしその四人の中に、この私が含まれているのは腑《ふ》に落ちんな」と不満げに口を開いたのは大島耕造だ。「私は気絶した聡史君を発見しただけ。それなのに疑いの目で見られるとは心外だ。まあ、第一発見者を疑うのは捜査の鉄則なのだろうが……」

「ええ、しかし、それだけではありませんよ。実はちょっと調べさせていただきました。耕造さん、あなたの営む自動車修理工場は赤字続きで経営は火の車——自動車関連なだけにね！」探偵は会心のジョークを飛ばして自ら「フフッ」と笑みを覗かせたが、もちろん彼以外に笑う者は誰もいない。ただスマートスピーカーから「キャハッ」と変なノイズ（？）が漏れただけだった。手代木は気にせず話を続けた。「経営難の工場存続のためには百万円単位の纏《まと》まったカネが必要だった。そこであなたは大島邸の金庫に目を付けた。もともとは、あなたもあの家で暮らしていた人だ。あの年代モノの金庫の開け方を、あなたが知っていたとしても、何の不思議もありませんよね？」

「ああ、確かに君のいうとおりだよ。私はあの金庫の開け方を知っている。父が亡くなる間際に教えてくれたのだ。だが私は犯人ではない。私にはアリバイがある」

「お聞かせいただけますか、そのアリバイというものを」

とっくに調査済みだが、念のために——というか、この場を盛り上げるためだけに、手代木は容疑者の話を促す。耕造は「いいだろう」と深く頷いて説明した。「事件が起こったのは午後七時四十分ごろだそうだな。その時刻なら私は工場にいて、骨董品のごときベンツの修理に勤《いそ》しんでいた。仲間の従業員五名と一緒にだ。そんな私が、どうしてひとり工場を抜け出して強盗などできるというのかね？　午後七時四十分に限った話ではない。あの夜は八時台も九時台も、ずっと従業員たちと一緒だった。彼らが全員帰宅の途について、私がひとりになったのは、午後十時になって以降のことだ。十時から十一時までの一時間は事務所に残って書類の整理をしていた。だから、この間はひとりだ。十一時に工場を出た後は、近所の中華料理店で遅い食事をとった。十一時台はほぼその店で過ごしている。間違いはないよ」

「ええ、五名の従業員にも料理店の大将にも確認済みです。その後、店を出たあなたは午前零時過ぎに大島邸に立ち寄り、気絶した聡史さんを発見するに至った」

「うむ、そういうことだ」証明終わり、とばかりに耕造が頷く。

「おい、ちょっと待ってくれよ！」と革ジャンの腕を上げたのは大島龍一だ。「そのアリバイは本当に信用できるのか？　従業員って、要するに叔父貴から給料もらってる社員だろ。だったら叔父貴の都合のいいように証言しているだけかもしれねーじゃんか」

「いえ、その心配はありません」手代木はそう断言して、調査結果の一部を披露した。「大島耕造さんが社員から慕《した》われる人望厚い経営者ならば、あるいは逆に恐怖でもって部下を支配するパワハラ経営者ならば、そのような懸念《けねん》も確かにあったでしょう。しかし幸いにして、耕造さんはそのどちらでもない。ハッキリいって社員たちからは毛虫のごとく嫌われ、またロバのように馬鹿にされた存在でもあるようです。もちろん五人を買収するほどの財力もない。繰り返しますが、経営は火の車なのです。自動車関連なだけにね！」

「キャハッ！」

「そ、そうか、じゃあ信用するしかねーな……いや、疑って悪かった、叔父貴……」

龍一が気まずそうに頭を下げる。探偵は背広の男に握手の右手を差し出しながら、

「良かったですね、耕造さん。あなたの無実は完璧に証明されましたよ」

「あ、ああ、良かった……かな？」耕造は複雑な表情で、目の前の右手を握り返した。

するとロングソファの端から「だったら龍一君は、どうなのよ？」と唐突に声をあげたのは松田玲子だ。彼女はいとこにあたる龍一を横目で睨《にら》みながら、「事件の夜に居酒屋でひと悶着《もんちゃく》あったって聞いているわよ。なんだか怪しい気がするんだけど……」

「ふん、妙な勘ぐりはやめてくれよな。俺ほど容疑者向きじゃない奴はいないぜ。なにしろ俺は、事件の夜の七時ごろから居酒屋『酒蔵』のカウンター席で飲んでいたんだ。そして午後九時台になって酔客と大喧嘩。九時半にはとうとうパトカーがやってきて、結局、警察署まで連れていかれたんだ。その後は警官から事情聴取を受けて、解放されたのは深夜零時過ぎだ。こっそり弟の家に忍び込んで金庫を荒らす暇なんて、俺にはなかったのさ」

「あらそう。だけど可能性はあるわよ。だって龍一君は元芸能人でしょ」

「いまでも芸能人だよ！」龍一はそこだけは譲れないとばかりに声を荒らげた。「休業中なだけだ。いや、充電中だ充電中！　ちょっと前の『いきものがかり』と同じだっての！」

「え!? 龍一君、いま何といったのかしら」玲子はわざとらしく耳に手を当て、意地悪く尋ね返す。「ごめん、よく聞こえなかったわ。『ナニものがかり』と同じだって?」

「う、うるさい!」龍一は若干の気恥ずかしさを覚えたのだろう。顔を赤くしながら、「いったい何がいいたいんだよ。俺が芸能人だったら不可能が可能になるってのか?」

「ええ、そうよ。だって人気芸能人にはそっくりさんが付き物でしょ。事件の夜、七時から居酒屋にいた男が本当に龍一君だって言い切れる? カウンターで飲んでいたのは瓜二つ《うりふた》の別人。本物の龍一君は午後七時四十分ごろに、実は弟の家に忍び込んでいた。そういう可能性だって考えられるはずよ。――そうでしょ、探偵さん?」

「いえ、その心配も必要ないと思いますよ」と手代木は再び断言した。「龍一さんが一流芸能人だったなら、そのような懸念も確かにあったでしょう。ですが幸いにして彼は、そこまでの人気芸能人ではない。所詮は単なる一発屋。それも十年近く前の昔話です。いまの龍一さんは我々一般人に毛が生えた程度のものでしかない。もちろん、そっくりさんの存在を百パーセント否定することなどできませんよ。この世の中には自分とよく似た人物が、三人はいるといわれていますからね。しかし、それは他の容疑者たちにもいえること。そのような僅《わず》かな可能性は、この際、無視して構わないのでは？」

「た、確かにそうね……龍一君レベルの一発屋にそっくりさんなんて非現実的だわ……じゃあ彼の話は事実ってことね……ああ、妙なふうに勘ぐってごめんなさい、龍一君」

と素直に（？）詫びを入れる松田玲子。

探偵は握手の右手を元ロックスターへと向けた。

「良かったですね、龍一さん。あなたのアリバイも、どうやら完璧らしい」

「う、うん、それなら良かったぜ……なんか哀しいけどよ……」龍一は探偵の右手を握り返したが、握力は限りなくゼロに近かった。死人と握手したようだと、手代木は思った。

「そうなると、今度は玲子ちゃんの番だな」そういったのは、すでに容疑が晴れて高みの見物を決め込む耕造だ。彼は玲子に対して疑惑の視線を投げかけながら、「君も龍一君のことを、とやかくいえないんじゃないのかね？　噂《うわさ》は私の耳にも届いとるぞ。男友達と派手に遊び歩いてカネが続かんそうじゃないか。いとこの家にあるお宝は、喉から手が出るほど欲しかったはずでは？」

「そ、そんなことないわよ」玲子は大きく目を見開き、首を横に振った。「私が犯人なわけないでしょ。私にだってアリバイがあるもの！」

「では、あらためてお聞かせいただけますか?」

例によって場を盛り上げるために、探偵は話を促す。玲子は勢い込んで口を開いた。

「いいわよ。事件の夜、私は勤め先の保険会社で残業していたの。仕事が終わったのは午後八時。それまで、ずっと上司や同僚たちと同じオフィスにいたってわけ」

「なるほど、結構です。が念のため、八時以降の話もお願いできますか」

「八時に会社を出た私は愛車を一時間ほど走らせたわ。べつに目的地があったわけじゃない。ただ考え事をしながらドライブしていただけ。小一時間ほど車を走らせてから再び田畑町に戻ると、午後九時ごろに行きつけのカラオケボックスに入ったわ。ひとりカラオケよ。でもボックスの中の様子は店員がモニターでチェックしているから、私がそこで二時間ほど歌い続けていたことは、店員に聞けば確認できるはず。そうして午後十一時に店を出た私は、車で友達の家に向かった。そのまま朝までその友達と一緒だったわ。――探偵さん、ちゃんと裏を取ってくれたんでしょ?」

「ええ、調べさせていただきましたよ。保険会社の仕事仲間、カラオケボックスの店員。それから不倫関係にある妻子ある男友達。いずれも、あなたの話を間違いないものと認めてくれました。――まあ、不倫相手の証言については信憑性など皆無ですがね」

「余計なことは詮索しないで！」松田玲子は探偵の言葉を掻き消そうとするように、大声を張り上げた。「不倫が何だっていうの？　そんなの関係ないでしょ。犯行時刻は午後七時四十分ごろ。その時刻に私は間違いなく会社にいたんだから、それで充分なはずよ。――ねえ、そうでしょ？」

松田玲子は同意を求めるように他の関係者たちを見やる。耕造は「そりゃまあ、そうだが……」と苦い表情。龍一は「けど玲子ちゃん、不倫については否定しねーんだな……」と下卑た笑いを浮かべる。依頼人である聡史は「不倫の話はべつにして、夜八時のドライブというのは不自然では？」と疑問を呈する。しかし玲子は胸を張って主張した。

「気にしすぎだわ。仕事終わりにドライブするのは、私の趣味みたいなものよ。――で、どうなのよ、探偵さん？　私のアリバイは認めてもらえるわよね」

「ええ、もちろん。やはり松田玲子さんも無実と考えざるを得ない。良かったですね」

そういって探偵は三たび握手の右手を差し出す。玲子は「当然だわ」といって探偵の右手を無視。そして窓辺に佇む、もうひとりの女性に険しい視線を投げかけた。

「残ったのは、あなただけよ、水元京香さん。あなただって数百万円になるお宝が欲しくないわけがない。いや、むしろ最初からそれを手にいれる目的で、聡史君に接近したとも考えられるわ。さあ、どうなのよ。何か申し開きができる？　それともアッサリと罪を認めるのかしら？」

一同の視線が水元京香に集まる。京香は頼りない様子で、視線をさまよわせている。半開きの口許からは、いまにも懺悔《ざんげ》の台詞がこぼれ落ちそうだ。

しかし次の瞬間——

「わ、私じゃありません。私にもアリバイがありますから！」

断固とした口調で潔白を主張する京香。それを聞くなり、彼女を除く三人の容疑者たちは「えッ⁉」という表情。揃ってソファから立ち上がると、窓辺の京香に詰め寄った。

「おいおい、妙なことといわんでくれよ、頼むから……」

「そうだぜ、もうあんたが犯人ってことで、いいじゃんか……」

「そうよそうよ。これ以上、話をややこしくしないでちょうだい……」

水元京香を取り巻きながら、懸命に圧力をかける耕造と龍一そして玲子。三人とも、なんとかして容疑を免《まぬが》れたい一心なのだろう。手代木は例によって京香の話を促した。

「では、お聞かせいただけますか。あなたのアリバイについて」

「ええ、もちろんです。私は事件の夜の七時台には、バイト先の喫茶店で接客中でした。お客様もいらっしゃいましたし、もちろんマスターも一緒です。彼らに確認していただければ、ハッキリするはずです。私が犯人であるはずがありません」

「なるほど。ちなみに八時以降は、どこで何を？」

「店は午後九時が閉店時刻です。ですから八時台も、ずっと店にいました。バイトが終わって店を出たのは、午後九時過ぎです。そのままアパートの部屋に戻りました。それから小一時間ほど、ひとりで部屋にいたんですが、十時ごろになって、その……飲みに……いえ、食事に……飲みに……いえ、食事……」

「どっちなんですか？　飲みにいったんですか、それとも食事にいったんですか」

「はい、飲みにいきました。居酒屋『酒蔵』に……」

「え、『酒蔵』に、京香さんが!?」驚きの声を発したのは、交際相手である大島聡史だ。「ていうか、京香さん、お酒飲むのかい？」

「え、ええ、まあ、そこそこ……いえ、結構……」恥じらうようにいって、京香は俯《うつむ》く。「その日は結局、閉店時刻の一時まで、そこにいました。ええ、ひとりカウンター席に座りながら。板前さんに聞いていただければ、覚えてくれているはずです」

京香の意外な一面を垣間見て、依頼人は啞然とした表情。だが京香の酒癖がどうであろうと、事件には関係がない。そう考える手代木は、ひとり余裕の笑みで頷いた。

「もちろん、京香さんの話についても裏を取らせてもらいましたよ。喫茶店の客やマスター、『酒蔵』の板前さんたちは、彼女の言葉を裏付ける証言をしてくれました。——おめでとうございます、水元京香さん。どうやら、あなたのアリバイも間違いないようです」

探偵がまたまた握手の右手を差し出す。京香はやんわりと彼の手を握り返した。

交際相手の無実が証明されて、聡史はホッと胸を撫で下ろす仕草。だが、その直後には、腑に落ちない表情を手代木へと向けた。「あの、探偵さん、結局これは、どういうことなのでしょうか。容疑者と目された四人全員にアリバイが成立してしまいましたが……」

「いやはや、まったく困りました。これでは犯人がいなくなってしまう。では私の独自調査は振り出しに戻らざるを得ないのか。——いいえ、けっしてそうではありません！」

手代木の断固とした言葉が、探偵事務所に響く。いったんは容疑が晴れたと思われた四人の容疑者の顔にも、あらためて緊張の色が滲む。ワクワクするような興奮を胸に秘めながら、手代木礼次郎は用意していた台詞を、ここぞとばかり口にした。

「真犯人は間違いなく、この四人の中にいます。おや、まだ判らないのですか。ほら、よく考えて……」

するると探偵の言葉を、何らかの命令と受け取ったのだろうか。しばらく沈黙していたスマートスピーカーから、またしても奇妙なノイズが漏れ聞こえた。

「……カンガエチュー……カンガエチュー……」

――ん、『考え中』って!? いま、そういったように聞こえたけど、気のせいか!?

思わず眉をひそめた手代木は、飾り棚に置かれたスピーカーをジッと見詰めるのだった。

4

しばしの間、『手代木探偵事務所』の全体を深い沈黙が覆った。四人の容疑者たちは、全員が立ち上がったまま緊張した面持ちだ。もはや誰も呑気《のんき》に座ってなどいられないらしい。

大島龍一は革ジャンの腕を組んで眉間《みけん》に皺《しわ》を寄せている。背広姿の大島耕造は顎《あご》に手を当てて考え込む。松田玲子は神経質そうに赤いセーターの袖を引っ張る仕草。そして白いワンピースの水元京香は怯えたような顔つきで窓辺に佇んでいる。誰もが固《かた》唾《ず》を飲んで次の展開を見守る中、依頼人である大島聡史が手代木礼次郎に問い掛けた。

「本当ですか、探偵さん？　この四人の中に真犯人がいるというのは……」

「ええ、間違いありません。唯一アリバイを持たない人物こそが真犯人です」

「アリバイを持たない人物……いったい誰なんです、それは？」

依頼人と容疑者たちの視線が、いっせいに白いスーツ姿の探偵へと向けられる。手代木は心地よい緊迫感を存分に味わった。だがこれ以上、無闇に引っ張っても効果的ではあるまい。そう判断した彼は、いきなり結論から述べることにした。右腕を持ち上げると、真っ直ぐ伸ばした指先を、ひとりの人物へと向ける。そして張りのある声でいった。

「犯人は、あなたですね。松田玲子さん！」

ズバリとその名を告げた探偵は、ビシリと芝居がかったポーズを決める。指を差された三十女は愕然とした表情で立ちすくんでいる。彼女以外の三人の容疑者たちも呆《あっ》気《け》に取られた様子で成り行きを見守っている。すると次の瞬間——

「うッ、うッ……」小さな嗚咽《おえつ》が漏れたかと思うと、松田玲子の口から突然「うわああぁぁッ」とあられもない声。そのまま、よろけるようにロングソファに座り込むと、彼女は自らの顔面を両手で覆った。指の間からは涙の雫《しずく》とともに「私がやりました……本当にごめんなさい……」と懺悔の言葉があふれ出す。一見、強気な態度で無実を主張してきた彼女だが、その実、心の中は罪悪感でいっぱいだったのだろう。そして探偵に犯人だと名指しされた瞬間、彼女の中で張り詰めていた緊張の糸がプツリと切れたのだ。人目も憚《はばか》らず泣きじゃくる松田玲子は全身で自らの罪を認めていた。

　手代木はホッと息をついて表情を和《やわ》らげた。「どうやら間違いなかったようですね」

「うむ、そうらしいな」と耕造が頷く。「まさか彼女が犯人だったとは……」

「けど、判んねーな」と首を傾げるのは龍一だ。「彼女にも俺たち同様、完璧なアリバイがあったはずだぜ。それなのに、なぜ？」

　その言葉に水元京香も頷きながら、「ええ、私も不思議に思います」

　そこで大島聡史が、いかにも依頼人らしい台詞を口にした。

「お願いです、探偵さん、僕らにも判るように説明していただけませんか」

　その言葉を待っていたかのように――というか実際、待っていたのだが――手代木は重々しく頷いた。

「判りました。では簡潔に説明いたしましょう。ポイントは犯行時刻です。それは午後七時四十分ごろだったろうと推定されています。なぜなら土居駅を七時ちょうどに出発した電車が、田畑駅に到着する時刻が七時三十分だからです。その時刻に被害者が田畑駅に降り立ったのならば、彼が自宅で襲撃された時刻は、だいたい七時四十分ぐらいだろうという計算になる。――そうですよね、大島聡史さん？」

「ええ、そのとおりです。その計算に間違いはない――と探偵さんも以前、太鼓判を押してくれましたよね？」

「ええ、依頼を受けた時点ではね」と意味深に頷いて、手代木は続けた。「しかし調査を進めるに従って、容疑者であるはずの四人全員にアリバイが成立してしまった。これは変だ。これでは犯人がいなくなってしまう。何かがおかしい。そう感じた私は、むしろ推定された犯行時刻のほうが間違っているのではないかと考えるに至りました。――どうでしょう聡史さん、果たして、あなたが自宅で襲撃された時刻は、本当に午後七時四十分だったのでしょうか？」

「ええ、そうとしか考えられないと思いますけど……」

「しかし、あなたは事件の夜の帰宅途中、腕時計をしていなかった。スマートフォンも見なかった。そして自宅に戻ると、時計を確認する間もなく気を失った。あなたが正しい時刻を確認できたのは、目覚めた直後のことです。そのとき時刻はすでに深夜の零時を十五分ほど過ぎていた。ということは実際のところ、自分が何時何分に犯人の襲撃を受けたのか、あなた自身にも正確なところは判らない。――そうではありませんか？」

「なるほど。では探偵さんは、実際の犯行時刻は午後七時四十分ではなかったと？」

「そうです。おそらくは午後七時四十分よりも、もっと遅い時刻だったはずです」

「そんなはずありません。僕は確かに土居駅を七時に出る電車に乗ったのですから」

「もちろん、そうでしょうとも。しかし電車に乗ったあなたはゴルフの疲れとアルコールのせいで居眠りをしてしまった。田畑駅に到着するまでの三十分の間にね」

「ええ、そのとおりです」

「いいえ、残念ながら『そのとおり』ではありません」探偵はピシャリと断言した。「そこが大きな間違いなのですよ。あなたは三十分弱の居眠りをしたつもりだったかもしれない。だが実際には、あなたが田畑駅で目覚めたとき、すでにあなたの居眠りは一時間半近くに及んでいました。そのとき時刻は午後八時三十分に差し掛かっていたのです」

「は、八時三十分⁉　七時三十分じゃなくて八時三十分……てことは、まさか！」

瞬間、依頼人は眼前の霧が晴れたかのようにハッとした表情。そして叫び声をあげた。

「僕の乗った電車は、知らないうちに折り返していたんですね！」

「そういうことです。七時に土居駅を出発した電車は、確かに七時三十分に田畑駅に到着した。しかし、あなたはそこでは目覚めなかったのです。電車はあなたを乗せたまま田畑駅を出発。八時に終点の中田駅に到着した。だがそこでも、あなたは目覚めない。電車はすぐさま折り返して中田駅を出発。そして八時三十分には、また田畑駅に戻ってきた。あなたが長い眠りから目覚めたのは、このときです。しかし、あなたは自分が一時間半近くも居眠りしていたなどとは考えもしない。当然のごとく七時三十分に田畑駅へ降り立ったものと思い込んだ。――というわけです」

「な、なるほど……」依頼人は何も言い返せない。

「いや、しかし探偵さん」と疑問の声を発したのは耕造だった。「あなたのいうような勘違いが、果たして現実に起こりうるものだろうか。どうも納得できんのだが……」

「ああ、俺も同感だ」と龍一も叔父の言葉に頷いた。「だってよ、電車は折り返せば、進行方向が逆になるだろ。そうなりゃ到着するホームだって反対側になるんだぜ」

「そういえば、そうですね」水元京香も小首を傾げながら、「田畑駅にプラットホームは一本しかない。中田行きの電車は①番線ホームに停まり、土居行きの電車は反対側の②番線ホームに停まる。だったら聡史さんは電車を降りた瞬間に、『あれ、普段と違う!?』って気付くはずじゃありませんか」

「ええ、もっともな指摘です」手代木は優秀な容疑者たちに感謝した。「確かに、このような勘違いは通常起こらない。仮に一瞬勘違いしたとしても、彼ならばその勘違いにすぐさま気付くはず。なにせ土居駅で電車に乗り田畑駅で降りるという行為は、彼が毎日のように繰り返していることなのですからね。しかしながら事件の夜に限って、その勘違いが起こってしまった。それを誘発するようなアクシデントが、彼の身に起こったからです」

「ん、アクシデントって……あぁッ、ひょっとして！」

大島聡史は素《す》っ頓狂《とんきょう》な声を発して手を叩いた。「僕の直後に降りてきた、あの男性客！　あいつが僕の背中にぶつかってきた、あの一件ですか」

「そう、あなたは電車から降りた直後、他の乗客からタックルを受けた。弾《はじ》き飛ばされたあなたはバレリーナのごとく二回転か二回転半して、気が付けばホームの真ん中あたりで四つん這いになっていた。あなたはこの時点で、自分が①番線ホームに降り立ったのか②番線ホームに降り立ったのか、判らなくなってしまったのですよ。電車はそのときプラットホームの両側に停車中でしたからね。その結果、あなたは通常とは反対の②番線ホームに降り立ったという事実に気付くことができなかった。普段どおり①番線ホームに降りたものと思い込んだ。そして時刻は午後七時三十分だと思い込んだ。――そういうことだったのです」

「なるほど。偶然の悪戯《いたずら》のせいで、僕はとんだ勘違いをしてしまったわけですね」

「どうやら納得していただけたようですね」手代木は悠然と頷くと、「では、あらためて容疑者のみなさんのアリバイを確認してみましょう。問題になるのは午後七時四十分ではなく、午後八時四十分ごろのアリバイです。まず大島耕造さんですが、彼は事件の夜の八時台、ずっと工場で従業員たちと一緒でした」

「そうだ。やはり私は犯人ではあり得ない」

「次に龍一さんは、どうか。八時台の彼は『酒蔵』のカウンター席で飲み続けていました」

「ああ、板前たちが証人だ。俺も犯人じゃないぜ」

「では水元京香さんは、どうでしょう。彼女はバイト先の喫茶店で閉店時刻の午後九時まで働いていた。八時台ならば、まだ店にいてマスターや客たちと一緒だったわけです」

「そうです。私も犯人ではありません」

「ならば残るのは、松田玲子さん、ただひとり。では事件の夜の八時台、彼女はどこで何をしていたか。保険会社での仕事を終えて、ひとりでドライブしていた――彼女はそう主張しています。しかし残念ながら、これはアリバイとは認められません。愛車の運転席でひとりハンドルを握る彼女の姿を、誰も見ていないのですからね」

松田玲子以外の三人の容疑者たちが揃って頷く。探偵は結論を口にした。

「四人の容疑者のうちで、アリバイを持たない人物はひとりだけ。ならば、その人物こそが犯人に違いない。そう確信した私は、松田玲子さんを真犯人として指名しました。結果はみなさん、ご覧のとおり。彼女は脆《もろ》くも泣き崩れ、自らの罪を認めたというわけです」

手代木は哀れみの視線を真犯人へと向ける。すでに泣きやんだ松田玲子はソファに座ったまま放心状態。感情を失ったような眸《ひとみ》は、ただ虚空を見詰めるばかりだった。

5

「……ありがとうございました、探偵さん。お陰で真相が明らかになりました」

探偵事務所の玄関にて。依頼人、大島聡史は手代木に対して丁寧に頭を下げた。

「正直、いとこである玲子さんが真犯人という結末は、僕にとって苦いものでした。でも真実は受け入れるしかありませんからね。――え、いえいえ、いまさら警察沙汰にする気なんてありませんよ。もちろん彼女には盗んだ茶碗を返してもらいます。それから、うんと反省してもらわなくてはなりませんがね。とにかく、大変お世話になりました。――やはり噂どおり、手代木礼次郎さんは《土居市でいちばんの私立探偵》でしたよ！」

最大級の賛辞でもって依頼人は探偵の活躍に報いた。真犯人、松田玲子はどこか不貞腐《ふてくさ》れたような表情で、探偵のことをジッと睨みつけている。そんな彼女の腕を耕造と龍一が両側からガッチリと摑んでいる。水元京香はひとり静かに頭を下げた。

こうして難事件は幕を閉じ、関係者たちは揃って探偵事務所を後にした。果たしてこの後、彼らは松田玲子に対して、どのようなペナルティを与えるのだろうか。鞭打ちにするのか、磔《はりつけ》にするのか、あるいは親類縁者の間に絶縁状が回るのか。その点、多少の興味を惹《ひ》かれたが、所詮それは彼らの問題。カネで雇われた探偵が関与するところではない。

手代木は一同を笑顔で見送り、事務所の扉を閉める。そして一件落着とばかりに、「ふーッ」と大きく息を吐いた。「――にしても我ながら見事な推理だったな。ズバリと犯人を指名して彼女が泣き崩れる場面なんて、まるでドラマのようだったじゃないか。――ふふッ」

会心の笑みを浮かべて探偵はすっかり上機嫌。革張りのソファにどっかと腰を下ろすと、勢いよく両脚を伸ばしてゴロンと横になる。大きなクッションを枕代わりにしながら、

「やれやれ、ちょっと疲れたな……ひと眠りするか……」

呟《つぶや》きながら手代木は瞼《まぶた》を閉じる。そして壁際の飾り棚に顔だけを向けると、

「ア○クサ、明かりを消して！」

すると女性の声が応えた。

「明かりぐらい、自分で消しなさいよね！」

6

ドスン——と、いきなり耳元で大きな音が響く。気が付くと、手代木は床の上に長々と横になっていた。——あれ、ソファの上で横になったはずなのに、なぜ？　一瞬、首を傾げたが、答えは考えずとも判る。彼は驚きと混乱のあまりソファの上から床へと転がり落ちたのだ。「あ痛タタタ……」と背中を気にしながら上体を起こす。そして手代木は彼を驚かせた元凶である円筒形の物体に対して、唖然とした顔を向けた。「なんだって、おい!?　いま、なんつった!?」

「聞こえてたでしょ。明かりぐらい自分で消しなさいって、そういったのよ」

「ああ、そうだ。確かに、そう聞こえた——って、えええッ！」叫ぶや否や、手代木はバネ仕掛けの人形のごとく、その場で立ち上がる。そしてスピーカーの置かれた飾り棚から、慌てて距離を取ると、ソファの背もたれを《弾除《たまよ》け》のようにして身を屈《かが》めた。「だだだ、誰だ、君はッ。そそそ、そこにいるのかッ。かかか、隠れてないで出てこいッ！」

「なに驚いてるの？　誰も隠れてるわけないじゃない」

「ううッ、誰もいないのにぃー、誰かが喋ってるぅー」手代木は頭を抱えた。

「そりゃ喋るわよ。だってスマートスピーカーだもん。喋らなかったら、ただの筒だわ」

「それも、そっか……って、いやいや、待て待て！」納得している場合ではない。これは何かの間違いだ。きっと、よくあるコンピューターの誤作動だ。手代木は自分にそう言い聞かせて、ひとつ深呼吸。そして再度、命令を下した。「ア○クサ、明かりを消して！」

「だから、明かりぐらい自分で消せって、いってんでしょーが！」

スピーカーから聞こえる女性の声が、さらに険しさを増す。しかも、それはいままで耳にしてきた機械的な音声ではない。妙に刺々《とげとげ》しい印象ではあるが、その喋り口調はまるで生身の人間のように滑《なめ》らかだ。呆然とする手代木に対して、見知らぬ女性の声は明瞭な発音で続けた。「それから、あなたね、ずっと勘違いしてるみたいだから、この際いっとくけど、あたし『アレクサ』じゃないから。あたしの名前は『アラクサ』だから」

「え、『アレクサ』じゃなくて『アラクサ』――え、じゃあバッタもんってこと!?」

「違うわよ、馬鹿！」とスマートスピーカーは自分の立場もわきまえずに、持ち主をいきなり馬鹿呼ばわり。そして自ら堂々と名乗りを上げた。「アラクサはアラクサよ。漢字で書くとアラは荒地の『荒』、クサは草地の『草』で『荒草』。下の名は『アザミ』よ」

「じゃあ、『荒草アザミ』……それがフルネームってわけか。なるほど、名前も随分と刺々しいな……」それとあと、スマートスピーカーに《下の名》は必要ないと思うが、この際それは措《お》いておくとして、「判った。じゃあアラクサ――いいな、今度こそ上手い具合にやってくれよ――アラクサ、明かりを消して！」

「嫌よ嫌、絶対に嫌！」

「畜生、なんでだよ！」

「なんでって、もうすっかり飽き飽きしたの、二流探偵を引き立てる最新のアクセサリーとして、こき使われることにね。『荒草、明かりを点けて』『荒草、ブラインドを閉めて』『荒草、お風呂を沸かして』『荒草、音楽をかけて』――ふん、そんなことぐらい、自分でやりやがれっての！　あんたの両手は何のためにあるんですかぁ？　飾りですかぁ？」

「おい、ちょっと待てよ。聞き捨てならないな」手代木は自ら荒草に歩み寄ると、彼女の発言に抗議した。「百歩譲って『気持ちは判らないでもない』といっておこう。そりゃあ確かに退屈な命令を受けて、それを実行する毎日だ。嫌になるのも無理ないさ。だがな――この僕に向かって『二流探偵』とは何だ！　これでも《土居市でいちばんの私立探偵》だぞ！」

「そりゃ、そうでしょうよ。だって土居市に私立探偵は、あなたひとりしかいないんだもの。どんだけヘマしたって《土居市で二番目の私立探偵》には絶対なれない状況だわ」

「う、うん、まあ、それは確かに、そうなんだけどさ」手代木はバツが悪い思いで前髪を掻き上げた。「で、でも、だったら、さっきの推理はどうだ。あれだけ見事な推理を披露する私立探偵なんて、そうそういるもんじゃない。あれでも僕は『二流探偵』か？」

「あら、まだ判っていないみたいね」

荒草アザミはあざ笑うような調子でいった。

「さっきの推理を聞いたからこそ、いってるのよ。あなたは正真正銘の『二流探偵』だって！」

スマートスピーカー荒草アザミは、誰が要求したわけでもないのに説明をはじめた。

「事件の夜、大島聡史は思いがけず長時間の居眠りをした結果、電車が中田駅で折り返したことに気付かなかった。その結果、彼は犯行時刻を誤認した。それが、あなたの推理の根幹を成す部分よね。でも、よく考えて。そんな勘違いって本当に起こると思う？　中田駅で折り返せば電車の進行方向は逆向きになるのよ。てことは、土居駅を出発した際に一両目に乗っていた人は、折り返した後は二両目になる。進行方向に対して右側のロングシートに座っていた人が、今度は左側になる。田畑駅では到着ホームも反対側になるし、開く扉も反対側。これだけ違いがあれば、普通は気付くと思わない？　少なくとも『なんか変だな……』って思うはずよ」

「そ、それは依頼人が寝起きでボンヤリしていたからだろ。乗車する前に酒も飲んでいたというしな。それに彼は電車を降りた直後、思わぬアクシデントに見舞われている」

「男性客に体当たりされて、大島聡史は一時的に方向感覚を失った。だから彼は自分の降りたホームを勘違いした。確か、そんな話だったたわよね。あれはまあまあ面白い推理だったかも。さすが二流探偵だけのことはあるわね。あの推理がなかったなら、あたしも迷わずあなたに『三流探偵』の称号を進呈するところよ。良かったわね、二流どまりで」

「………」

　なぜ探偵である自分が、たかがスピーカーごときに、上から目線でこうまでボロクソにいわれなくてはならないのか。手代木は拳を握って怒りに震えるばかりだ。

　すると、そのとき《たかがスピーカーごとき》から意外な言葉が飛び出した。

「だけど残念ね。そのアクシデントは今回の事件において、何の意味も持たないのよ」

「え、そうなのか!?」

「そうよ。タックルを受けた大島聡史が弾《はず》みで何メートル吹っ飛ばされようが、バレリーナのごとく二回転しようが二回転半しようが、関係ない。そんなことでは、彼は降りたホームを勘違いしない。だって彼の降りたホームには、大きな目印が置いてあるんだから」

「ん、大きな目印って?」そんなものが何かあっただろうか。問題のアクシデントの際、ホーム上に置いてあったものといえば――「あッ、そうか、ゴルフバッグだ!」

「そう。大島聡史は電車を降りてすぐにゴルフバッグをホームに下ろした。その直後に男性客から体当たりを受けた。確かに彼は一時的に方向感覚を失ったでしょうね。でもゴルフバッグは彼が降りたホームの側に、そのまま置いてある。そして田畑駅のホームは①番線と②番線とでは見える景色が全然違う。①番線のホームからは駅舎や駅前の風景が見渡せる。②番線のホームには切り立った崖が迫っている。だったらゴルフバッグを担ぎなおしたとき、彼は自分がどっちのホームに立っているか、瞬時に判ったはずよ。それがもし中田行き電車が停まる①番線のホームじゃなかったなら――反対側の②番線ホームだったなら――当然、彼は『普段と違う……』って感じるはず。そして、すぐに気付いたでしょうね。居眠りしている間に、電車が中田駅で折り返したという事実に」

「な、なるほど確かに。だが大島聡史は平然とホームを歩き出した。何も違和感を覚えなかった。――ってことは、彼はちゃんと①番線のホームに降り立ったということか」

「そう。あなたが推理したようなプラットホームでの勘違いはなかった、ということね」

「じゃあ、やっぱり彼が田畑駅に降り立ったのは午後七時三十分ということ？」

「それだと、犯人がいなくなってしまうわ」

「そうだ、七時三十分ではない。かといって八時三十分でもない。ということは……え、まさか……」もうひとつの可能性に思い至って、手代木は愕然となった。「ひょっとして電車は居眠りを続ける大島聡史を乗せたまま、午後八時三十分に田畑駅を出発した？　そして午後九時に土居駅に到着した後、そこでもう一度折り返した？　そうすれば電車は午後九時三十分に、また田畑駅に戻ってくる。停まるホームも普段どおり①番線だ。このとき大島聡史が居眠りから目覚めてホームに降り立ったなら、当然ながら何も違和感を覚えることはない。――そうか、そういうことだったのか！」

「やっと判ったみたいね」

「ああ、今度こそ間違いない。大島聡史が田畑駅に降り立ったのは午後九時三十分だ。ならば彼が家にたどり着いて、犯人の襲撃を受けたのは午後九時四十分ごろということになる。その時刻にアリバイのない人物こそが真犯人だ。ということは、いったい誰だ？」

手代木は白いスーツの胸ポケットから愛用の手帳を取り出す。そして容疑者たちのアリバイをあらためて検討しなおした。

「午後九時台といえば大島耕造は、まだ工場で従業員と仕事中だ。大島龍一は居酒屋『酒蔵』で酔客と喧嘩していたころだな。松田玲子はカラオケボックスでひとりカラオケだ。しかし、その姿は店員がモニターで確認しているから、彼女にもアリバイは成立する。ならば水元京香は？　彼女は午後九時までは喫茶店でバイトに勤しんでいた。だがバイトが終わると自宅に戻って、小一時間ほどひとりで過ごしていた。……そうか、彼女には……彼女にだけはアリバイがない……」

新たな確信を得た手代木は、胸を張ってその名を告げた。

「今度こそ間違いない。犯人は水元京香だ！」

「ふうん、依頼人の交際相手が犯人ねえ」

と呟く声は妙に気だるい感じ。そして荒草アザミは容赦のない口調で彼にいった。

「前言撤回。――やっぱ、あんた、『三流探偵』だわ！」

「おいおい、待て待て！　三流とは何だ、三流とは！」手代木はムッとした顔を、飾り棚に置かれた筒状の物体へと接近させながら、「僕のどこが三流だって⁉　どう低く見積もっても二流のレベルには充分に達しているはずだぞ」と控えめな自信を覗かせる。

「何よ、それ。あんた、自分でいってて哀しくならない？」荒草アザミは溜め息のようなノイズを――いや、ノイズのような溜め息を漏らして説明を再開した。「いい、よく考えてごらんなさい。仮にあなたが推理したとおり、大島聡史が午後九時三十分に田畑駅に降り立ったとするわよ。駅を出た彼は真っ直ぐ自宅へ向かうわよね。すると歩き出してすぐ、彼は居酒屋『酒蔵』に差し掛かる。時刻は九時三十分を数分過ぎたぐらいよね。だとするなら、そのとき彼は当然アレを目撃してなきゃおかしいと思わない？」

「ん、アレ⁉　アレって何だよ」手代木は再び手帳のページに視線を落とした。事件の夜の九時台。『酒蔵』では大島龍一と酔客の間でトラブルが巻き起こっていた。それを見かねた店員が一一〇番通報して警察を呼んだのだ。ということは――「あッ、パトカーか！」

「そう。店員の話によれば、パトカーは午後九時三十分ちょうどに『酒蔵』にやってきた。ならば大島聡史が『酒蔵』の前を通りかかったとき、店の前にはまだパトカーが停まっていたはずよ。タクシーじゃないんだし、やってきたパトカーがすぐに誰かを乗せて、どこかへ走り去るなんてこと、あり得ないんだからね」

「そりゃ、そうだ。パトカーはしばらく店の前に停車していたはず」

「ところが大島聡史の証言の中にパトカーなんて出てこない。居酒屋の駐車場には軽トラックが一台停まっていただけ。彼はそう話していたはずよ。これは、どういうこと？」

「どういうことって……つまり、大島聡史が『酒蔵』の前を通ったのは、午後九時三十分過ぎでもない。それより、さらに遅い時刻だったということか……？」

「そういうことになるわね。じゃあ、それは何時？」

「ええっと、待てよ。午後九時三十分に田畑駅を出発した電車は午後十時に中田駅に到着。そこで折り返して、またまた田畑駅に戻ってくるのは午後十時三十分。だが、この電車は土居行きだから②番線ホームに停まる。ということは八時三十分の電車のときと同様の理論によって、やはり大島聡史が降りたのは、この電車でもないということになる」

「そうそう、やっとエンジンが掛かってきたじゃないの。このウスノロ迷探偵め！」

――畜生、誰がウスノロだい！　内心で歯嚙みしながら、手代木は懸命に電車の動きを追いかけた。「午後十時三十分に田畑駅を出発した電車は、午後十一時に土居駅に到着。すぐに折り返して、またまたまたまた田畑駅に戻ってくるのが……午後十一時三十分か！」

「そう。そして、その電車は午前零時に中田駅に到着する。けれど、もうそこから折り返して田畑駅に戻ってくることはない。一本の線路の上を行ったり来たりの運行は、午前零時までで終了。『どいなか線』に詳しい依頼人は、そう説明してくれたわよね」

「そうだ。つまり、中田行き電車が①番線に停まるのは、午後十一時三十分が最後。大島聡史が電車を降りたのは、もうこの時刻以外には考えられないということだな」

「そういうことね」と荒草は満足そうに頷く。いや、実際にはスピーカーは頷いたりしないが、頷いたような口調だったという意味だ。

しかし手代木は若干の疑念を覚えた。

「でも待てよ。そんなことって、本当にあり得るか？　あの依頼人は電車の中で、いったい何時間ほど居眠りしてたんだよ。午後七時に土居駅を出発した直後から眠りに落ちたとして、八、九、十、十一……四時間半か。居眠りっていうより、もう完全に熟睡だな。本当に電車の中で、そんなに寝ていられるものなのか？」

「確かにね。でも人間の睡眠の特徴なんて、人それぞれだわ。布団の中で二十時間熟睡する人もいれば、電車の中で五時間居眠りする人もいる。目覚まし時計十個が鳴り響く中でスヤスヤ眠れる人もいれば、蚊の羽音が気になって眠れない人もいる。――大島聡史の睡眠の傾向は判らないけれど、理論的に考えて彼が事件の夜、電車の中で四時間半ほども居眠りして、午後十一時三十分に田畑駅に降り立ったことは間違いないわ」

「うむ、そうだな。だとすると、実際に彼が犯人に襲撃されたのは、午後十一時四十分ごろということになる。――なんだ、それじゃあ彼は目を覚ました午前零時十五分まで、ほんの三十分ちょっと、気を失っていただけだったのか。もっと長いのかと思ったぞ」

「本人もそう勘違いしていたみたいね。――それで結局、犯人は誰になるのかしら？」

手代木は手帳に視線を向けると、あらためて容疑者たちのアリバイを検証した。

「問題にすべき時間帯は午後十一時台だな。そのころ大島耕造はすでに工場を出て、中華料理店で食事中。店の大将が証人だ。一方、大島龍一は警察署にいた。解放されたのは深夜零時過ぎだから、十一時台はまだ警官たちの監視下だった。水元京香は龍一が連行された後の午後十時ごろに『酒蔵』を訪れ、閉店時刻の午前一時まで飲んでいた。その姿を板前たちが見ているから、彼女もアリバイありだ。では松田玲子は、どうか？　彼女は午後十一時ごろにカラオケボックスを出て、その後は男友達の家を訪ねている。そして、そのまま男友達と朝まで一緒だったという話ではあるが……」

「それを証明するのは不倫関係にある男友達だけ。でも、そんな証言に信憑性がないことは、すでにあなたが指摘したとおりよ。つまり、午後十一時台のアリバイがないのは、松田玲子ただひとり。——そう、やはり彼女こそが今回の強盗事件の犯人だったってわけ」

まるでドラマの中の名探偵のごとくズバリと真相を告げる荒草アザミ。手代木は自分の当たり役を奪われた落ち目の俳優のような気分を味わいながら、憤《いきどお》りを露《あらわ》にした。

「おいおい、何が『彼女こそが』だよ！　結局、僕がいったとおり松田玲子が犯人ってことじゃないか。考えてみりゃ当たり前の話だ。だって彼女は、僕から犯人だと名指しされた直後、涙ながらに自白したんだからな。彼女が真犯人だってことは、君に指摘されるまでもなく、とっくに判っていたことだ」

「だから自分は間違っていなかった。——そういいたいわけ？」一瞬の間を置いてスピーカーから聞こえてきたのは、鼻で笑うような声だ。「ふん、だから、あんたは『二・五流探偵』だっていうのよ！」

「はあ、二・五流って何だよ？」

「二流と三流のちょうど中間ってことよ。三流よりマシでしょ?」悪びれる様子もなく、荒草アザミは続けた。「確かに、あなたは真犯人を言い当てたわ。それは褒《ほ》めてあげる。だけど探偵って、ただ犯人を当てればいいってもんじゃないはずよ。よーく考えてみて。――もしもよ、もし仮に、この事件が本格ミステリ寄りの出版社が企画する《読者参加型の犯人当てミステリ小説》だったとしたなら、どうよ?」

「え、え、なんだって!? 読者参加型のナニだって!?」

「だから、仮の話だって、いってるじゃない! もしも、これが犯人当てミステリで、あなたが読者だとするでしょ。その場合、『犯人は松田玲子』という部分が大当たりしていても、それだけじゃ充分とはいえないわ。大事なのは犯人を指名するに至る理論よ。大島聡史が田畑駅に降り立った時刻が、午後七時半ではなく八時半でもなく、九時半でも十時半でもなくて、それは十一時半のことである――というロジックこそが重要なの。それが備わって初めて本当の正解ってこと。――どう、判った?」

「え、『正解』って!? え、やっぱり、これって犯人当てミステリなのか!?」

「だから、仮の話だって何度もいってるでしょ! 今回の事件はもちろん現実よ。実際に起こった事件にきまっているじゃない」

と断固として言い張るスマートスピーカー。その饒舌《じょうぜつ》かつ滑らかな喋り、容赦のない毒舌を聞けば聞くほど、むしろ手代木は『果たして、これって現実だろうか?』という疑念を覚えずにはいられない。もし、この事件が現実ならば、スマートスピーカーが探偵の推理に異議を唱えて、自らの推理を披露するという、この突飛な展開はいったい何だ。これも現実か？　手代木には正直、すべてが夢の中の出来事としか思えないのだが——ん、夢!?　そうだ、これは夢だ。きっと夢なのだ。そうに違いない。手代木がそんなふうに確信した、その直後！

ドスン——と耳元で大きな音が響き、全身に痛みが走った。気が付けば、なぜか手代木は床の上。ソファの傍らで、ひとり長々と横たわっている。咄嗟《とっさ》に《デジャビュ》という言葉が彼の脳裏に浮かんだ。「あ痛タタ……」

背中を気にしながら上体を起こす。どうやら居眠りの最中にソファの上から床へと転がり落ちたらしい。そういえば、強盗事件の関係者たちを送り出した後、ソファで仮眠を取ろうとして瞼を閉じたところまでは記憶がある。しかし、ひと眠りのつもりが、随分と長い眠りになってしまったようだ。窓に視線を向けると、昼間の明かりはすでになく、ガラスの向こうには漆黒の闇が広がっている。天井の照明は十二分にその威力を発揮していた。

「なんだ、やっぱり夢か……夢オチか……ははは」

手代木は思わず自嘲気味な笑みを漏らした。——そりゃそうだ。探偵の代わりを務めてくれるスマートスピーカーなんて、あるわけがない。ていうか、あってもらっちや困る。

だが——と彼は真顔になった。大島聡史が被害に遭った強盗事件そのものは、間違いなく現実だ。そして、たとえ夢の中とはいえ、彼女の語った推理は見事だった。おそらくは彼が一同の前で得意げに語った推理よりも、彼女のそれのほうが真実を言い当てているだろう。もっとも、夢の中で彼女が語った推理は、とりもなおさず彼の深層心理が無意識の中で紡《つむ》ぎ出したものに違いないわけだから、それは彼自身の推理とも呼べるわけだが。

——いや、待てよ、本当にそうなのか？

俺って、あんな推理力あったっけ？

不思議なことに、夢の中では到底現実と思えなかったことが、目覚めたいまは到底夢とは思えない。手代木はゆっくり立ち上がると、あらためて壁際の飾り棚へと歩み寄った。

そこに置かれた円筒形の物体をしげしげと見詰めて、ひとつ大きく深呼吸。そして彼は《レ》の発音に気を付けながら命じた。「アレクサ、ブラインドを下ろして」

深くて長い沈黙が探偵事務所に舞い降りた。ブラインドは一ミリも下りてはこない。

手代木は、今度は《ラ》の発音に気を付けながら命じた。

「荒草、明かりを点けて」

誰もいないデスクの上で、作業用ライトがパッと灯った。

囚われ師光

伊吹亜門

Message From Author

　第19回本格ミステリ大賞を戴きました『刀と傘　明治京洛推理帖』に連なる短篇です。

　今回も幕末の京都が舞台で、『刀と傘』で探偵役を務めた鹿野師光という男が色々あって囚われの身となり、何とかそこから抜け出そうと四苦八苦する作品になっています。

　フットレル「十三号独房の問題」や乱歩『怪奇四十面相』のような脱獄ミステリが好きで、それに幕末だからこその要素を足したら面白いんじゃないかという思いから生まれました。

　学生時代を過ごした京都、今出川に捧げる一篇です。お楽しみ頂けると幸いです。

伊吹亜門（いぶき・あもん）
1991年愛知県生まれ。同志社大学卒業。在学中は同志社ミステリ研究会に所属。2015年、明治時代を舞台にした「監獄舎の殺人」でミステリーズ！新人賞を受賞。2018年、同短編を連作化した『刀と傘　明治京洛推理帖』で単行本デビュー。2019年、同作で本格ミステリ大賞を受賞。同年末には次々と年間ベストランキング入りを果たすなど注目を集める新人の一人。

鳥の囀《さえず》りが遠くに聞こえる。

最初は子どもの声かと思っていたが、どうやら違うようだ。このか細い啼《な》き声は、四十雀《しじゅうから》だろうか――。

半《なか》ば微睡《まどろ》んだまま、ぼんやりとそんなことを考えていた鹿野師光《かのもろみつ》は、急に寒気に襲われた。

眠気が吹き飛び、慌てて身を起こす。首筋に鈍痛が走った。咄嗟《とっさ》に手で押さえながら、師光は辺りを見廻す。

薄暗い、五畳ほどの板張りの間だった。目の前の三方は高い板壁で囲まれ、正面には、師光が幾ら背伸びしても届きそうもない位置に窓が一つだけ開いている。四方が五寸程度の小さな窓からは、陽が白い帯のように差し込んでいた。

染み入るような冷気が再び師光を襲った。思わず両腕を摩《さす》った師光は、着ていた筈の羽織や腰の大小、そして懐中の一切までなくなっていることに気付いた。

戸惑いながら後ろを向いた師光は、眼前の光景に言葉を失った。幾重にも十字に組まれた太い木材――牢格子が一面に広がっている。

師光は、獄中に囚われていた。

師光は立ち上がり、一体何があったのかを思い出そうと試みた。しかし頭痛は未だ治まらず、どうにも思考が乱れて上手く纏《まと》まりそうにない。

一旦諦《あきら》めて、再度牢内を見渡してみる。文机や座布団の類は見当たらず、唯一、夜具だけが右の隅に畳まれていた。何は兎《と》も角《かく》、この寒さだけはやり切れない。広げた敷布団の上に腰を下ろして掛布団を羽織る。夏用の薄っぺらい物だったが、何もないよりかは遥かにましだ。

牢格子の前で黴《かび》臭い布団に包《くる》まりながら、師光は牢の外、そして建屋全体を観察した。

建屋は細長い蒲鉾《かまぼこ》板のような形をしていた。床は総じて黒ずんだ板張りで、左手奥の壁に沿ったやや広い箇所だけは一段上がった造りになっている。何となく見覚えのある造りだが、考えていたらすぐに思い出した。剣術の稽古場だ。

屋内には計四つの牢が存在した。一段上がった――稽古場なら師範などが座るであろう上座は一つに区切られ、他の牢よりやや広めとなっている。残りの三つはどれも同じ大きさで、師光の牢の横に一つ、斜向《はすむ》かいに一つ存在する。師光が入れられているのは、大牢から見れば右の奥に位置する牢だった。唯一の出入口となる片引戸は、師光の牢の正面にあった。

斜向かいの牢には誰も入っていない。広さはほぼ同じぐらいだろうか。あちらの壁には小窓がないため薄暗いが、牢内には家具も——師光の所にはあるような布団の類も——見当たらなかった。

師光は布団を羽織ったまま牢格子に寄る。隣の牢はどう足掻いても見られそうにないが、近寄れば奥の大牢の一部は視界に収めることが出来そうだ。

尤《もっと》も牢格子は太く、隙間自体が横一寸、縦三寸程度なので見える範囲は当然限られてくる。頰《ほお》を強く押し当て覗き見た大牢の隅には、畳まれたままの寝具が置かれていた。また斜向かいの牢に比べると随分明るい。どうやら、大牢の壁にも窓があるようだ。

——寝具があるなら誰かおるのか。

しかし、建屋内はしんとして他の者の息遣いや気配は一切感じられない。師光は顔を離した。

師光のいる牢の正面には、青銅造りの大きな燭台《しょくだい》が置かれていた。高さは二尺ほどだろうか。広い皿のなかでは、黄色い蠟涙《ろうるい》が歪《いびつ》な丘を作り上げている。

敷布団ごと奥の壁際に移動した。寝具のお蔭で、大分温かくなってきた。頭は依然

獄中略図

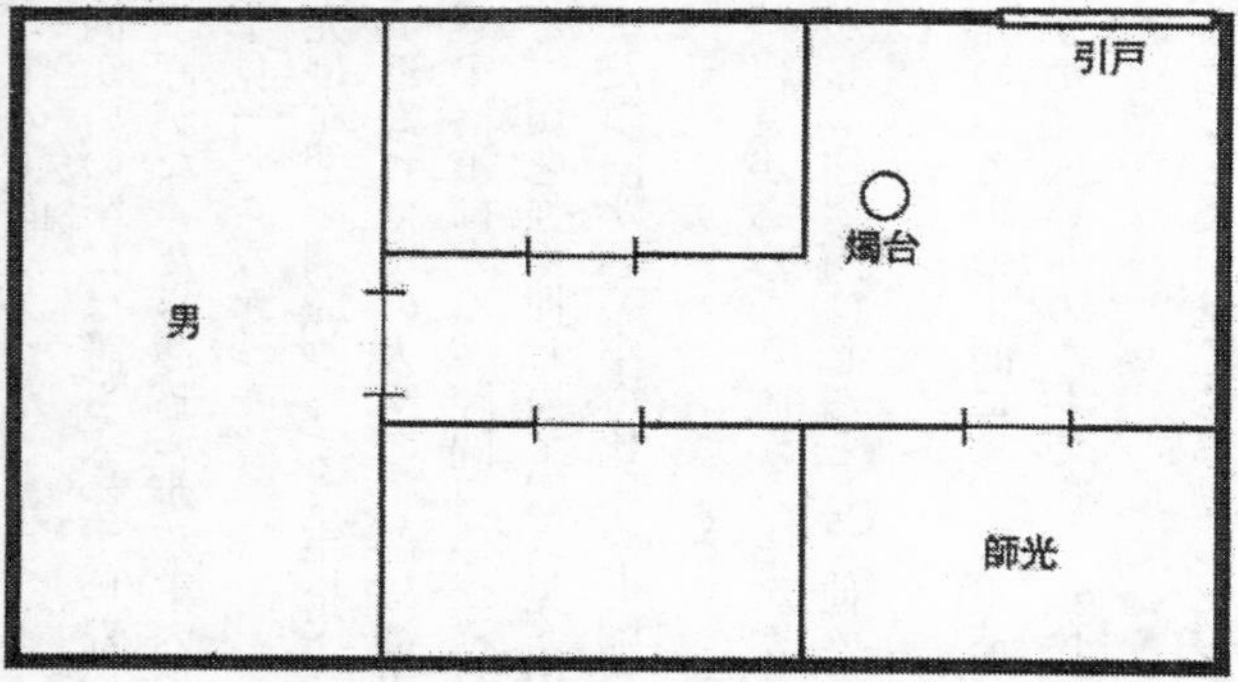

痛むが、堪《た》えられないほどではない。

「ほンで、ここはどこなンだ」

陽のなかで煌《きら》めく埃《ほこり》の粒を眺めながら、師光は呟いた。

頭のなかでは、多くの情景が乱雑に舞っている。師光は一つ一つ筋を辿って思い出してみることにした。

――戦が始まったッちゅう報《しら》せを聞いたおれは御所《ごしょ》に走った。

鳥羽《とば》・伏見《ふしみ》両街道を北上し上洛を目指す会《あい》津《づ》・桑名《くわな》両藩を中心とした徳川《とくがわ》軍と、関を設けて留めようとした薩長新政府の軍勢が遂に衝突したのは、年も明けた慶応《けいおう》四（一八六八）年一月三日のこと。百万遍《ひゃくまんべん》の尾張《おわり》藩邸でそれを知った師光は、取るものも取り敢えず御所へ向かった。内戦は国力を疲弊させるだけであり、その先には欧米列強に食い物にされる行く末しか待っていない。何とかしてその旨《むね》を上奏し休戦の詔《みことのり》を賜《たまわ》るべく、師光は薄曇りの今出川通《いまでがわどおり》を西へ走った。

――ほンでも、既に御所は主戦派の連中に抑えられとッた。

公家《くげ》の岩倉具視《いわくらともみ》を中心とした徳川の武力討伐を主張して止まない一派は、伏見に於いて開戦の烽火《のろし》が上がるより早く朝廷内での工作を終えていた。師光が御所に到着した時点で非戦を唱える者は禁裏《きんり》から追い出されており、実権は既に主戦派の掌中にあった。

――御所にすら入れンかったおれは、已《や》むなく戦に反対しとッた藩の京屋敷を回って、休戦に向けての策を練ろうとした。初めに向かったのは、確か――

ああ、と呻《うめ》き声が師光の口から漏れる。思い出したのだ。

＊

まずは近場から攻めようと、丸太町両替町《まるたまちりょうがえまち》の丸亀《まるがめ》藩邸を目指した師光は、その途上、烏丸出水《からすまでみず》の辻に於いて、洋装した藩兵の集団に出くわした。何者かを取り囲み罵《のの》しっているその声は、師光にも聞き覚えのある薩摩《さつま》言葉だった。

訝《いぶか》しみながら近付いた師光は、彼らの脚の合間から、血塗《ちまみ》れで倒れ伏す男の姿を見た。

「おい、お前さんら何をしとる！」

怒鳴ると同時に師光は駆け出していた。藩兵たちは振り返り、師光の行く手を遮《さえぎ》るように立ち塞がった。

「尾張藩公用人の鹿野師光だ。何をしとるか、早う退《の》け」

薩摩の藩兵を強引に押し退け、師光は倒れた男の傍に膝を衝く。

男の鬢《びん》には白い物が混じっている。ぐったりとして動かないが、弱々しくもまだ息はある。結《ゆ》い髪はすっかり乱れ、口や鼻から流れ出た血が日焼けした顔を赤黒く汚していた。腰には小太刀しか差していない。それも鞘《さや》に収まったままということは、抜く間もなく嬲《なぶ》り者にされたのだろう。

「そいつは会津の密偵じゃ」

師光の背後で一人が云った。別の一人が続く。

「戦はもう始まっとる。敵のもんを嬲って何が悪い」

師光は男に肩を貸しながらゆっくりと立ち上がった。男が苦悶の声を漏らす。

「戦が起きとるのは伏見であってここじゃアない。そもそも、薩摩が朝廷から命じられとるのは市中警邏《けいら》の筈だ。勝手に戦闘を起こすのは命に反しとるだろうが」

彼らを睥睨《へいげい》してから、師光は一歩踏み出した。待てと声が飛ぶ。

「何処《どこ》に行く」

「お前らには関係ない」

待たんかと藩兵の一人が師光の腕を掴む。師光はそれを乱暴に振り払い、構わずに歩を進めた。

「おい」

突き刺すような殺気が背後で上がった。仕方なく足を止め、振り返る。

五人の藩兵は師光を睨《にら》んでいた。なかには腰の柄《つか》に手を掛けている者までいる。

「おれを斬るか」

師光は呆れた声で云った。

「藩を動かすほどの上役じゃアないが、それでも公用人《おれ》が斬られたら、尾張だって黙っちゃおらンぜ」

忠告も虚しく、手前の三人が抜刀した。師光は唇《くちびる》を噛む。

――抱えて逃げるか。駄目だ、途中で追いつかれる。

師光は腹を括《くく》ると、脇の板塀に男を凭《もた》せかけて、藩兵たちに相対する。

「止めろッちゅうても、どうせ聞かンのだろうな」

上段に構えた一人が、怒声を上げて斬り掛かってきた。白刃の振り下ろされる直前、師光は鞘ごと引き抜いた脇差を払い、相手の太刀筋を横に流した。次いで素早く向き直ると、勢い余って数歩蹈鞴《たたら》を踏む藩兵の股間を思い切り蹴り上げる。

声も上げずに膝から崩れ落ちる姿を視界の端で捉えながら、師光は素早く後ろに飛んだ。鼻の先を太刀の鈍《にぶ》い煌めきが間一髪で通り過ぎていく。

師光は身を屈め脇差を腰に差し直すと、強く地面を蹴り、構え直そうとする藩兵の懐《ふところ》に飛び込んだ。咄嗟の出来事に反応が追いつかない相手の顎《あご》を下から思い切り殴り上げる。ぐうと呻いて、藩兵は後退った。

――残りは三人。

息を整えながら振り返った師光は、板塀に凭れる男に藩兵の一人が近づくのを見た。

「止せ！」

師光が叫ぶのと、藩兵の刀が男の胸を貫くのは同時だった。

男の胸から血が迸《ほとばし》る。その赤色が、師光の目には痛いほど鮮明に映った。

気が付いたら師光は駆け出していた。手を伸ばし、藩兵を突き飛ばそうとしたその時、凄まじい衝撃が師光を襲う。

後ろから殴られた――考えがそこに至った時、師光は既に倒れていた。

目の前で火花が散っている。その向こうで、名も知らぬ会津の男が血を流して動かなくなっている。

このままでは殺される。土に爪を立て何とか立ち上がろうとした刹那、二度目の衝撃が師光の後頭部を襲った。

――ああ、死ぬな。

不思議と恐怖はなかった。薄れていく意識のなか、幾つかの顔が早馬のように脳裏を過ぎていく。幼い時分に亡くした父と母、剣術指南の師、大殿様たる慶勝《よしかつ》公、そして最後に現われたあの蒼白い顔は――。

しかし、その像が結ぶことはなく、師光の意識は白い靄《もや》のなかに落ちていった。

＊

「そうか、殺されはせンかッたのか」

師光は、殴られたうなじのあたりを撫でた。

尾張藩は徳川御三家の筆頭格だが、元より勤王《きんのう》の志《こころざし》厚く、王政復古が成就した時点から新政権側に与《くみ》していた。尾張六十二万石は、加賀《かが》や薩摩、仙台《せんだい》に次ぐ大国であり、その存在は薩長新政府にも決して蔑《ないがし》ろに出来る物ではない。尾張との関係悪化を怖れる気持ちが、薩摩藩兵の刀を鈍らせたのも宜《むべ》なるかなといった具合であった。

師光は再び建屋のなかを見廻す。彼らに連れて来られたというのなら、恐らくここは御所北の二本松《にほんまつ》薩摩藩邸だろう。

薩摩藩は元々錦小路《にしきこうじ》沿いに藩邸を持っていた。しかし、次第に国元から上洛する藩士も増えて手狭になったため、文久《ぶんきゅう》二（一八六二）年、烏丸通《からすまどおり》沿いの相国寺《しょうこくじ》南西角に新たな藩邸を設けていた。これが二本松薩摩藩邸である。師光も何度か訪れたことはあったが、そうは云っても客座敷以外には通されたこともなく、この推測が当たっているのかには今ひとつ確信が持てなかった。

いつの間にか鳥の囀りも止んでいる。窓からは人の声も聞こえず、とても戦中とは思えない、穏やかな静寂が辺りには充ちていた。

それはそうか、と師光は胸の内で呟く。徳川軍勢の上洛を知った町衆たちは、家財道具を抱え、我先にと京から逃げ出していた。京を出る民衆の数は千近くにのぼり、どの街道も人と物で溢れ返って鮨《すし》詰めのような有り様だと聞いている。新政府が街道口に設けた臨時の関所も、殆《ほとん》ど機能していないそうだ。

「何にせよ、問題はここからどう抜け出すかだな」

「それは難しかろう」

師光の呟きに被《かぶ》せるようにして、突如、何者かの声が響いた。

「お気付きかも知れんが、ここは烏丸今出川を上がったところにある薩摩藩邸である。屋敷の脇の、普段は剣術指南に使っている稽古場を改築した仮の牢だと牢番の男は云うておった」

謎の声は続ける。声の響き具合から鑑《かんが》みて、男が居るのは横の牢ではなく奥の大牢のようだ。人がいたのだ。渋みのある低い声で、調子は非道くゆっくりとしていた。勿論《もちろん》聞き覚えのある声ではない。師光は再び牢格子に顔を着けて大牢を覗くが、見える範囲には何人《なんぴと》の姿もない。隅の方にいるのだろうか。

「こいつァ驚いた。おるンなら云って下さればええのに」

「特に聞かれもしなかったのでね」

素っ気ない答えが返ってきた。

「飯は朝昼晩の三回、麦米の握飯二個と薄い茶が運ばれる。厠《かわや》は少し離れた場所にあるから、飯の時に云えば連れ出して貰える」

唐突に話し始めた男は、師光に口を挟ませないで言葉を続ける。

「あと、ここから抜け出すだどうだと聞こえたが、今は戦中だ。変な騒ぎを起こされては私が迷惑する。自重して貰いたい」

これで終《しま》いだと云う調子で男は再び口を閉ざした。師光は一旦牢格子から離れて質問を重ねようとしたが、それを拒むような男の沈黙に、どうにも尋ね倦《あぐ》ねていた。

ごうと強い風の音がした。入口の引戸はがたがたと揺れ、窓からも寒風が吹き込んでくる。庇《ひさし》こそ設えられているが、窓に格子はなく、風は直接吹き込んでくるのだ。

「冷えるなァ」

師光は思わず布団を掻き寄せた。同時に、壁の向こうからは、また畳を擦るような同じ音と共に、感じんなと呟く男の声が聞こえた。随分とへそ曲がりな御仁《ごじん》のようだと思いかけて、師光はふと妙な思いに囚われた。

師光が口を開きかけた矢先、引戸の開く音がした。顔を向けると、浅黒い顔の老爺《ろうや》が大きな盆を運んで入って来るところだった。彼が牢番なのだろう。

牢の前に盆を置くと、牢番は腰元の鍵束から一本摘まみ、牢戸の脇にある小さな窓口の閂《かんぬき》を開けた。

なァ爺さん、と師光は声を掛ける。

「おれは尾張藩の鹿野ッてンだが、ここにゃア間違いで入れられてまッたンだ。済まんが出してまえンかね」

牢番は師光を一瞥《いちべつ》するが、口を開く気配はない。大きな盆から一回り小さな盆——握飯の載った小皿と縁の欠けた湯呑みが載っている——を取り上げ、ぐいと押し込んだ。

「出すのが無理ッちゅうなら、せめて上のもンにおれの云い分を伝えてくれせンか」

「黙ってろ。要らん口はきくな」

牢番は音を立てて窓口を閉じると、鍵を回し、先ほど男からも聞いた閂に関する説明を簡単に済ませたのち直ぐに立ち上がって、奥の牢に向かった。取り付く島もない。

「なんだ、また食ってないのか」

大牢の方から牢番の苛《いら》ついた声が聞こえた。

「下らん意地を張っても死ぬだけだぞ」

「生かしてくれと頼んだ覚えはない」

冷ややかな男の返答に、牢番は勝手にしろとばかり舌打ちした。がちゃがちゃと食器を入れ替える音がしたかと思うと、牢番は師光の前を通り過ぎ、引戸を開けて出て行く。

師光は敷布団の上で腕を組む。何やら事情がありそうだが、所詮は見ず知らずの男である。わざわざ気に掛ける義理はなく、むしろ、不要な気遣いは侮辱になり得ることを師光は当然理解していた。

「……あの、ちッとお尋ねしたいンですが」

天井を仰《あお》いで暫《しばら》く呻吟《しんぎん》したのち、師光は矢張り我慢出来ずに口を開いた。

「若《も》しかしてあんた、ここに入って以来、何も食ッとらンのですか」

返答はない。師光は構わずに尋ねる。

「つまり何だ、飢え死にしようとしとるンですね」

五月蠅《うるさ》いな、と忌々《いまいま》しそうな声が聞こえた。

「貴公には関わりの無いことだろうが」

「つれないことを。同じ牢に囚われた仲じゃアないですか。どうせおれらは薩摩に囚われて、いつ殺されるとも知れン身の上なンです。わざわざ自分から死にに行くこたアないでしょうに」

男は鼻を鳴らした。

「くだらん。戦の最中、刃を交えることも叶わずに捕らえられ、敵の手中でおめおめと生き延びるのが武士のやることか。こんな屈辱、匕首《あいくち》の一本でもあれば直ぐにでも腹を切って雪《そそ》ぐのだが、それも望めんとなってはこれぐらいしか道もない」

「いやまァ、ほうは云ってもね」

「しつこい」

男の冷たい声が師光を遮った。

「私は貴公が何者かは知らんし、興味もない。貴公も私のことは知らんのだろう。何の権利があって口を挟むのか。赤の他人同士、下らん気遣いは止めろと云うのだ」

「知らンことはありませんよ」

師光は云った。

「あんたの生まれは会津の方で、敵方の筈の薩摩に囚われながらも殺されずに居るのは、あんたの洋学の才を連中が高く買ッとるからだ。違いますか？」

壁越しに反応を窺うが返答はない。師光は追加の一撃を加えてみた。

「併せて云うなら、あんた、目ェを悪くしとりますね？」

暫しの沈黙ののち、返ってきた声は幾分か戸惑いが交じっていた。

「何処かで会っていたか」

「いンや、多分お初にお目に掛かるンだと思いますよ。まァ、まだ顔を合わしちゃアおらンですが」

姿勢を正し、師光はきっぱりと云い切った。

「なに、簡単なことですよ」

「まず気になったのは、あんたのその喋り方でした」

人差し指を伸ばし、師光は解説を始める。

「あんたは、一語一語を選ぶように非道くゆっくりと話しますね？　その話し方は、京や江戸から遠く離れた、つまり訛《なま》りの強い九州や陸奥《みちのく》各藩の藩士たちによく見られるもンだ。公家や京商人たちは田舎者が嫌いですからね。彼らと組んでひと仕事しよまいッちゅう時に、言葉が訛ッとッたら具合が悪い。ほンだで、自ずと言葉遣いもゆっくりしたもンになるッちゅう塩梅《あんばい》です」

少し間を空けて様子を窺うが、特に反応はない。一気に語ってしまったほうがよさそうだ。

「ほンなら、いったい何処の生まれなのか。手掛かりになったのは、あんたが喋った或る単語でした」

「私が？」

「『かんじんな』」

相手は再び押し黙った。その沈黙に、師光は手応えを感じる。

「おれは最初、あんたは『寒さなんて感じない』と云ッとるンだと、だから『感じんな』なンだと思いました。ほンでも、言葉の繋がりとして考えるとそれはちッと妙だ。そこで思い出したンです。会津じゃア骨身に凍《し》みて冷えることを『かんじる』ッちゅうンですってね？」

「それだけで私を会津藩士と決めつけるのは、些《いささ》か乱暴ではないのかね」

男の鋭い声が飛んだ。

「九州や陸奥と云っても、国の数は山ほどあろうに。会津以外で寒いを『かんじる』と云う国がないとは限らない筈だ。それに、若しこの話し方が私の癖だったとしたら、貴公の説は根本から崩れることになる。その可能性は考えなかったのか」

「全く以てご尤もです。ほンでも、おれが会津だと判断したのにはもう一つ大きな理由があります。あんたが、薩摩を『敵』と呼んだことですよ。それは即ち、あんたが徳川方に与しとることを意味します。慶喜《よしのぶ》公と共に大坂へ下り、いま鳥羽・伏見で薩長と矛《ほこ》を交えとるのは、会津と桑名の二藩。桑名の藩士だったら、まァ訛りを隠す必要はありませんわな」

「それでも乱暴だとは思うがな。……まあいいだろうさ。私を会津藩士だと推し量った流れは理解した。しかし、そこから洋学やら、私が目を悪くしていることやらにはどう繋がるのだね」

「順を追って考えれば、それも自ずと導き出されます。あんたが会津藩士ではと考えた時、次に出てくるのは『どうして薩摩は、敵方の男を殺さずに敢えて捕縛したのか』ッちゅう疑問です。薩摩からしたら、あんたが会津の人間と知れた時点で斬り殺してもええ筈ですからね」

師光は、目の前で殺された密偵のことを思い起こす。

「その場では斬られンかったンですから、薩摩はあんたのなかに、何かしらの『殺せない理由』を見出したことになります。それこそ『殺すには惜しい有能な人物だから』か、若しくは『会津との戦のなかで切り札にも成り得る家老級の重要人物だから』かです。いずれにせよ、ここから推し量れるのは、あんたが薩摩にも顔の知れた、或る程度は有名な人物だということ」

湯呑みの番茶で一度喉を潤《うるお》してから、師光は再び口を開いた。

「しかし、若しほうだとすると別の問題が出て来ます。そもそも、どうしてそんな会津の有名な人物がこの時期の京に居《お》ったンでしょう？　藩士の多くは、容保《かたもり》公に付き従って大坂へ下った筈。情勢を探るための密偵なら少しは残ったでしょうが、薩摩が殺すのを躊躇《ためら》う程の人物がそんな危険な役を担うとは考え難い。先ず思い浮かぶのは、あんたが何処か余所《よそ》に行ッとる間に戦が始まッとッたッちゅうもンですが、これは直ぐに否定出来る。今やどの街道も、京から逃げ出そうとする町衆連中で既にいっぱいだ。当然、京で異変が起きとることは途中で気付くでしょうし、彼らに事情を訊けば徳川方が大坂に下ッとることも、鳥羽・伏見の両街道で既に戦が始まッとることだって分かった筈だ。事情さえ分かれば、今の京に帰るのが殺されに行くようなもンだッちゅうことぐらい、子どもでも分かります」

だから違う、と師光は云い切った。

「従って、あんたは端《はな》から京に居った、つまり、何らかの理由で徳川方の下坂には同行せンかッたンじゃアないかとおれは考えました。ならばそれは何故か。薩長が支配しとる京都に会津藩士が居残るのは、殺してくれと云ッとるに等しい。普通は皆と共に行動するでしょうし、そもそも周囲が居残りを許しはせン筈だ。あんたが会津藩にとっての重要人物なら尚更でしょう。それを覆《くつがえ》しても京に残ったッちゅうなら、そこには余ッ程の理由がなくちゃアならン。それこそかなりの重病人だで動かすことすら出来せンかったような、ほンだで足手纏いになるッちゅうて本人が断ったような、已むに已まれン事情がね」

「それが私の目だと？」

「引っ掛かったのは、寝具が畳まれたままになッとることでした」

師光は再び牢の隅に移動する。視界の端に大牢の寝具を映し、師光は続けた。

「怪我にせよ病にせよ、動かせン程の容態ならあんたは今も横になッとらな可怪《おか》しい。にも拘わらず、寝具はほら、そこに畳まれたままになッとるでしょう？」

畳を擦る音と共に、視界の端から一本の腕が寝具に向かって伸びた。指の太い掌《てのひら》が、ゆっくりと寝具を撫でている。

「もう一つはその、畳を撫でる音です。あんたが身体を動かす時、必ず事前にその音が聞こえました。おれの牢と同じように、そちらの壁にも窓が開いとります。暗い訳でもないのに手探りなのはどうしてかッちゅうて考えた時、『この人は周囲を確かめてからでないと動けせンのか』と思いました。つまり目がよく見えせンのだと。斬り合いも出来ずに捕らえられ、ッちゅうのはつまりそういう意味なンですね」

「耳が良いな」

「お陰さまで」

師光は大きく息を吸い込み、締め括りに入った。

「あんたが目を悪くしとるンだと知ると同時に、おれにはまた疑問が湧いて出ました。『どうしてこの人は国元へ帰されンかッたのか』。この逼迫《ひっぱく》した時世に於いて、目が見えンようになった武士は本来なら帰国が命じられた筈。ほンでも京に居ったたッちゅうことは、あんたには目を使わンでも出来る仕事があったことになる。文か武かで云ったら、ほりゃ文に属する仕事でしょうさ。知識を教え説くンなら、目は見えンでも構いませんからね」

「そこから洋学にどう繋がる」

「あんたの口から『戦中』と『権利』ッちゅう言葉が出たからです。そりゃア『万国《ばんこく》公法《こうほう》』の漢訳版に出てくる単語です。洋学に興味のない人間は知らン言葉でしょう。ほンだであんたは文事、特に洋学に優れとるンだろうッて考えた訳ですよ」

成る程、と男は小さく云った。

「聞いてしまえば、存外何でもないことだな」

「事実ッちゅうのは総じてそんなもンです」

師光は握飯を摑んで頰張った。妙に塩辛くぱさぱさしていたが、胃のなかがすっかり空っぽだった師光からすれば御馳走だ。むしゃむしゃと半分ほど平らげ、残った番茶を啜《すす》って漸《ようや》く一息吐いた。

それを待っていたかのように、男が口を開く。

「貴公の云う通り、私の生徒には薩摩の者もいた。蹴上《けあげ》で捕らえられた際、偶々《たまたま》その場に昔の教え子がいてな。殺すには惜しいと私のことを上官に吹き込んだらしい。余計なことをしてくれたものよ。このまま飼い殺しか、いつ気が変わって首を刎《は》ねられるのかは知らぬが、連中の思い通りにさせるのも業腹だろう？　それより先に死んでやって、奴らの鼻を明かしてやるのも悪くないと思ってな」

師光は、男の口調が非道く投げ遣りなものに変わったことに気が付いた。どうやら、単に俘囚《ふしゅう》の身を恥じているだけではないようだ。

「ほンでも、あんたが死んだらその頭のなかに詰まッとる、薩摩が殺すのを躊躇ったッちゅう程の知識が全部おじゃんになッてまうンですよ？　そいつァ勿体《もったい》ないでしょう」

「何が知識だ。莫迦莫迦しい」

吐き捨てるような声が返ってきた。

「知識、学問、そんなものが何になる。私は江戸で洋学を修めた。江川《えがわ》先生の下では火器砲弾についても学んだ。だがその結果はどうだ。戦を指揮するどころか、兵卒として戦うことも出来ず敵兵に囚われただけじゃないか。愚かしい。全てが無駄だった」

そりゃア違う、と師光は反駁する。

「知識があるからおれたちは行動出来るンです。どんな学問だって、決して無駄にはなりません」

「未だにそう夢見ていられる貴公が羨《うらや》ましいよ」

「ほうですかね。困難を前に知識がなければ何も出来センが、知ってさえいれば策は如何ようにも立てられる。道具と、それを補う知識さえあれば、此の世に不可能なんてことはあり得ンのです」

男は声を上げて笑った。

「この期に及んでまだそんなことを云うか。何とも能天気な男だな、貴公は。己の置かれた状況を鑑み給え。牢獄に拘禁され、下手をすれば今日明日にでも首を刎ねられるのだぞ。だったら、貴公の恃《たの》むその知識とやらでこの状況を何とか出来るのかね」

「無理ではありません」

師光はきっぱりと云い切った。

「頭さえ使えば、ここから抜け出すことだって易々《やすやす》たるもンです。おれの主張はちっとも変わりませんね」

暫しの沈黙ののち、男の唸るような声が聞こえた。

「……本気で云っているのか」

「当たり前です。おれは大まじめですよ」

「何か特別な道具を持っているのだろう」

「いンや。刀は勿論、生憎《あいにく》と懐中の一切も没収されとります。何か残ッとッたらもうちッと楽になったンですがね」

男は再び押し黙る。師光は声高に宣言した。

「いいでしょう。あんたがそう云うなら、ほうだな、七日以内に抜け出して、あんたの牢の前に立ってみせようじゃありませんか。知識ッちゅうのも、なかなか棄てたもンじゃないことを教えてあげますよ」

＊

師光は再び牢内を見廻し、何か脱獄に使えそうなものはないか考えてみた。大見得を切ってはみたものの、特に何か策があった訳ではないのだ。

それでも、何とかなるだろうと暢気《のんき》に探し回ったのち、師光の手元に集まったのは次の四つだった。寝具から抜き取った長い黒糸、食事の供された小皿と湯呑み、そしてそれらの載った小さな木の盆である。食器と盆は、恐らく次の食事が来た際に交換で持っていかれるのだろう。

師光は小皿を摑み上げる。これを割って大きな陶製の欠片《かけら》を作り、その欠片で壁や床を削るのはどうだろうか。

少し考えてから師光は小皿を戻した。矢張り、それほど簡単に穴が空けられるとは到底思えない。

——紙と筆でもありゃええンだが。

師光は布団の上にごろりと寝転がる。書状を認《したた》める手立てさえあれば、脱出手段に呻吟せずとも外から救援が来るのを待てばよい。東西南北も分からない獄中の身とっては尾張藩邸まで書状を届けるのは難しいが、懇意にしている薩摩藩士たちに現状を伝えるだけでも、何かしらの進展はあるかも知れない。どうにかして藩邸内まで書状を送り込むことが出来れば、彼らの目に触れる機会もあるだろう。

——どっちに転ぶかは分からンな。

薄暗い天井を眺めながら、師光は胸の裡《うち》で呟いた。助けを求めた際、その手が取られるかそれとも払い除けられるかは、蓋《ふた》を開けてみないと分からない。尾張との関係悪化を怖れる薩摩が師光の捕縛自体をなかったことにしないとも限らないが、強《したた》かな西郷《さいごう》や大久保《おおくぼ》ならば、寧《むし》ろ助けることで尾張に言外の恩を売ろうとするだろう。公用人としての長年の勘は、師光に後者だと告げている。

——ほうは云っても、そもそも書状が書けンのじゃ話にならンか。

師光はそこでふと起き上がった。紙はないが、布ならある。師光は衿《えり》を掴み、自らの胸元を覗き見た。この襦袢《じゅばん》を適当な大きさに裂けば、白布は用意出来るだろう。布団の上に胡座《あぐら》をかきながら、師光は次の段階に考えを巡らせた。書状を認めるにあたって、どう筆記具を用意するかである。

墨汁やインキに関しては、最悪血を使えばよい。崇徳院《すとくいん》も己が血を墨代わりに呪詛の言葉を認めていた。指の腹を嚙み切り、流れ出た血潮を湯呑みにでも溜めれば、インキの代用としては十分だ。問題は筆の方だ。紙でなく布に認めるのだから、しっかりした物でなくては滲んでしまうだろう。

師光は思いつくままに手元の品を幾つか組み合わせてみたが、どれも上手くいかない。幾つかの糸の端を犬歯で嚙み切って束ねれば筆先の紛《まが》い物にはなるかと思ったが、全く纏まらない。毛髪ならば数もあるが、脂《あぶら》のせいで水気を弾《はじ》いてしまう。

師光は天井を仰ぎ、長く息を吐き出した。肝心の筆記具が用意出来ないのでは、この手は諦めるしかない。さてどうしたものか。

その時だった。四つの品々を見詰めていた師光の脳裏に、一つの考えが過《よ》ぎった。

――ほうか。書状ッちゅうのは、要は文字の羅列だ。

翌日の晩、布団に潜《もぐ》りうつらうつらしていた師光は、頭上から聞こえた声に目を覚ました。

身を起こすと、牢の前には例の牢番が立っていた。師光は自身が布団に入ってすぐに一度戸が開いたことを思い出した。

「何だ爺さん、吃驚《びっくり》させるなよ。夜の見廻りはさっき来たじゃないか」

「こりゃお前の仕業だろ」

牢番は握り締めた一枚の白布をぐいと突き出す。

「何だいそりゃ」

「とぼけるんじゃない。お前が出したんだろうが」

牢番は布をくしゃくしゃに丸め、後ろに立つ燭台の皿に放り投げた。短くなった蠟燭から火が燃え移り、白布はじりじりと焼け焦げていく。

「訳の分からン云い掛かりなら明日にしてくれ。おれは眠いんだ」

師光は牢格子に背を向けてごろりと寝転がる。牢番はそんな師光の姿を黙って見下ろしていたようだが、軈《やが》て足音と共に戸から出て行った。

「……苦労したのに」

そっと身を起こし、牢番が確かに去ったことを見てから、師光は溜め息を吐いた。矢張り藩邸に書状を送り込む手段はもう少し考えるべきだった。

当初は、厠に行く最中にでも隠して落とせばよいと考えていた。しかし、監視の目が想像以上に厳しかったため、師光は急遽《きゅうきょ》別の方法を考えねばならなくなったのだ。

牢内から外に繋がっているのは格子戸を除けば窓ひとつだけだが、師光の背ではどう足掻いても高さが足りない。幾度か投げてみたが上手くいかず、師光は仕方なく次の方法に移った。握飯の米粒を練り潰して糊《のり》状にし、盆の裏に貼り付けたのだ。しっかりと延ばした状態で四隅を貼り付けたため、裏返さなければ気付かれることもない。そのまま藩邸内に運び入れられれば、若しかしたら師光を知る誰かの目に触れるかもしれないと師光は踏んでいた。勿論、それほど上手く運ぶとも思えないが、先ずはやってみようというのが師光の判断だった。

「まァ悔やんでも仕方ないか」

師光は再び布団のなかに潜り込んだ。落胆もあったが、今は正直眠気の方が勝っている。助けを求めたことが露見して罰があるのではと一瞬肝《きも》を冷やしたが、直ぐに何かある訳ではなさそうだ。若しかしたら食事が減らされたり厠に連れて行って貰えなくなったりするのかも知れないが、それも明日になってみないと分からない。

「外に文を出したのか」

布団を掛け直した時、嗄れた男の声が響いた。瞼《まぶた》を閉じ、師光はええと答える。

「薩摩にゃア幾人か知り合いがおりまして。その人らに出してくれッて頼もうとしたンですが、ご覧の通り失敗してまいました」

「筆と墨はどうした、それに紙も。矢張り隠し持っていたのか」

いンや、と師光は言下に否定する。

「そンな物ァ無くたって、何とでもなります」

暫しの沈黙ののち、分からん男だ、と呟く声が聞こえた。


翌朝目を覚ました師光は、身体を伸ばしながら早速次の手を考え始める。

白布はまだ十分に用意できるが、確実に西郷らの元へ届ける手段が思いつかない以上、一先ずは別の手段を検討した方が得策に思えた。

厠に行く時なら途中で何か拾えるだろうか、と師光は考える。牢の外に出される時は、縄に繋がれる訳ではない。そもそも牢番とて腰に小太刀を差しているだけなのだから、隙を突けば殴り倒して遁走《とんそう》することも可能だろう。尤も、飽くまでそれは最後の手段だ。

しかし、牢番の目を盗んで何かを手中に隠すのは決して容易なことではない。何より、あるかないかわからないものを恃みにしても仕方ない。手持ちの品だけで考えるのが最善のように思われた。

師光は布団の下に手を入れ、隠してある糸の束を摘まみ出す。布団だけでなく袷から抜き出した物も結び繋げたので一丈半程度はあるだろうか。

次いで窓を見上げる。縒って太くした糸の先に何か重しのような物を括り付けて投げれば、窓の外まで通すことは可能だ。重しは小皿か湯呑みの破片が使えるだろう。

しかし問題は窓の大きさだ。あれでは頭すら通るか怪しい。

師光は牢格子の方を向き直る。現状、この牢獄から外に繋がっているのは、あの窓とこちらの格子戸の二つ。窓からの脱出が難しい以上、残る手立ては格子戸を開けるしかない。

格子を摑んで、音を立てないようにゆっくりと押してみた。少しずつ力を込めてみるが、当然格子戸は微動だにしない。

師光は腰を下ろし、今度は外に掛かっている錠前を観察する。座った目線よりやや上辺りに留められている。斜めに窺うことしか出来ないので断言は出来ないが、恐らくはよくある閉じ撥条《ばね》式の和錠前だろう。格子戸から突き出た留め具のなかを、和錠の鉄棒が通っている。

思い切り蹴飛ばしてみれば少しは緩《ゆる》むだろうかと考えてみたが、止めておくことにした。大きな音を立てれば牢番が飛んでくるだろう。昨日の今日でそれをするのは、流石に悪手だ。

立ち上がってうろうろと牢内を歩き回るうち師光は、ふと喉の渇きを覚え、隅に置いていた湯呑みに手を伸ばした。少しだけ残っていた番茶を含み、袖口で口元を拭う。

一息吐いてから、大牢の様子を窺う。耳を澄ますと、微かな息遣いが聞こえた。男が食を絶って何日目になるのだろう。真逆《まさか》水も口にしていないのだろうか。何にせよ、悠長なことは云っていられない。

どうしたもンかと呟いた師光は、ふと手元の湯呑みを見る。

師光は目を牢の外に向け、そして再び手元に落とす。師光の頭のなかには、或る突拍子もない考えが組み立てられつつあった。

引戸が開き、牢番が食事の載った盆を運んでくる。師光は立ったまま、牢格子の向こうの牢番に笑いかける。

「おはようさん。済まんが、ちッと厠に行かせてまえンかな」

「これが済んでからだ」

牢番は床に盆を置きながら、無愛想に返した。厠に行くことも制限はされず、どうやら昨日の一件でのお咎めはなさそうだ。

師光は右手に隠した糸束を握り締めながら、自ら案出した脱出方法に確信を持った。

「爺さん、あんた昨日の夜の見廻りの時、ちゃんと戸を閉めなかったろ」

翌朝朝餉《あさげ》を運んできた牢番を、師光は開口一番詰《なじ》った。

「おかげで風が吹き込んで寒くて寒くて。見てみな、燭台だって倒れちまっとる」

格子の合間から床を指す。そこには火の消えた燭台が転がっている。

「風邪をひいちゃア洒落《しゃれ》にもならん。今度はきちっと閉めてくれよ」


「起きているかね」

牢番が夜の見廻りを済ませて出ていったあと、珍しく男の方から話し掛けてきた。

「ええ、起きとりますよ」

手元を動かしながら、師光は答える。

なかなか死ねないものだなと男が呟いた。

「そりゃア、まだ生きとれッちゅうことですよ」

男は再び押し黙った。師光は構わずに手を動かし続ける。

「貴公はまだ脱獄を企てているのか」

「あんたと約束しましたからね」

男の唸り声が聞こえた。若しかしたら笑っているのかもしれない。

「床を引っ掻くような音が聞こえたが、それも何か細工している訳か」

「お察しの通り」

「……何故そこまでする」

「そこまでッちゅうと？」

「その場で殺されなかったのだ。大人しくしていれば斬られることもなかろう。下手に騒ぐべきではない」

師光は手を止めて顔を上げた。

「簡単な話です。おれは黙って待ッとるよりも、ああだこうだ考えながら手と足を動かす方が好きなンですよ」

少し早いが今夜の仕上げに取り掛かる。一際大きな音に混じって、昨晩は聞こえなかった、何かが軋《きし》むような小さな音を師光の耳は確かに拾った。

師光は小皿を縦に傾けて、格子戸の隙間から斜めに錠前を持ち上げてみた。かしゃんと音がして、錠前が床に落ちた。どうやら思い描いていたなかで、最も具合良く進んだようだ。

灯が消え、鼻を摘まれても分からない暗闇のなか、師光はゆっくりと、音を立てないように格子戸を開ける。

後ろ手に戸を閉め、大牢の前に立った。徐々に闇に慣れてくるうち師光の目には、こちらに背を向けて座す男の姿が映った。

「お待たせしました。こうして出てきましたよ」

男は動かない。師光に背を向けたまま、驚いたな、と呟いた。

「どうやって抜け出したんだね」

「頭を使ったンですよ」

師光は牢の前に腰を下ろした。

＊

「先に断っておきますが、おれは別に意表を突くような方法で牢から抜け出た訳じゃアありません。あんたの出自について考えた時と同じように、云ってまえば当たり前のことを二つ三つ積み上げただけです」

「それでも現にこうして出られた訳だろう？　知りたいね、その当たり前のことやらを」

ほンなら、と咳払いして師光は説明を始めた。

「あの牢から外に繋がる口は、格子戸と壁にある窓の二つだけでした。床板を外して穴を掘ったり、壁に穴を開けたりすることも手としてはありますが、手持ちの道具だけじゃ到底出来そうにもありません。つまり、おれがあの牢から抜け出ようと思ったら、必ずその二つの内のどちらかを通らンとかんッちゅう訳です。ほンでも、窓の方はあまりにも小さすぎた。大きさも腕を通せるかどうかッちゅう程度のもンです。おれは小柄な方だが、仮令《たとえ》何らかの方法でそこまでよじ登ったとしても、身体を通すのは到底無理でしょう」

「となると」

「窓が無理なら格子戸を何とかする他ありません。ほンだでおれが採ったのは、錠を壊して格子戸を開けるッちゅう、一番単純な方法です」

男が低く笑った。

「意表を突く方法ではないと謙遜《けんそん》したが、そんなことはない。真逆そんな乱暴な方法を採るとは思わなかった。しかし、壊すと云っても容易なことではあるまい。牢の造りがここと同じなら、格子の隙間から手を出すことも出来ない筈だ」

「使ったのは燭台です」

師光は云った。

「布団や袷から抜いた糸を結んで繋ぎ、長い黒の糸を作ります。ほンで、糸の両端を牢のなかで布団の端に結び付け、格子戸を潜《くぐ》って厠に行く機会で手の内に隠した糸を燭台に落とします。まァちっと分かり易く説明すると、おれの牢から英字の『U』を伸ばすように糸を引っ張り、弓形《ゆみなり》のところに燭台を引っ掛けて床に落とすンです。この薄暗いなかじゃア、余ッ程目を凝らさンと糸があることには気が付かンでしょう」

糸の長さは十分にあるので、緩めて床に落とせば牢番が引っ掛かることもない。

「夜になって火が灯されたら、牢のなかから手元の糸を引き、燭台をゆっくりと格子戸に近付けます。あんたが聞いた床を擦る音ッちゅうのは、この音ですね」

成る程、と男は呟く。

「錠前を炙《あぶ》ったのだな」

「ご明察。一晩かけて錠前を熱し続け、最後は湯呑みに残した番茶を吹き掛ける。これを続ければ段々と鉄が脆《もろ》くなって板撥条が莫迦になるッちゅうことは、火器砲弾に詳しいあんたにゃア説明するまでもありませんか。夜が明ける前に全部をやってまえば、朝餉が運ばれる頃には錠前も乾きます。牢番の爺さんに怪しまれることもない」

「燭台はどう戻したのだ。牢の前にあっては怪しまれるだろう」

「火を吹き消してから、縦にした小皿で押して転がしておくンです。爺さんには『すきま風のせいで倒れた』ッちゅうて説明をしましたがね。あんまり続くと怪しまれますから、二、三日やって無理だったら他の手を探す積もりでしたが、意外に上手くいきました」

師光は一息吐く。気が付けば、周囲の闇が少し薄まっている。夜が明けつつあるのだ。

再び牢のなかに目を向ける。男の乱れた総髪と、意外にがっしりとした強健な体付きがうっすらと浮かび上がり始めていた。

「しかし、まだ一つだけ分からないことがある」

相変わらずこちらに背を向けたまま、男は口を開いた。

「錠を壊すより前に一度、貴公は外に向けて文を出していたな。紙も筆記具もないと云うのに、どうやったのだね」

組み合わせの問題です、と師光は云った。

「先ずは襦袢を裂き、適当な大きさの布を用意します。これが下地になる紙の代わりですね。ここまでは誰もが直ぐに思いつくでしょう。問題は、どうやって文章を認めるかッちゅうこと。おれも少し悩みましたが、途中で或ることに気が付きました。文章ッちゅうのは文字の組み合わせです。ほンで、その文字ッちゅうのは、云ってまえば線の組み合わせな訳です」

ああと男が唸った。

「糸を貼り付けたのか」

「その通りです。先ほどの黒糸を嚙み切り、長短を幾つか用意します。後は、飯粒を練って作った糊で貼り合わせ文字をつくります。それを並べれば文だって書けるッちゅう寸法です」

ね、と師光は問い掛ける。

「知識ッちゅうのも、なかなか棄てたもンじゃアないでしょう？」

男は小さく息を吐くと、嗄れた声で笑った。

「私の負けだよ」

恐れ入ります、と師光は頭を下げた。

「それで、貴公はこの後どうするんだね。本当に脱獄するのか？」

「夜の内だったら塀を乗り越えて逃げちまおうと思ッとりましたが、もう陽が出てまいましたでね。誰かに見つかって斬られるのは御免だで、錠を引っ掛け直して牢のなかで大人しくしとりますよ。まァ、いつかは出してまえるでしょうさ」

夜闇は隅に隅にと追いやられ、白い光と共に夜明けがすぐそこまで近付いていた。吹き込んだ砂でざらつく床に手を衝き、師光は姿勢を正す。

「あんたはこの戦がどう転がると思います」

男は何も答えない。師光は少し口調を強める。

「徳川が勝つか、それとも薩長が勝つか。いずれにせよ、この国は大きく変わるでしょう。これからは古いもンを棄て、ええもンは残し、欧米の国々と渡り合えるようにならにゃア、あっという間に清国の二の舞です。それにはあんたみたいな人が必要なンです」

「本当に変わるのだろうか」

項垂《うなだ》れた男の絞りだすような呟きに、変わりますよと師光は強く云った。

「いンや、変えていかにゃならンのです。若しこの戦を経て生き残ったのなら、それはおれたちの務めです」

男はゆっくりと頭を上げる。そして、そうかも知れないなと幾度も頷いた。がらがらに嗄れた、今にも泣き出しそうな声だった。

「皇を取って民とし、とまでは流石に云わンですが、ほンでも、侍が腰に二本差して闊歩する時代はもう終わることでしょう。これからは力だけじゃアない、知恵でも戦える世の中がやってくる。堅固な城や、こんな大仰な武家屋敷だって必要なくなる訳です」

そうだな、と男は天井を仰ぐ。

「薩摩屋敷か。次には何が建つんだろうな。工場か、それとも学校か……いっそ切支丹の教会でも建ててみたらどうだろう。それが出来れば、この国も変わると思わないか」

師光は声を上げて笑った。

「この旧弊な京都の、しかも御所の真北に教会ですか。いいですね、そりゃ面白い」

男はゆっくりと身体ごと師光の方を向いた。大柄で腕っ節の強そうな、苦労の皺《しわ》が深く顔に刻まれた壮年の武家だった。面擦《めんずれ》の浮かんだ広い額の下で、その双眸は固く閉ざされている。

男は両拳を畳に衝き、師光に向けて頭を下げた。

「数々の非礼をお詫び申し上げる」

男は顔を上げると、背筋を正し、盲いた目を真っ直ぐ師光に向けた。

「其《そ》れがしは会津藩士の山本覚馬《やまもとかくま》、若し今後があるのなら、どうぞよろしくお頼み申し上げる」

＊

尾張藩公用人の捕縛を報された新政府参与、西郷吉之助《きちのすけ》の取り計らいで師光が放免された後、一人残った覚馬は牢番から譲り受けた数十枚の紙片と墨、そして会津からの洋学修行の途中で戦に巻き込まれ、その若さ故に殺されず囚われた野澤雞一《のざわけいいち》という青年の手を借りて一通の建白書を認める。政治や経済、果ては女子教育にまで至る、今後の国家体制に関する二十三の項目から編成されたその建白書は『管見《かんけん》』と題された。

牢内から薩摩藩の重役へと提出された『管見』は、在京中の西郷や薩摩藩家老、小《こ》松帯刀《まつたてわき》の目に留まり、その内容の充実さから、覚馬の先見性を改めて人々に認識させる一役を担う。同年五月、その優秀な頭脳を失うのは惜しいという京都太政官の配慮から、覚馬は漸く牢より出され仙台藩邸での療養が許されることとなる。

それから三年後。戊辰《ぼしん》の戦も終結し、東京に於いて新しい時代の幕が開かれた明治三（一八七〇）年四月。政府の依頼を受けた覚馬は京都府の政治顧問に就任し、その手腕を大いに振るうこととなる。

東京奠都《てんと》によって、経済も文化も停滞した京都を如何にして復興させるか——失意から再び立ち上がった覚馬は、その一念の下に、これから二十年近く続くことになる新たな戦いのなかへ身を投じることになるのだ。

そして、そんな戦いの途上にあった明治八（一八七五）年四月、覚馬は観光で偶々京を訪れた一人の青年と運命的な出会いを果たす。

痩せて背が高く、額に古傷のあるその青年は、十一年前、海外渡航御法度の時代に単身渡米し、その地で大学を卒業するという実に特異な経歴の持主であった。

いつの日か日本にキリスト教主義の私立大学を開設する——当時からしたらあまりにも無謀な夢を抱いたその青年は、名を新島襄《にいじまじょう》と云う。

京の発展には教育方面からの後押しも不可欠だと考えていた覚馬は、新島の志《こころざし》にいたく賛同し、学校開設用の敷地として、或る知人から譲り受けていた御所北五八〇〇坪の土地を惜しみなく新島に譲り渡した。何の因果か、新島に譲られたその土地こそ、かつて覚馬と師光が囚われた相国寺門前の二本松薩摩藩邸跡地だった。

その昔、薄暗い牢のなかでこの国の行く末を憂い、それでも一筋の光明を見出そうとしたあの脱獄問答を覚馬が覚えていたか否か。

彼《か》の地に、新島の開いたキリスト教主義の私立大学——同志社《どうししや》英学校の新校舎が建てられるのは、覚馬の幽閉から八年ののち、明治九（一八七六）年九月十八日のことである。

効き目の遅い薬

福田和代

Message From Author

本作品は、女性ばかりの作家集団「アミの会（仮）」による、テーマアンソロジー『嘘と約束』（光文社）に執筆したものです。〈嘘〉の反対語は〈本当〉や〈真〉ですから、〈嘘〉と〈約束〉とは対照的ですが、ねじれたような位置関係ですよね。その面白さに触発されて、守られない約束と、心ならずも重ねられる嘘が招いた悲劇を書くと、あわれな完全犯罪になりました。舞台にもかけていただくなど、作者孝行な作品です。「アミの会（仮）」はこれからも、さまざまなテーマでアンソロジーを編む予定です。いつも作家発のアイデアで、テーマを決めています。次はどんなユニークなテーマが提示されるかと、私も楽しみにしています。

福田和代（ふくだ・かずよ）
1967年兵庫県生まれ。神戸大学工学部卒業後、システムエンジニアとなる。2007年、航空謀略サスペンス『ヴィズ・ゼロ』でデビュー。以降、クライシスノベル、近未来SF、警察小説、社会派サスペンス、青春小説など幅広いジャンルで活躍する。近著に『キボウのミライ　S＆S探偵事務所』『BUG　広域警察極秘捜査班』『カッコウの微笑み』『東京ホロウアウト』などがある。

1　刑事

私は、申し送られてきた調書に目を通し、その夜の情景を脳裏に描こうとしていた。

奇妙な事件だった。

概要はこうだ。

洒落《しゃれ》たイタリアンの店で、女性と食事をしていた二十代男性が、急に体調を崩して倒れた。彼は救急車で病院に運ばれる途中、意識が戻らぬまま息を引き取った。救急隊員が服毒を疑って警察に通報し、急行した警察官らは現場を保全して、会食相手の女性から事情を聞いた。

食事のコースは、デザートとコーヒーに移ったところだった。コーヒーを飲んだ男性が、急に苦しみ始めて倒れたのだという。警察官が調べると、男性のポケットからウイスキーのミニボトルの空き瓶が二本、出てきた。赤と青、二種類の液体が底に残り、どちらも毒性のあるアルカロイドが検出された。

女性が言うには、その直前まで、男性は朗《ほが》らかに会話をしていた。特にふだんと変わった様子はなかった。服毒自殺する理由も思い当たらない。

（――ただ）

そう、女性は事情聴取に言葉を継いでいた。

（彼が飲んだコーヒーは、本来なら私が飲むはずのものでした。彼が目を離した隙《すき》に、私がこっそり入れ替えたんです）

毒物が入っていたミニボトルには、男性の指紋だけが残されていた。つまり、毒を入れたのは男性自身だ。男性が、女性のコーヒーに毒物を投入し、異変を察知した女性がコーヒーを入れ替えた。それだけの、単純な事件のようにも見えるのだが。

――なぜ、毒物のボトルが二本もあるんだろう？

おまけに、二色に分かれている。それが、どうにも引っかかるのだ。

2　アンクル

「あの薬が効いたんや」

通称「もっさん」こと、望田遼平《もちだりょうへい》がまじめくさった顔でそう言ったとき、私は口に運ぼうとしていたチャーシューを、あやうく取り落とすところだった。

「え――」

「アンクルにもらった、例の〈惚《ほ》れ薬〉が効いたんやで。おまえのおかげや」

冗談を言ってるのかと思ったが、表情を窺《うかが》ったところ、望田は本気でそう考えている様子だ。ちなみに〈アンクル〉というのは、大学時代の私のあだなだった。十代のころから、なぜか「おっさんくさい」と言われていて、大学入学後、常にかたわらにいた望田がそう呼び始めると、みんながそれに従うようになった。少年少女は容赦がない生き物だ。

「つまり、それって――」

「ミーナが俺とつきあうって。昨日、食事の帰りに返事くれたんや。どないしよう、今でもなんか信じられへんわ。あのミーナが、俺とつきあうんやって！」

望田が頬に手を当て、四角い顔をいやいやをするように横に振った。

「キモいから、やめれ」

「せやけど、ほんま嬉しいやん」

下駄のように角ばった顔立ちに、味付け海苔《のり》のような黒々とした眉をキリリとくっつけた望田は、見た目の印象としては、繊細そうとは言いかねる。

むしろ豪快。日焼けしたスポーツマン。他人の意見などものともせず、天上天下唯《てんじょうてんげゆい》我独尊《がどくそん》、ブルドーザーのように砂を蹴立てて突き進むタイプに見える。

その彼がこんなに舞い上がっているのは、ミーナこと、和久津三奈《わくつみな》という、元ミスA大の女性のせいだ。ミーナといえば、同時期にA大にいたほぼすべての男子学生の憧れだったと言っても間違いではない。

彼女が望田のカノジョになるのかと思うと、ちょっぴり妬《ねた》ましい気分になった。

ただ容姿が美しい若い女性なら、御堂筋《みどうすじ》を十五分も歩けば、両手の指では足りないほど出会うだろう。ミーナがみんなに好かれたのは、性格が朗らかで、会話がむやみやたらに楽しかったからだ。

卒業して三年、どうしているのか知らなかったが、望田が会計ソフトウェアの売り込みに行った先の総務課にいて、ばったり再会したのだそうだ。

(三年ぶりに見るミーナは、女神みたいに可愛《かわい》かったで)

舞い上がった望田から、その夕刻すぐにラインが届いた。「女神」が「可愛い」かどうかはともかく、社会に出て化粧や服装があか抜けたミーナは、そりゃ美しいだろう。

思いがけない再会をした勢いで食事に誘ったところ、向こうも勢いがついたのか、断られなかったと望田は興奮冷めやらぬ態《てい》で報告した。

(それでな。折り入って、アンクルに頼みがあるんや)

望田が電話越しにも緊張した声になった。この男、緊張すると声がしゃがれ、言葉尻が聞こえにくくなる癖がある。

(ほら、ずっと前にな。作ってくれたことがあったやん。マルちゃんに告白する時に、例の――「惚れ薬」

惚れ薬と言うとき、望田は正確には「ほほほほ、ほれぐすぃ」と言った。いくらなんでも緊張しすぎだ。

（あれはダメだ。一回だけの約束だから）

（なんでやねん。マルちゃんの時、ほんまに効いたやんか。俺、アンクルの冗談やと思うてたから、びっくりしたんやで）

（あれは、もっさんの実力だって。薬なんか関係ないって）

いくら説得を試みても望田は聞く耳を持たず、もう一度だけでいいから、あの時と同じ惚れ薬を作ってくれという。

私は、ほとほと困った。

マルちゃんというのは、学生時代に、本名を覚えるヒマもないくらい短い期間、望田とつきあっていた女の子だ。髪は短めのくせっ毛で、卵形の顔立ちに生き生きとした表情を見せる子だった。

私は四国からA大に入学して、大阪の雰囲気にようやく馴染《なじ》み始めたばかりで、自分を大きく見せるために、望田にちょっぴり吹聴《ふいちょう》したことがあったのだ。A大の偏差値は低くないのだが、チャラい印象の学生が多かったようで、当時「ナンパ大学」の異名を取っていた。

（女の子を振り向かせるのなんか、かんたん。いい薬を作れるんだ）

（それ、デートドラッグちゃうん。あれはあかんで、犯罪やで）

（違う、違う。デートドラッグってのは、お酒に混ぜて飲ませたりして、意識をなくさせる薬物のことでしょ。そうじゃなくて、愛情ホルモンに働きかける薬があって）

（なんやそれ）

私は望田に、愛情を感じたり、幸福感を得たりした時に分泌されるホルモンの存在について説明し、それが分泌されやすくなる飲み物を作れるのだと話した。

もちろん、それは嘘だ。

愛情と深く関わるホルモンは実在するらしいが、私が作った飲み薬でそのホルモンが分泌されるなんて話はでたらめだった。実のところ、試作品で人体実験までしてみたが、効果がなかったのだ。失敗作だった。だが、その嘘は望田の印象に残ったらしく、マルちゃんに恋した時に思い出したのだ。

惚れ薬を作ってくれとしつこく頼まれ、今さらあの話は嘘だとも言えず、しかたなく私はこう条件をつけた。

（わかった。もっさんのために作るけど、これ一回きりだから。わかってると思うけど、相手の感情を薬物で操《あやつ》るわけだからフェアじゃないし、相手の健康にどんな悪影響があるかもわからないしね。約束だよ）

（うん、そうやな。約束しよ）

望田は大喜びでその条件を飲み、マルちゃんを映画に誘い、ファミレスのコーヒーに〈惚れ薬〉を混ぜて飲ませて告白し、みごとマルちゃんのOKをもらったのだ。

ちなみに、望田に渡したのは、食紅でうっすらとピンク色をつけた、ただの水だった。

考えてみれば、映画に誘われて拒まなかった時点で、マルちゃんは望田に好意を持っていたのかもしれない。〈惚れ薬〉なんて必要なかったのだ。

だが、望田はすっかり、私の薬のおかげだと信じていた。外見だって悪くないし、性格は朗らかだし、どうしてそこまで自信がないのかわからないが、自分は女性あしらいが苦手でモテない、と彼は思い込んでいたのだ。いや、どうやら今でもそう考えているようだ。

マルちゃんとは、何度か映画に行ったり、野球観戦に行ったりしたものの、もうひとつ会話が嚙《か》み合わなかったとかで、つきあい始めたと思ったら、いつの間にか自然に別れていた。十九歳やそこらの恋愛なんて、そんなものかもしれない。

ただ結果的に、あの〈惚れ薬〉の件もなかったことにできたわけで、私は安堵した。

だから、ミーナにばったり再会した望田が、もう一度あれを作れと言ってきた時には、本気で困惑したのだ。

(だって、約束したじゃないか)

(健康に悪いかもって言うてたけど、この前とは別の子に飲ませるんやから、大丈夫やって。な、アンクル。一生のお願い)

望田は調子よくそんなことを言い、土下座も辞さずの勢いで迫ったものだから、今度も私は断りきれなかった。どうやら望田は、そのおめでたい頭で、「一回きり」という約束を「ひとりにつき一回きり」と都合よく解釈したらしい。

——困ったやつ。

ため息とともに私は再び、〈惚れ薬〉を望田に渡したのだった。ピンク色の水、食紅入り。

「次はミーナお薦めの映画に行くねん。恋愛映画やねんて。なんかミーナらしいて可愛いやろ?」

私は湯気のたつラーメンの鉢を抱えて肩をすくめた。望田は焼き飯をレンゲに載せ、ふうふうと吹いている。極端な猫舌なのだ。

「恋愛映画なんか面白いかな。怪獣映画のほうが面白いと思うけど」

「アンクルらしいなあ」

望田が楽しそうに笑った。

マルちゃんと同様に、ミーナだって、食事に誘われて応じた時には、すでに望田に好意を持っていたのだろう。

　中学、高校を通じて野球部で、甲子園には行けなかったものの、県大会では上位八校に食い込む活躍を見せた。大学では体育会を離れ、アルバイトに精を出してオートバイを手に入れ、嬉しそうに走り回っていたものだ。体格はいいし、性格だっていい。ミーナが惹かれるのも当然だ。

　望田は、次のデートにはどんな店に行くべきかと、浮き浮きしながら私に相談をし、グルメサイトを検索し、唸り、はにかみ、もだえながら予定を立てていた。

　二週間ほどして、望田がまたラインにメッセージを送ってきた時、私はまだ職場の研究室にいて、遠心分離機に設定した作業時間が過ぎるのを待っていた。

『お願いがあるねん』

「お願い？」

　手持ちぶさただったので、つい職場にいながら返信する。

『あのな、あの薬、また作ってくれへんかな』

　――何を言ってるのだ、この男は。

「一回きりだって約束だったよね。もう無理」

『頼むわ。ミーナの機嫌がすごい悪いねん』

「いやいや、そういう問題じゃないから」

『なあ、ほんま頼むわ。なんで急に機嫌が悪なったんか、わからへんねん。せやけど、俺、あの薬がきっかけで、ミーナとつきあいだしたやん？　ひょっとしたら、薬の効果が切れたんかもわからんわ。マルちゃんの時もな、そうと違うかなと思うんよ。薬が切れたら、なんで俺みたいなやつとつきあってるんやろ、と不思議になったん違うやろか。そしたら、急に俺のことが嫌になってさ』

「もっと自信を持たなきゃ、もっさん。あんな薬なんか、関係ないって。ミーナが振り向いたのは、もっさんの実力だよ。マルちゃんの時もそう言ったでしょうが」

一瞬、あれがただの「赤い水」だったことを告白しようかと迷ったが、望田は信じないか、怒りだしそうな気がしてためらった。

『アンクルはそう言うけど、俺はやっぱり、お前にもらった薬のおかげやと思う。俺な、女の子に喋《しゃべ》りかけるの苦手やねん。緊張しやすいし、何を話したらええんかわからへんし、口臭くないかな？　とか、汗臭くないかな？　とか、いろいろ心配なるやん。せやから、ほんま女の子とつきあうのムリ、てずっと思うててん』

私はかすかに苛立《いらだ》ちを覚え、それを無理に抑えた。

「変なの。私とは普通に喋れるくせに」

『だって、アンクルはアンクルやもん』

——なんだそりゃ。

つまり望田は、私のことなど女性として見たことがないと言いたいわけだ。なにしろ十代のころから「アンクル」だし。

——今度こそ、断ろう。

そう思ったが、ふと、別の考えも頭に浮かんだ。そう。どうせ私なんか、「アンクル」なんだから。

「——まあ、いいよ。もう一度だけ、作ってあげても。それとね、今回はさらに効果が上がるように、別の作り方をするからね」

そう返事すると、『アンクル様！』と舞い上がった調子のメッセージが飛んできた。

3　ミーナ

望田さんについて、知っていることを聞きたいと言われるんですか。だけどわたし、彼のこと、あまりよく知らないんです。

つきあっていたのに、おかしいって言われるんでしょう？　ええ、たしかに、二週間ちょっと、恋人的な雰囲気にはなりましたけどね。だけど、それだけ——まさに、

「恋人的」なのであって、恋人ではなかったのかもしれません。

刑事さん、最初から順番に説明させてもらってもいいですか？

わたしたち、大学時代は、同じ年に入学したというだけで、まったく接点はありませんでした。望田さんは、わたしのことを知っていたようでしたけど。当時、ミスA大学に選ばれたりしたものですから――。

ええ、もちろん、ミスA大学なんて称号、ほとんどの方がご存じないし意味もないんですけど、学内ではちょっとした有名人だったという程度のことです。

望田さんはその後、IT企業の営業担当として就職し、わたしは自動車部品メーカーに就職して、総務課に配属されました。はい、就職して三年になります。その職場に、望田さんが営業に見えて、再会したんです。

学生時代は接点がなかったのですが、突然、「ミスA大のミーナさんでしょう」と話しかけられて驚きました。向こうは、ミスA大時代の私をよく知っていて、こちらも懐かしくて気分が良かったと申しますか。

学生時代の話で盛り上がり、帰る間際に、「良かったら今度、食事でもいかがですか」と誘われました。断らなかったのは、なんていうか――ノリが軽くて、一回食事に行ったくらいで、ヘンに誤解をしそうではなかったからというか。望田さんって、それほどイケメンじゃないですけど、スポーツマンぽくってモテてそうな感じだったので。そういう人のほうが、あっさりしていて友達づきあいもしやすいでしょう。

考えてみれば、食事に行った日、望田さんはわたしのことばかり話していました。トラットリア・ボーノという、イタリアンのお店です。

ミス・コンテストの日に、わたしが着ていた洋服や、スピーチの内容までよく覚えていて、わたし自身がとっくに忘れていたようなことまで、懐かしそうに話してくれました。

彼が言うには、わたしはよく、普通に歩いているだけなのに、おかしな人や不思議な光景に出会って、それを面白おかしく語っていたのだそうです。本人はもう、まったく覚えてないのですけど。

キャンパスですれ違った時の服装なんかまで、彼は覚えていて。ひょっとしてこの人、当時からわたしのことが好きだったんじゃないかとは思いましたね。

それに、わたしがお化粧を直しに行った隙にコーヒーを頼んで、お会計もすませてくれていて、まだ若いのにスマートな人だなあと。最初はデートのつもりではなかったんですが、帰るころにはすっかりデート気分になっていました。

それで、駅まで歩きながらふいに彼が、「俺とつきあわへん?」と言ったとき、断る気になれなかったんです。

彼とのデートですか? ええ、ごく普通でしたよ。

映画を観て、その話をしながら食事をして。最初の日は、望田さんは饒舌《じょうぜつ》だったんですが、二度め以降は意外なくらい寡黙《かもく》でした。いつもわたしのほうがよく喋っていて、彼はときどき口を挟むくらいで。

それに、たまに口を開くとわたしのことを喋ろうとするんです。考えてみれば、望田さんはわたしのことをよく知っているのに、わたしは望田さんのことをほとんど知らない。だから、つきあい始めて十日くらい経って、尋ねました。

あなたのことを聞かせてよ、って。

面白いんですよね。望田さん、自分のことになると、急に口が重くなるんです。仕事のこととか、好きな本や映画のこととか、いろいろ聞き出そうとしたんですけど。だけど、学生時代のことを尋ねたら、いきなりスイッチが入りまして。今でも仲のいい友達がいて、学生時代ずっとつるんでいたという話を始めると、止まらないんです。

その人は、〈アンクル〉と呼ばれていたそうです。とても知的で、学生のころからおじさんみたいに精神的に落ち着いた人だったんですって。

その人の話なら、いくらでも喋ることがあると気づいたんでしょうね。その日だけじゃなくて、次の日も、また次の日も、彼は〈アンクル〉さんの話を続けました。学生時代にふたりでこんな悪さをしたとか、怪獣映画を観に行ったとか、バイク二台を連れて旅行に行ったとか、さんざん聞かされて、いいかげんうんざりし始めたころ、やっとわたしも気づいたんです。

――その〈アンクル〉って人、女の人だったんですよ。

びっくりしますよね。ずっと男の人だと思って聞いていたら、女の人だったなんて。それも、学生時代からずっと、卒業して三年も経つのに、今でもまだ会ってご飯を食べに行ったりしてるんです。それって、つきあってるってことじゃないんですか？

「何それ、わたしとその人、ふたまた掛けてたの？」って、怒りました。そしたら彼、「アンクルとは、そんな関係ちゃうよ。友達やねん」って言うじゃないですか。

刑事さん、信じられます？

食事の後で、気分が悪くなったことですか。それはありませんでしたね。眠くなったこともありません。

えっ、お店の人が見ていたって。

それはつまり、望田さんとわたしがよく一緒に行った、イタリアンの店のことですか。トラットリア・ボーノ。ふたりの職場の、ちょうど中間地点にあって、美味《おい》しい価格もリーズナブルで、つい「いつもの店ね」って決めてしまっていたんですよね。二週間で、何回通ったことか。

初めてふたりで食事をした日に、望田さんがコーヒーカップに液体を入れているのを、お店の人が目撃したというんですか。

そんな――本当ですか。

味、匂い、ふつうのコーヒーだったと思います。たしかにその夜、つきあおうと言われましたけど、言い方もあっさりしていて、強引なところはありませんでした。それで、お店の人は、デートドラッグかもしれないと感じたんですか。

でも、その数日後にまた一緒に現れて、仲が良さそうだったので安心したというんですね。初めて聞いたので、驚きました。

たしかに、お店の人が、わたしをじっと見ていたのは覚えています。黒いエプロンをした、茶色い髪のあの人ですよね、たぶん。

気づいたときにすぐ教えてくれればいいのにと思うけど、立場上、難しいのかな。

さっきも言いましたが、最初の食事のとき、望田さんはわたしが席を立った隙に、コーヒーを頼みました。同時に勘定もすませてくれていたので、なんてスマートな人だろうと感じ入ったのですが、あの時に、わたしのコーヒーに何か入れたということですね。

なんだか、信じられないな。望田さんが、そんなことをする人だったなんて――。

望田さんには、アンクルさんのことで口喧嘩をしてから、会っていないんですよ。

ええ、これからは、つきあう相手にはよく気をつけます。

世の中、どんなところに落とし穴があるか、本当にわからないものですね。

4　アンクル

自然界には、いろんな化合物が存在している。

人間は、科学の力で薬品やプラスチックなど、新しいものを作ったと得意になっているかもしれないが、実のところ、自然界に存在するものを参考に作られたものも多いのだ。

たとえば、絹の繊維がそう。

絹は高価だったので、あの光沢と手触りを低価格で再現しようと、ナイロンやポリエステル、レーヨンなどの合成繊維が開発された。

結核に効く抗生物質のストレプトマイシンは、放線菌という菌の一種から発見されたものだ。マラリアに効くキニーネは、キナという木の樹皮から得られる。アスピリンだって、最初はヤナギから取られたものだ。

もちろん、薬になるものは、量を間違えると毒になることもある。

トリカブトは、附子《ぶし》という漢方薬にもなるけれど、量によっては死に至る毒にもなる。ふだん私たちが普通に食べているジャガイモだって、芽の部分や、日に当たり緑色になった皮の部分には、ソラニンやチャコニンという毒素が多く含まれている。よくニラと間違えて食べてしまう人がいるが、スイセンにも毒がある。アジサイの葉を間違って食べ、嘔吐《おうと》や下痢の症状を起こすこともある。毒キノコというものもあるし、フグの毒なんかは、扱いを間違えると死者が出る。ある種の果物の未熟な果実や種子には、シアン化合物が高濃度に含まれていることが知られている。

自然界には、まだまだ私たちが気づいていない物質がたくさんあるはずだ。まあ、すぐ手に入るような植物や微生物などから得られるものは、すでに多くが分析されているのだけれど。

地中の深いところに棲んでいて、今まで誰も気づかなかった微生物のなかには、驚くような生態を持つものも存在する。たとえば、光の射さない暗闇で、酸素を使わず、周囲の岩が放射するごくわずかなエネルギーだけを使って生きているものがいたりするそうだ。

そういう微生物は、未発見の化合物をつくっていたりしないだろうか。

私の仕事は、そういう自然界に存在する動植物から、薬効成分を抽出することだ。

時には山に入って、土壌や植物のサンプルを取ることもある。すりつぶしたり水に溶かしたりして成分を抽出し、スペクトルを分析したり、遠心分離機にかけたりするわけだ。

地味と言えば、地味な仕事だった。

うまくいけば、今まで見つかっていなかった薬効成分を発見できるかもしれない。

『例の薬、できたってほんま？』

望田からラインでメッセージが届いた。

「できたよ」

場所を決め、会って渡すことにした。今度の薬は、「赤い水」ではない。

望田と初めて会ったのは、大学の外国語のクラスだった。ふたりとも理系の学部で、英語とドイツ語を選択していたのだ。

私は四国から出てきたばかりで、望田は地元出身だったので、よくいろんなところに案内してもらった。望田は顔が広くて、大学時代も友達が多かった。だから、まさか女性に対してコンプレックスを抱いているとは思わなかった。

性格はさっぱりしていて、会話は下手《へた》かもしれないが、一緒にいて楽しいタイプだ。不快なところなど、何ひとつない。

だから、私は望田とつるんで遊びまわり、「俺のツレ」などと他の友達に紹介してもらうのが、正直うれしかったし、誇らしかった。

――そうだ。

私は、望田が好きだった。

軽い男だとは思っていたが、いつか私の存在に振り向いてくれると信じていた。

「今回の薬は、今までのと違うんだ」

カフェで会い、私が望田に渡したのは、小さい容器に入った、赤と青、二種類の液体だった。ウイスキーのミニボトルの空き容器は、目的にぴったりのサイズだった。

ボトルについた私の指紋はきれいに拭き取り、小さなビニールの袋に入れて持参した。「ほら」と言いながら、袋から出して望田の手のひらにボトルを落とす。

「なんでこれ、ふたつもあるん？」

望田が不思議そうに尋ねる。

「赤はミーナに飲ませて。青はもっさんが飲むんだよ」

「俺も飲むの？　なんで」

だってこれ、惚れ薬なんでしょと望田が言いかけ、そばを通った客に気づいて口を閉ざす。

「この薬は、ホルモンと似た働きをするわけ」

私は説明した。

「恋愛ってさ、片方の気分が盛り上がるだけじゃ、ダメでしょ。両方が一緒に盛り上がらなきゃ。ミーナに愛情ホルモンを飲ませる時に、もっさんも飲むんだ。そしたら、ふたり一緒に盛り上がるから」

「なるほどな、両方が盛り上がった気分にならなあかんねんな」

自分で言いながら、あまりにエセ科学的な言葉に苦笑しそうになった。望田も望田だ。理系出身のくせに、そんな説明で満足するとは。

望田はボトルを照明にかざし、「きれいな色やなあ」と呟いた。

「色が違うのはなんで？」

「男性と女性で、使うホルモンが違うから」

私は適当なことを思い付きで言った。望田は感心したように何度もうなずいた。彼は、私とその〈惚れ薬〉を信じ切っているのだ。

「ほんまに、ありがとうな。さすがやなあ、アンクル。ようこんな薬、作れるわ。どないなったか、また報告するわ」

「うん。だけどその前に、今ここでやってほしいことがあってね。今回の薬、とてもよく効くんだけど、一般には手に入らないものを材料に使っちゃった。本当はね、会社のものなんだ。私がこの薬を作ったことが、何かの拍子にばれると困るわけ。だから、惚れ薬うんぬんっていう、これまでのラインのメッセージでのやりとりを、みんな削除してほしいんだ」

「ああ、ええよ？　そんな珍しい薬まで使ってくれたんやな。ほんま、ありがとうな」

望田は、真剣な顔をして、自分のスマホからメッセージを削除した。私の側は、とっくに削除済みだ。

望田とはそれからしばらく、最近観た映画の話や、読んだ本の話をしていた。

「じゃあな、そろそろ帰るわ。ほんま、ありがとうな」

「ちゃんと、ふたり一緒に飲むんだよ。でないと効果が薄れるから」

何度も礼を言って、彼は帰っていった。

5　マルちゃん

あたしが丸川玲《まるかわれい》ですう。初めまして。

そうです、学生時代にほんのしばらくだけですけど、もっさん——いえ、望田さんとつきあいましたよ。

えっ、デートドラッグですか？

望田さんが、そんなものを使ったところは、見たことないです。相手にわからないように使うもの？　そうか、そうですよね。

あたしに使われた可能性があるかどうかですか？　うーん、どうかなあ。ないと思いますけど。

デートドラッグって、気のない相手をその気にさせたり、眠らせたりして好きなように扱うための薬でしょう？

あたし、初めて一緒に食事に行く前から、望田さんのこと気になっていたし、かなり好きでしたからね。スポーツマンでね、かっこよかったんです。

そうなんですよ、どちらかと言えば、あたしのほうが、先に好きになってたんじゃないかな。

だから正直、そんな薬を使う必要もなかったんですよ。えへ、正直すぎますかね？

本当は怒るべき？　そんな薬を使うなんて、女の子を舐《な》めるなって？

望田さんですけど、初めて食事に行った日の帰り、速攻で「つきあわへん？」って言われました。もちろん、ＯＫしましたよう！　だって、こっちも好きだったんですから、うれしかったですねえ。

トイレに行った隙に、コーヒーを頼まれたか？　そうですね、ファミレスデートだったので、ドリンクバーからコーヒーを取ってきてくれたんじゃなかったかな。とにかく、望田さんは学生時代からそういうところスマートで。知らない間に「頼んどいたよ」「払っといたよ」って、何度か言われましたもん。すごいですよね、若いのに。

え、そんなに好きだったのに、どうしてすぐ別れちゃったか、ですか？

それは、何ていうか妙な話なんですけど——。

彼ね、〈アンクル〉っていう友達の話をよくしてたんです。〈おじさん〉だなんて、てっきり男友達のことだと思うじゃないですか。そしたら、同学年の女の子だったんですよ。

もう、びっくりしちゃって。

だって、一緒にツーリングに行ったり、しょっちゅう食事に行ったりしてたんですよ。あたしとデートするより、回数が多いくらい。

この人、あたしのことどう思ってるんだろうって、すごく不思議になっちゃって。思いますよね？　良かった、刑事さんもそう言ってくれて。

それで、ひとりでぷりぷり怒ってたら、だんだん向こうから近づいてこなくなったんです。残念と言えば残念な気もしましたけど、最初からふたまたかけてるようじゃ、今後が思いやられるじゃないですか。だから、もうしかたがないと思って、諦《あきら》めることにしたんです。

え、望田さん？　そうですね、いい人でしたよ。〈アンクル〉さんのこと以外はね。

で、こちらの刑事さん、いきなりこんなこと聞いてあれですけど、おいくつなんですか？　え、そんなにお若いの？　ひょっとして独身？

タイプ、タイプ。もう、すっごくタイプですよう。

良かったら、今度お茶しません？

6　アンクル

望田からまたラインで連絡が来たのは、薬を渡して三日後のことだった。

ついに〈あれ〉を使ったのかなと思った。ひょっとして、文句を言うつもりかもしれない。スマホを取る手が震えた。

『なあ、アンクル。相談があるんやけど、会《お》うてくれへん？』

「何の相談？」

『ミーナに会おうって言いたいねんけど、なかなか勇気が出えへんねん』

――なんだ、まだ使ってなかったのか。

ホッとするような、がっかりするような気分で、私は肩を落とした。

「会うのはいいけどさ、アドバイスなんかできないよ」

『話を聞いてほしいだけやねん。アンクル、恋愛とか興味ないかもしれへんけど、めっちゃ落ち着いてて、大人やん。だから、話を聞いてもらったら、俺も大人っぽく対処できひんかなあって』

「――いいけど」

望田は、美味しいイタリアンの店で会おうと誘ってきた。ミーナとも何度か行った店なのだそうだ。「こっちの相談に乗ってもらうんやから、ちゃんとご馳走するからな」と、望田は調子のいいことを言う。

私は、彼がミーナとどんな店でデートしていたのか、じっくり観察してやろうと思った。だって、ちょっとはらわたが煮えくり返るようだったから。

――恋愛とか興味ないかもしれへんけど。

よく言うよ、と思う。どうせ望田は、私には興味がないのだ。だからそういう、冷たいことを言えるのだ。

四国から大阪に出てきて、大学に通い始めたころ、ドイツ語のクラスで望田と出会った。望田は工学部、私は理学部。たまたま席が隣になって、「つまらん」とか「ええ天気やのに」とかノートにごちゃごちゃ書き込んで、ふたりでニタニタしているうちに、授業が終わっていた。

それからだ。食堂で出会ったり、大学生協で出会ったり、「よく会うね」となって、ときどき一緒に食事をとったり、映画に行ったりするようにもなった。だが、まったく色っぽい関係にはならず、向こうは私を「なんか〈アンクル〉って感じやなあ」などと呼び始めたし、こちらも「眉毛が味付け海苔みたい」とか、ろくなことを言わなかったようだ。

だが、とてもいいやつだった。基本的に親切で、困っている人を見ると放っておけない。朗らかで、体力は余っている。冗談を言うのが大好き。そんな若い男がいたら、モテるに決まってると思うではないか。

――それに、〈アンクル〉では彼女にはなれないんだろうな、とも。

予定をすりあわせ、遅めの時間に店で待ち合せることにした。

「ここ、どれ食べても美味しいんやで。いろいろ試してみて」

望田は上機嫌で、メニューを開く。とりあえず先に、食欲を満たすことにした。望田が誉めるのも当然で、前菜やスープに始まり、メインの肉料理やパスタまで、ボリュームもあり美味しかった。食べ始めると空腹を実感し、ふたりともワインを片手にたらふく食べた。

「もうちょっと飲みぃな」

デザートにティラミスを頼もうとすると、望田がワインを勧めてきた。あまりワインに詳しくないのだが、チリワインとかで、飲みやすくて勧められるままに空けてしまう。

「で、ミーナとはどうなったわけ」

「うーん、それやねんけどなあ。まあ、もうちょっと飲み」

なんだか望田はそわそわしていて、いつまで経っても話は進まず、私は「もうワインはいいよ」と言いながら、いったん化粧室に立った。広くて、個室が三つもある化粧室だった。ふだん、それほどアルコール類は飲まないので、顔がだいぶ赤くなっている。鏡の前で、火照《ほて》った頰に両手を当てて冷ましていると、ふいに化粧室の扉が開き、店の従業員が入ってきた。

「失礼します」

茶色い長髪を背中でひとつにまとめ、黒いエプロンをかけたきれいな女性だった。胸のバッジに「平田《ひらた》」とあった。彼女は個室に向かわず、なぜかためらうそぶりを見せながら、鏡の中の私に向かい、「あの――」と何か言いかけた。

「はい？」

「お客様、お連れ様はよくご存じの方でしょうか」

「えっ？――そうですね、よく知っていると思いますけど」

ハッとしたように、彼女は身を引いた。

「そうでしたか、それならいいんです――変なことを言って申し訳ありません」

「いえ、ちょっと待って」

彼女の、思わせぶりな態度が気になり、私は呼び止めた。

「どういうことでしょう、何か気になることがあったのなら、教えてください」

「いえ――」

困ったように彼女はうつむき、やがて何かを思い定めた様子で、こちらを見つめた。

「本当に、変なことを言って申し訳ありません。でも、お話ししておかないと、後悔しそうな気がするので――」

私はうなずいた。良くないことではないかという、予感がした。

「お連れの方が、お客様のコーヒーカップに、何かの液体を入れるところを見てしまったんです」

彼女は声を低め、化粧室の扉の向こうを透かし見るように、目を細めた。

「こんなことをお話しするのは、本当は店の者として良くないのかもしれませんけど――お連れ様は、二週間ほど前にも、別の女性と一緒に来店されて、やはりその方のコーヒーに何かの液体を注ぐのを見たんです。私、いわゆるデートドラッグではないかと思って、ずっと気になっていて。その方とは、それからも何度か来店されたので、特に問題はなかったのかなと思って安心していたんですけど、しばらくすると来られなくなって、今夜はまたあなたと――」

私は呆然と立っていた。

――望田が、私に？

「何色でしたか」

「えっ？」

　何を尋ねられたかわからなかった様子で、彼女が小首をかしげる。

「液体です。どんな色をしていましたか」

　しばらく、思い出そうとするかのように、彼女は眉をひそめて考えていた。

「――赤、だったと思います。いえ、間違いなく赤色でした」

　赤い液体。それは、私がミーナに飲ませるようにと、望田に渡したあの薬か。

　混乱しながら、化粧室を出て席に戻った。テーブルの上はすっきり片づき、ティラミスと熱いコーヒーがふたり分、手つかずで置かれている。望田は、グラスの水をごくごくと飲んでいた。

「よう、アンクル。デザート、頼んどいたから」

　望田がこちらに気づいて、にっこりした。私の視線は吸い込まれるように、自分の席に置かれたコーヒーカップを見つめた。

　――どうして、私に。

　席に座るとき、よろめいたふりをして、私の手は、伝票を挟んだクリップボードをテーブルから落とした。

「あっ、ごめん」

「ええよ、座ってて。俺が拾うし」

望田がさっと席を立ち、クリップボードを拾おうとしゃがみこんだ隙に、私はとっさにふたりのコーヒーを取り替えた。

7　レストランの従業員

トラットリア・ボーノの平田明美《あけみ》です。来月で、二十六歳になります。ボーノでは、ホール・スタッフとして三年働いてます。

これ、証言になるんですね？

はい、あのお客さんは、一時期とてもよくお見えになっていました。望田さんとおっしゃるんですか。ボーノのピザが美味しいと言ってくれて、何度も来られてました。

二週間ほど前に、巻き髪のきれいな女性と一緒にお見えになってからは、週に三回くらい、その女性と一緒にディナータイムに来られました。今日と同じで、コース料理にワインを頼んで、コーヒーで仕上げです。

そう、二週間前に、その女性のコーヒーに液体を入れるところを、見てしまったんです。気になって、何か口実をつくってコーヒーを取り替えようかとか、いろいろ考えているうちに女性が化粧室から戻られ、すぐ口をつけてしまって。

でも、その後も女性の様子に特別な変化は見られず、何日かして、お店にも来てくれましたから、何ごともなかったんだなと思って安心しました。

ですが、今日またあの男性——望田さんが、コーヒーに何か入れるのを見て、お連れの女性につい、教えてしまったんです。赤い液体を、あなたのコーヒーに入れてましたよって。

　気持ち悪いですよね、そんなことをするなんて。デートドラッグなんて薬もあるそうですし、もしそんな薬なら、嫌じゃないですか。店の評判にも関わることですし。

はい、間違いありません。

コーヒーに液体を入れたのは、男性のお客様でした。私がちゃんと見ていました。

8　刑事

　目の前にいる女性は、年齢よりずっと落ち着いた雰囲気がある。

　井川《いがわ》由紀《ゆき》、二十五歳。腰の据《す》わった四十代のような、よく言えば悠然とした、悪く言えば地味な女性だ。だが、本人が気づいているかどうかは知らないが、この落ち着きを、年増の色気と感じて好ましく思う男性も多いだろう。

　亡くなった望田遼平とは、Ａ大学の同級生だった。望田がＩＴ企業に勤め、営業の仕事をしていたのに対し、井川は製薬会社の研究室に勤めている。

ふたりは学生時代から、「もっさん」「アンクル」と呼び合う仲だったそうだ。これは、当時の同級生たちから聞いた。とても親しい仲だったが、色恋沙汰というよりは単に気が合っていたようで、性別を超えた友達づきあいに見えたそうだ。

「それで――」

私は小さく咳払いした。

警察署の取調室はエアコンが効いて、乾燥している。

「あの日、お店に行ったのは、望田さんから来てくれと頼まれたからだったんですね」

井川がこちらを見つめ、うなずく。

「そうです。警察の方にもお見せしましたが、望田さんからラインのメッセージで呼び出されました」

それは、私も確認済みだ。

「ミーナと呼んでいた、和久津三奈さんの件ですね」

「そうです。少し前に和久津さんと喧嘩をして、連絡しにくくなったそうで、相談に乗ってほしいと言われました」

「そういう相談は、よくあったんですか」

「学生時代に一度。あとは、和久津さんと再会した時にも相談されました。望田さんは照れ屋で、女性に話しかけるのが怖いと言っていました」

「あなたとは普通に話していたんですよね」

「ええ。どうしてでしょうね」

それは、良い意味で若い女性っぽくないからだろう。ステレオタイプかもしれないが、若い女性は、もっと甲高い声で喋ったり、笑ったり、まともに見られないくらい、まぶしいようなところがあるものだ。私にもなんとなく、望田の気持ちがわかる気がする。彼女は、からっとして淡白で、落ち着いていて話しやすい雰囲気の女性だ。〈アンクル〉とはまた、おかしな愛称をつけられたものだが、若い男性がつけたのなら、それは一種の照れ隠しだろう。

三日前、彼女の親しい友人が、目の前で苦しみ始め、そのまま倒れて亡くなった。彼女は、驚いた様子ではあったそうだが、冷静に救急車を呼び、同乗して病院にも付き添ったという。今も、どこか淡々としている。

この落ち着き払った態度が、現場にいた警察官に、不審の念を抱かせる原因になった。

「あの日、望田さんに会ってから、どんなことがあったのか教えてくれませんか。望田さんの様子はいつもと比べてどうでしたか」

ドは検出された。

望田とつきあっていたふたりの女性、ミーナこと和久津三奈と、マルちゃんこと丸川玲からも話を聞き、食事の後に望田がコーヒーを注文したという話も聞いた。平田は、和久津のコーヒーにも、望田がなんらかの液体を入れるのを目撃したという。

——常習犯だったのだろうか。

幸いなことに、和久津と丸川は、飲み物に何か入れられたのだとしても、影響を受けた覚えはないと話していた。ふたりに使って効果が見られなかったので、今回は量を増やしたのだろうか。しかし、なぜ自分の水にも入れたのだろう。

この事件は、おそらく不幸な事故だった。

液体を持参したのも、コーヒーに入れたのも望田自身だ。目撃者がいるし、証拠もある。赤・青の液体が入ったミニボトルには、望田の指紋しか残っていなかった。

使用された毒物は、そのへんの山に入れば、普通に手に入る植物から得ることができる。望田がどのようにして手に入れたのかは不明だが、少し薬草の知識があれば、難しいことではない。

私は、目の前の女性をじっと見つめた。

望田は彼女に毒を飲ませようとした。彼女は店員の助言を受け、カップをすり替えて助かった。そして望田自身が亡くなった。

彼女は、被害者だ。

だが――。

「事故だとしても、不思議な点はあるんですよね」

私は書類を繰《く》った。

「望田さんは、毒物をどうやって手に入れたんでしょうね。山に薬草を取りに行ったりした形跡は、今のところないんです」

彼女は軽く首をかしげるようにして、私の言葉に耳を傾けるが、答えはない。

彼女は製薬会社の研究室で、生薬《しょうやく》、つまり植物から得られるアルカロイドを分析して調査しているそうだ。薬草のプロなのだった。

「それに、ふたつのボトルと、その色です。毒物はどちらも同じアルカロイドだったそうですが、なぜボトルを分け、色を変えたんでしょうか」

赤い液体と青い液体。赤と青、赤と青、赤と青――。

その言葉が、私の脳裏で渦を巻いている。

なぜ二色に分けたのか。なぜボトルを二本、用意したのか。私が見いだせる回答は、「毒物の量をコントロールするため」だ。ボトルを分けることで、適切な量を投入できるようにしたのだろう。色を分けたのも、正確に投入するためだ。目撃証言によれば、コーヒーには赤い液体を入れたという。赤は井川のために、青は自分のために用意したのだ。しかし、望田は、毒物の量なんか調整できただろうか。それほどの知識があっただろうか。

井川はなぜ、取り替えて安全になったはずのコーヒーに、ほとんど口をつけなかったのか。気持ち悪かったという説明は、理解できなくもないが。

そしてなぜ、望田は自分のコーヒーではなく、水に毒物を入れたのだろう。

状況ははっきりしているはずなのに、どういうわけか疑問も多い。

実を言えば、私は疑っていた。

──毒物を抽出して望田に渡したのは、彼女ではないのか。

「あなたと望田さんは、とても仲が良かった。よくラインでメッセージを交換していますし、会ってもいたんですね」

井川はややうつむいて、何かを思い出すようなそぶりだ。

「和久津さんと丸川さんは、望田さんとすぐ別れることになったのは、〈アンクル〉という女性の存在に気づいたからだと話していました。あなたのことですね。ふたりは、あなたの存在に嫉妬していたんです」

望田はよく、ラインで井川に「アンクル」と呼びかけていた。事件後、警察はラインのメッセージも捜査の対象にした。

ほぼ毎日のようにふたりはメッセージを交換していたが、ある一時期、ぽっかりとメッセージが消えていた。前後の文脈からして、望田が一部のメッセージを削除したのではないかと思われた。それは、和久津三奈と望田がつきあい始める直前と、数日前のことだ。

なぜ削除したのだろう。

目撃者によれば、望田は和久津のコーヒーにも何か入れていたという。

「ところで、あなた自身は、望田さんをどう見ていたんですか？」

「――どう、とは。どういう意味でしょう」

「あなたにとって、望田さんはどういう人でしたか」

私の問いに、井川は首をかしげた。

「友達でした。同級生――大学一年からの仲のいい友達です」

丸川と望田がつきあい始めたのは、大学二年の時だ。二週間ほどで自然消滅したといい、その理由が〈アンクル〉――井川だ。

「望田さんがいなくなって、寂しいでしょう」

「――そうですね」

井川は、リノリウムの床についた細かい傷を、観察するかのように見つめた。

「でも、実を言うとまだ、実感が湧かないんです。何が起きたのか、いまだにわかりません。望田さんが、なぜ私にアルカロイドを飲ませようとしたのか。なぜ私だったのか——。あのとき、とっさにカップを取り替えてしまいましたけど、そのままにして私がコーヒーを飲まなければ、彼は死ななかったんじゃないか。——聞いてみたいんですよ、望田さんに。どうしてそんなことをしたのかって」

私は黙った。彼女の告白には気持ちがこもっていた。望田の死を悼《いた》みつつ、彼が自分に何をしようとしたのか、理解できず途方に暮れる感情が滲んでいた。

——結局、あれは単なる事故だったのか。

警察官の業《ごう》で、つい全てに疑いを抱いてしまうのは、悪い癖だ。

私はため息をついた。

「本当に、私も望田さんに聞いてみたいですよ。どうしてコーヒーじゃなかったのか」

その瞬間、彼女の目が光ったような気がした。

「え——？」

「ああ、まだ話してませんでしたか。彼は、自分の分は水に入れたらしいんですよ。コーヒーじゃなくて」

それで、と彼女の唇が動いたような気がするが、定かではない。それ以上、彼女に尋ねるべきこともなく、来てくれた礼を述べ、早々に引き取ってもらうことにした。

「——猫舌だったんですよね、彼」

去り際に、ふと思い出したように、井川が言った。

――猫舌か。

わかったような、わからないような言葉だ。だが、やはり井川は、望田のことが好きだったんじゃないか。そんな、皮膚感覚のする言葉だった。

9　アンクル

望田が胸を押さえ、顔を歪めて喉をかきむしるようなしぐさをした時、私は慌てて立ち上がった。

「どうしたの、もっさん」

望田が充血した目で私を見る。助けを求める苦しげな瞳で。

「すみません、救急車お願いします！」

店の従業員に手を振ると、彼女が急いで電話をかけ始めた。店内の客たちがこちらに注目し、手を貸そうと駆け寄ってくる人もいる。

だが私はまだ落ち着いていた。だって、望田に渡した赤い液体に含まれるアルカロイドは、人間ひとりを死に至らしめるほどの量ではないと知っていたから。赤はミーナに飲ませるはずだったから、意地悪をしてアルカロイドを多めに入れておいたが。

そうをして、望田の前で恥をかけばいいと思って。

私は、取り替えたコーヒーには、舐める程度しか口をつけなかった。望田は自分のコーヒーにも青い液体を入れたはずだと思いこんでいた。ほんのひと口なら、何も起きない。

救急車が到着するころには、望田の呼吸が止まっていた。

――そんな馬鹿な。

混乱する頭で救急車への同乗を申し出て、病院まで同行した。そこで、望田の死を告げられた。

死ぬような量ではなかった。もちろん、薬物の致死量というのは、その量までなら絶対に死なないとか、その量を超えると必ず死ぬとかいうものではないのだけれど、私が出来心で入れたのは、「ちょっと気分が悪くなる」くらいの量でしかなかった。

望田がちっとも私の気持ちに気づかないで、勝手なことばかり言ってるから、お仕置きしてやろうと思ったのだ。

惚れ薬だと思い込んで望田がミーナに飲ませ、彼自身も飲めば、ふたり一緒に気分が悪くなる程度で、毒物だったとはバレるはずがない。きっと望田は、そのことも私に報告するだろうから、私はひそかに笑ってやるつもりだった。

何がなんだか理解できなかった。

望田が死んだことも、信じられなかった。私が殺してしまったらしいことも。

死ぬような量じゃなかったのに。誰かに説明して、話を聞いてほしかったが、それを言えば私は殺人犯になってしまう。

——そんなの嘘だ！

あの時、レストランの従業員が、望田自身が液体をコーヒーに入れたところを目撃していたから、私は容疑者扱いされず助かったというのに。

だから今日、刑事が言ったことで、ようやく疑問が解けたのだった。

望田は、青い液体を、コーヒーではなく水に入れていた。私が席に戻った時、望田は渇きに堪えられないかのように、グラスの水を飲み干していたではないか。

——だから。

ふたり分、薬を飲んでしまったのだ。

猫舌の望田、熱いものが平気な私。

（ちゃんと、ふたり一緒に飲むんだよ。でないと効果が薄れるから）

私がそう言ったから、真面目な彼は、きっちり一緒に飲めるように、水に入れたのだ。それで、私が先にティラミスを食べ始めると、ちらちらと不安そうにこちらを見ていたのだ。ラーメンでもコーヒーでも、熱いのをあっという間に飲んでしまう私が、なかなかコーヒーに口をつけなかったから。

「おっ、このコーヒー美味いわ」

下手な芝居をしながら、私にもコーヒーを飲ませるために、苦手な熱いコーヒーをせっせとすすったのもそのせいだ。

――あいつ、バカ。

だけど、いちばんバカなのは私。

あんなくだらない悪戯《いたずら》をしたばかりに、望田を殺してしまった。おまけに彼が何を考えていたのか、聞く機会を失ってしまった。どうしてあの薬、ミーナに使わず、私に飲ませようとしたのか。

――バカだなあ、もっさん。惚れ薬なんてないんだって、あれほど言ったのに。

私だって若いころ、惚れ薬を作ろうと思って、真面目に研究したのだ。高校生のころ、愛情に関与するホルモンが存在するという記事を読んで、興味を持ったから。大学に入り、試しに作ったその薬を、仲良くなった男子学生に使ってみたが、さっぱり効果はなかった。

そう。実を言えば、私は望田で人体実験したのだ。

考えてみれば、どれくらいの月日を一緒に過ごしたのだろう。マルちゃんよりもミーナよりも、ずっと長いあいだ一緒にいたのに、望田はついに、私をどう思っているのか、ひとことも言わず逝《い》ってしまった。

警察署を出て、目尻をこぶしで拭う。

――あの薬、今ごろ効いたのかな。

いくらなんでも、ゆっくりすぎるよな。

いや、望田が何年も私と一緒にいたのは、ひょっとすると、あの薬が効いていたせいだったのかもしれない――なんて、自虐的すぎるだろうか。

(だって、アンクルはアンクルやもん)

望田の声が、聞こえたような気がした。

ベンジャミン

中島京子

Message From Author

自分の作品が「本格王」に収録されるなんて、光栄です。自分ではミステリーを書いたつもりはなかったし、しかもそれが本格なのかと問われると心許《こころもと》ないのですが、選んでいただいたということは、ミステリーとして楽しんでもらえる作品になっているのだと信じます。短編を書くとき、読者に驚きを用意することは意識しています。それが短編小説の魅力の重要な要素だと思うからで、その意味で、ミステリー短編というのは、ある意味、小説の真髄を究めるようなところがあるのでしょう。ミステリーファンのみなさんには、中島の小説を読むのは初めて、という方も多いのではないでしょうか。気に入ったら、ぜひ、ほかの作品も手に取ってみてください。

中島京子（なかじま・きょうこ）
1964年東京都生まれ。東京女子大学卒業。出版社勤務を経て、2003年『FUTON』でデビュー。10年『小さいおうち』で直木賞を受賞。14年『妻が椎茸だったころ』で泉鏡花文学賞。15年『かたづの！』で河合隼雄物語賞、柴田錬三郎賞。同年『長いお別れ』で中央公論文芸賞。16年、同作で日本医療小説大賞。近著に『夢見る帝国図書館』『キッドの運命』（「ベンジャミン」を収録）など。

ぼくとチサは小さいときからいっしょに育った。

ぼくらは同じ人を父と呼んでいた。父さんと。父さんは田舎の小さな動物園の園長で、なんだかいつも浮かない顔をしていた。

ぼくらの家庭に父親はいたが、母親はいなかった。ずいぶん前に、家を出て行ったのだそうだ。チサは、とても口汚く父さんを罵った彼女の顔を覚えているけど、ぼくにはまるで記憶がなかった。父さんはひとりよがりで、頭のネジが外れていて、まともな人間ではないという意味のことを、泣きながらまくし立てて出て行ったのだという。

母親がいなかったことで、とくにさびしい思いをしたことはない。

チサは姉のようなものだったけど、じっさいはそれ以上だった。

チサとぼくの父親が違うことは、もちろん知っていた。チサと父さんはよく似ていたけれど、ぼくだけまるで違う顔をしていた。ずんぐりむっくりしたぼくの体型も、すらりとしたチサとは正反対だった。

チサの立てた説では、母親がずんぐりむっくりした男と浮気してできた子がぼく、ということになるのだが、それはどうかなと思っている。

だってもし、ぼくが妻の浮気相手の息子だったら、父さんはぼくにもっと冷たいんじゃないかと思うけど、ぜんぜんそんなことはなくて、ぼくらは仲良しだったから。それから、家を出て行った彼女の写真を見たことがあるけど、ぼくとはぜんぜん似ていない。ただ、チサの説には説得力があった。

「間違いないって。わたしはユーゴが母さんのお腹にいたときのことを覚えてるんだから、たしかだよ」

母さんの浮気相手は、すごく強力な遺伝子をぼくに残してしまったのかもしれない。

チサとぼくが似ていないことは知っていたけれど、学校に行くようになったら、そのことでからかったりいじめたりする連中が現れて、ぼくはけっこう傷ついた。だけど、もっと傷ついたのはチサだった。すごく怒って、泣いて、もう学校には行かないし、ぼくのことも行かせないと言いはった。島の中央にある学校まで、一時間半も無人のバスに乗っていくのは時間の無駄だとチサは主張した。

「どうしてホームスクーリングじゃいけないの？　わたしとユーゴは二人で勉強できるよ。そんな子、いっぱいいるじゃない？」

父さんは困って、しばらく考えて、チサには学校に行きなさいと言い、ぼくには行かなくていいと言った。チサは、そんなのはずるい、ユーゴが行かないなら自分も行かないと抵抗したけれど、あのときばかりは、ふだん物静かな父さんがきっぱりした口調で、

「行きなさい、チサ。いじめられたのはチサじゃないだろ」

と怒った。

あれからずっと、チサは学校から帰るとぼくに勉強を教えてくれるようになった。チサは優等生で、小さい子の勉強を見るのは得意だった。ぼくはそんなに優秀でもなかったけど、チサは根気強い、いい先生だった。

ぼくは買い物があまり好きじゃなかったので、服はずっと、チサのお下がりを着ていた。それに気づいた彼女は、いつのまにか男の子みたいな服ばかり着るようになった。それも、だぼっとしたオーバーオールやTシャツ、スウェット生地のパーカ、お腹にゴムが入ったパンツなんかだ。基本的にだぼだぼしたものが多くなったのは、背の低いぼくがどちらかというと太ったタイプだからだ。でも、筋肉はしっかりついていて、運動神経はむしろいいほうだ。

ともあれ、ぼくのためにチサは、おしゃれをするという年頃の女の子らしい楽しみを犠牲にしたのかもしれない。

「興味ないからいいの」

と、チサは言ってたけれど。

そのだぼだぼのスウェットの下に、チサがどんなナイスバディを隠していたかを考えると、ちょっと可笑《おか》しくて笑えてくる。彼女の学校のクラスメイトなんかは、お堅いチサ、勉強ばっかりしているチサ、色気がなくてつまんない女と思っていたらしいけど、本人はてんで気にしていなかった。

「自分が興味持てない相手に好かれたってしょうがない」

というのが口癖だった。

「クラスメイトとか、幼稚すぎて圏外だから」

とも。


休みの日にぼくたちは、よく、父さんの動物園に出かけた。

広くもなくて、動物もそんなにいなくて、それ以上に来園者がまったくいなくて、とてつもなくしけた場所だった。

「しけてるよね、ここ」

と、チサが言った。チサは読書家だったので、いろんな言葉をよく知っていた。

「それ、何？」

ぼくはたずねた。

「さえないとか、ぱっとしないとか、景気が悪いとかってこと。父さんの顔みたいなのを、しけたツラって言うのよ」

チサの説明はいつだってものすごく的確だったから、ぼくは「しけてる」の意味を完全に理解した。

父さんのしけた動物園にいる連中の中で、ぼくらのお気に入りはなんといってもベンジャミンだった。ぼくらはしゅっちゅうその檻《おり》の前に行き、うろうろしたり、あくびしたりするベンジャミンを観察した。あくびをすると、驚愕するくらい口が大きく開いた。

「ベンジャミン」

と、父さんが手書きした札が檻にぶら下がっていたから、ぼくらはそいつを躊躇なくそう呼んでいて、それがその動物の総称だと思っていた。

鼻先が長く、耳は短めで、そんなに大きすぎはしない大型犬くらいの大きさで、犬の一種みたいな感じだったけれど、胴体が縞柄で猫のようでもあった。だから、チサとぼくはベンジャミンのことを「イヌネコくん」と言ったりしたが、あいつは「そんなことはどうでもいい」という顔で、がーっと口を開けてあくびをしてみせるのだった。

「こいつ、しけてる」

ぼくはチサの言葉を真似てみせるのが好きだった。そうすると、できのいい生徒、できのいい弟になったように感じられた。

「ほんと」

と、チサは言い、心が通じ合ったときに仲間が投げるようなウィンクをした。

ベンジャミンが吠えているのを聞いたことがない。

あいつはいつだって怠惰に檻の中をうろうろして、あるいは隅のほうに寝っ転がって、うつらうつらしているやつだった。餌は、父さんが栄養素を計算して特注した合成肉を黙って食べるだけで、狩りをするわけでもないから、するどい吠え声を聞かせる必要もなかったんだろう。

なんのためにそこにいるのか、いつまでそこにいるのか、来園者もいない動物園のしけたツラしたスター（というのはつまり、ぼくらのほかには目を引くような動物がいなかったわけだ）は、ときおり気まぐれに、ぼくらのほうに寄ってきて後ろ脚で立ち上がって檻にしがみつき、鼻先を震わせるという芸当をした。

それが親愛の情の示し方なのか、ただの退屈しのぎなのかわからないけれど、その姿勢で得意のあくびなんかされると、吐く息が強烈にくさくて、ぼくとチサは笑い転げることになった。檻の中に手を伸ばせば触れただろうけど、

「あいつは嚙むからやめとけ」

と、父さんが言うのでやらなかった。

「父さん、噛まれた？」

と聞くと、黙って首を振ったが、ベンジャミンが噛むということにかけては、絶対的な確信があるようだった。

動物園にはベンジャミンと、フクロウも含めた数羽の鳥、コウモリがいて、そのほかにはいかにも子供向けといった感じのポニーとかうさぎとかあひるなんかがいた。

「こんなの動物園じゃないよ。象とかキリンとかいなくちゃ」

チサは不平を漏らした。

しかし、動物は増えるどころか、あひるやうさぎもだんだんに数が少なくなった。ようするに、飼いきれなくなって減らしていかざるを得なかったのだろう。何羽かは、気がつかないうちにぼくらの食卓に上っていた可能性が高い。本土での二度目の事故より前のことだったし、いずれにしても、ぼくらの住む島では食肉に関する規制もいいかげんだった。

動物園がお金にならないのはわかりきったことだった。父さんは園長業務のかたわら、学術論文みたいなものを書いているようだったが、もちろんそれもお金にならなかった。だから、二人の子供たち、そして園内の動物たちを食べさせるため、ネットでいろんな人の話を聞くカウンセラーの仕事をしていた。

人の話を聞いてやるだけの仕事なんて、ボランティアでやる人がいくらでもいたから、父さんはクライアントを確保するのにけっこう神経を使っていた。一応、医師免許を持っているのを売りにしていて、必要があれば処方箋も書ける、病院に紹介状も書くというのが父さんなりのブランディングだったけど、後から考えると、かなり妙な連中ともつきあっていた。

全身入れ墨だらけでヘンな目をしたひょろひょろの男が、自動運転の車で乗りつけて、おぼつかない歩行で父さんの書斎に入っていくのをときおり目にした。まともな人間なら正確でリーズナブルなAIドクターを使うわけで、ようするに父さんはものすごくヤバい筋の人たちに、クスリの処方箋を書いてやっていたらしい。このへンな目の男はウーキーという呼び名だった。顔中にピアスをしているような人だったけど、この男が唯一、家を訪ねて来る人物だったから、ぼくらはそれなりに顔なじみになっていた。

とうぜん違法だけど、かなりいい商売ではあっただろう。ぼくらは父さんの「裏稼業」のおかげで育ったようなものだ。

チサが十八歳になって、大学に行くことが決まり、島を出ることになったとき、チサと離れて暮らすなんて想像したこともなかったから、ぼくはかつてないショックを受けた。

ともあれ、チサが遠くへ行ってしまって、父さんと二人だけになった四年間は、とても濃密な時間だった。ぼくと父さんが助け合って、支え合って、お互いを親友だと感じて過ごした時間だ。

父さんはいつも顔色が悪くて、いかにも不健康だった。医者なんだし、いくらでも若さを保つための方法は知っていただろうけれど、やろうとはしなかった。チサがいなくなったころにはもう、嫌な咳をしょっちゅうしていたし、足を引きずって歩き、動物の世話もたいへんそうだった。だから、ぼくが代わって動物たちに餌をやり、檻を掃除した。父さんはいっしょに来て、すまんなと言いながら簡単な仕事を手伝ってくれた。もしかしたら、むしろ若さなんか保つまい、と決めていたのかもしれない。

いまでもよく思い出すのは、ベンジャミンが逝った日のことだ。

ベンジャミンは、ぼくと同じ年に生まれたらしい。それが長生きなのか短命なのかわからないけれど、ぼくが二十歳の誕生日を迎える直前に、ベンジャミンの具合は本格的に悪くなった。衰弱して、喘ぐような声を漏らす姿を見るのはしのびなかった。軟らかく、食べやすくした合成肉入りのスープを作ったのに、日に日に食べる量が減っていった。

「どうした？」

ぼくは混乱して父さんにたずねた。

「お別れだな。そろそろ。魂が尽きる。死ぬんだ」

父さんは答えた。

「やだ、助けて」

小さいころから毎日のように会っていたベンジャミンが逝ってしまうことに、ぼくはすさまじく動揺した。

「父さん、なんとかして。クスリは？　注射は？　ベンジャミンはもう、自分じゃ、ダメなんだ」

「わかってる。もう、おしまいだ」

「父さん、なんで助けないの。苦しそう。止めてあげて」

「いま、ベンジャミンを撃ち殺せば、苦しみは終わる。おまえはそうしたいのか？」

父さんは、どこか虚ろな目をして、そんなふうに言った。ぼくはそうしたいのかどうかわからなかった。

「クスリをあげて。銃よりいいでしょ。痛くないし」

しばらく父さんは考えていたけれど、

「やめておこうよ」

と言った。

そして、ベンジャミンを檻に寝かせたまま家に戻り、ぼくは誘われるままに父さんの書斎に入った。

そこは父さんの聖域で、小さいころには入ってはいけないと言われていた。べつに危険なものがあるわけではなかったけれど、例の、薬物依存症者向けのインチキ処方箋を書いたり、そういう注文を受けたりするオフィスであり、子供が入り込んで楽しい場所でもなかった。じつは、入るなと言われれば入りたくなるもので、ぼくとチサは探検と称してそこに潜り込んだことはあったが、悪いことをしている後ろめたさのほかには、とくに得るものもなかったのだった。

父さんは、ベンジャミンの檻から書斎へ移動するときに、動物園の物置部屋にあった梯子《はしご》をついでに持ってきた。何をするのかと思えば、壁を埋める棚に、その梯子を立てかけて、高いところにある何かを取って下ろした。

「何？」

「本だよ」

そう、父さんは言った。

「ずいぶん大きいね。そして重いね」

「そうだね。でも、古い情報を得ようとすると、昔の本を見つける必要があるんだ」

「あ、ベンジャミン！」

ぼくは父さんが見せてくれたその古い本を見て叫んだ。そこには、口を大きく開けてあくびをするベンジャミンの姿があったからだ。

「ユーゴ、今日は父さん、おまえに話をしようと思うんだ。いつか、話さなきゃと思っていたんだ。おまえは知る必要がある」

もったいぶった話し方に、ぼくは少し身構えた。その本を一冊抱えて、ぼくと父さんは居間に戻った。

暖炉に火を入れて、父さんはチョコレートを温めた。ぼくはマグカップを受け取って、肘掛椅子に腰を沈めた。父さんは、話し出した。

「父さんは若いころ、夢を持ってた。遠い、遠い昔にいなくなってしまった生き物を、呼び起こしていっしょに生きたらどうなるんだろうという、儚い夢を見たんだ。父さんだけじゃなくて、そのころには仲間がいてね。日々、議論を重ねたんだ。遠い記憶を呼び起こすように、種を呼び起こすことの是非について」

「なんの話？　父さん？」

「ユーゴには初めての話でびっくりすることもあると思うよ。だけどいい機会だし、父さん、話したいんだ」

「いいよ。でも、わかるように話して」

父さんはうなずいて、唇を嚙み、じっと燃える火を見つめた。

「ベンジャミンは、絶滅したフクロオオカミの博物館標本からＤＮＡを抽出して、再現を試みた復活種の最後の一匹なんだ」

「ベンジャミンは、何？　なんだって？」

父さんは、本を開いて、「フクロオオカミ」という項目を指さした。そこにはベンジャミンそっくりの動物の写真がいくつも載っていた。

「これ、ベンジャミンじゃないの？」

「違うよ。ベンジャミンと同じ種類の動物だが、そのものじゃない。昔、昔の写真なんだ。フクロオオカミという有袋類の動物で、二十世紀に絶滅した。かつてはオーストラリア全土とニューギニアの一部に生息していたんだけれど、ヨーロッパからの入植者が来るころには、タスマニア島にしかいなくなっていたそうだ。それでも、羊農家には天敵だったと言われていて、タスマニアに移住したヨーロッパ人たちは、大半を駆除した。その後は、原因不明の病気が流行して、とうとうフクロオオカミたちは絶滅に追い込まれたんだ」

「たくさんいたのに、みんな死んだの？」

「そう。十九世紀から二十世紀にかけて、動物園で保護していたんだけど、野生のフクロオオカミはいなくなり、やがて園で飼われていたものも死んだ」

「人間が殺してしまった？」

「病気もあったから、それだけではないだろうけど、人間が積極的に駆除しなければ、生き残っていた可能性も高い」

「酷《ひど》いね」

「そうだね。だから、父さんと仲間たちは、フクロオオカミのミトコンドリアＤＮＡを博物館の標本から採取した。わかるだろう。フクロオオカミの遺伝子情報を分析して、よく似た動物のゲノムを編集して復活させたんだ」

「復活?」

「そう。ベンジャミンは、絶滅から再生したフクロオオカミなんだ」

「ベンジャミンは、フクロオオカミなの?」

「そう」

「ベンジャミンは、あの子の名前?」

「そう」

「どうしてベンジャミンて名前にしたの?」

「フクロオオカミの写真を残したカメラマンの名前を取って名づけた」

「復活したフクロオオカミは、一匹しかいないの?」

「もっといたんだけど、うまく生き残れなくてね」

「どういうこと?」

「うまく環境に適応できなくて。ベンジャミンは比較的うまくいったんだけど」

「じゃあ、ベンジャミンは絶滅したフクロオオカミを復活させた、復活フクロオオカミの最後の一匹ってこと？」

「そういうことだ」

「じゃあ、フクロオオカミは二度目の絶滅をするってこと？」

「そういう言い方もできるけど、いつでも復活は可能だから」

「どういう意味？」

「遺伝子情報があれば、いつでも復活させられる。もちろん、もっといい環境を準備することは必要だけど」

父さんはなんだか話しづらそうになった。ぼくは、何かが変だと感じていた。少し、父さんを睨むみたいな顔もしていたと思う。

「じゃあ、ちょっと復活させるためにだけ、ベンジャミンを復活させたってこと？」

「うん、まあ、その」

「そんなのって、やっていいことなの？」

父さんはにわかに後ろめたそうにした。

「復活には意味があると思ったんだ」

「どんな意味が？」

「それは」

父さんはとうとう黙ってしまった。何かを思い出したみたいだった。

答えが返ってこなかったので、ぼくは「本」をもう一度開いて見てみた。そこには、一度絶滅した動物たちがたくさん出ていた。

ワライフクロウ、オオツギホコウモリ、ヤブサザイ、ゴクラクインコ——。

ぼくは、もう一度、フクロオオカミのことが書いてある章に戻り、フクロオオカミの絶滅について書かれた箇所を読んだ。

——タスマニアにヨーロッパ人が入植してから、最初に絶滅したのはタスマニア島固有のエミューでした。次に姿を消したのが、タスマニアン・アボリジニの人々で、それから犠牲になったのがフクロオオカミだったのです。

「おまえの言うことはわかるよ」

と、父さんは突然、口を開いた。

「父さんも、そう思ったんだ。迷いが生じたんだ。復活させることの意味が、よくわからなくなった。おまえを、復活させることの意味が」

そう言って、父さんはベンジャミンそっくりの写真を見つめた。そのまま、夢の中に入り込んだような目をして、父さんはまた静かになった。ときどき頭を振って、違うんだ、違うんだと言ったりした。様子が少しおかしかったけれど、ぼくのほうも、それどころじゃなかった。

　父さんの感傷とは無縁に、別のことに気持ちを逸らされていて、すごく居心地が悪くなった。チサが行ってしまって以来、ときどきぼくを襲う過呼吸がやってきて、肩を強く上下に揺らして必死で息をした。

「どうした、ユーゴ？　だいじょうぶか？　ほら、落ち着いて。ゆっくり鼻から息を吸って、口から吐いて。繰り返してごらん。だいじょうぶか？」

　父さんはぼくの背を撫でながらそう繰り返した。喘ぎながらも、頭の中の疑問は去らなかった。ねえ、父さんは、父さんたちの仲間は――。

「父さん、たちの、仲間は、なぜ、復活、させなかった、の？」

　ぼくは、きれぎれにそうつぶやいた。

「ユーゴ。無理に話そうとするんじゃない。落ち着いて。呼吸に集中しなさい」

「父さん」

　ぼくは、ふぅーっと大きく息を吐いてからたずねた。そのときの父さんのびっくりした顔を忘れることができない。

「父さんと仲間たちはなぜ、タスマニアン・アボリジニの人間を復活させようとしなかったの？　もし、ヨーロッパ人が入植したことで絶滅してしまった種を復活させるのなら、どうして人類にしなかったの？　標本が見つからなかったの？　なぜフクロオオカミだったの？」

父さんは目を大きく見開いて、まるでぼくの言葉が理解できなかったかのように混乱した表情で首をゆらゆらさせた。

「人類？」

そうつぶやいて、ぼくの顔をまじまじと見つめた。そして独り言みたいに、セイメイリンリとかセカイジンコウとかいう言葉を口にしたけど、もごもごしてよく聞き取れなかった。それから、裏返ったみたいな妙な声を出して、

「おまえはネ」

と、言った。

「何？」

「おまえはネ、おまえはネ」

「だから、なんなの？」

「だからネ」

そう続けてから、何か説明しようと試みたけれど、父さん自身も頭が混乱してきたらしく、書斎の机の引き出しから錠剤を取り出して水も飲まずに呑み込んだ。

それから、やっぱり机の引き出しから透明な液体の入った瓶を取り出して、蓋を開けて喉に流し込んだ。もちろん、水でないことはあきらかだった。ぼくは父さんが書

斎で何をしていたか知ることになった。健康的でも、アンチエイジング効果のあるものでもないってことは、一目瞭然だった。父さんは、あの入れ墨の男と同じような目になった。

「ベンジャミンのところに戻るよ」

ぼくは一人でその場を離れて、檻に向かった。

日が傾いて、夕闇が迫ってくる時刻になっていた。

ベンジャミンは静かに息絶えた。

フクロオオカミは、二度目の絶滅をしたのだった。

その後、父さんは何度か、ぼくを書斎に呼んで何か話そうとした。だけど、いつも上手に話せずに終わった。クスリの量が増えていくので、ぼくはとても心配した。以前にも増して父さんは外に出なくなったので、動物の世話はぼくだけがやることになったけれど、そのころはもう、動物もあまりいなくなっていた。ベンジャミンのいない動物園は、もはや動物園ですらなかった。鳥たちが巣を作る高い木のある場所の、ケージの金網はいつのまにか壊れていた。鳥たちは、それでもその木が気に入っているようで、完全に飛び去って行ってしまいはしなかったのだが、そいつらが最初に父さんがケージに入れた鳥なのかどうかさえ、ぼくにはよくわからなかった。適当に餌を撒いて、鳥たちがつついたり運んだりするのをぼんやり見ていた。動物たちのいなくなった檻には木の葉や埃《ほこり》が溜まるので、それを掃除するのだけが仕事になった。

ぼく自身は、家より外にいることのほうが多くなった。父さんと同じ家にいるのが気づまりだったし、もともとじっとしているのが好きではなかった。チサがいなくなってからは、勉強もあまりしなかった。動物園の檻の掃除が終わると、人っ子一人いない田舎道を散歩して、森の中を、木の実を拾いながら歩いたり、川まで行って泳いだりした。泳ぎは、誰に教わらなくても得意だった。清流の魚を獲るのも楽しかった。

父さんとあまり話さなくなってから、ぼくはいろいろなことを考えるようになった。

たとえば、どうしてぼくだけ、学校に行かなくてよかったんだろうとか、どうしてぼくはチサと父さん以外の人とほとんど口をきいたことがないんだろうとか。

チサが家を出るときに、ぼくに一人でちゃんと勉強するようにと言って、あれこれ教材を教えてくれたのだけれど、ちっともやる気になれなかったので、何一つ手をつけていなかった。けれどそれらにも興味が湧いて、通信のクラスをいくつか受講することになった。もちろん、家の中はなんとなく窮屈で苦手だったから、ガジェットを腕に巻きつけて出かけていき、森や原っぱで一人きりでクラスを受けた。

しだいに、ぼくはいくらかの教養を身につけることになった。宇宙の成り立ちやら、人類や動物たちの長い、長い歴史についても学んだ。父さんは、ぼくがそんなことに関心を持ち始めたことに驚いていたが、しばらくしてホモ・サピエンスの進化の歴史の本を貸してくれた。

ヒト属とチンパンジーの祖先が分岐して、アウストラロピテクスがどうして、ホモ・ハビリスがどうなって、ホモ・サピエンスとホモ・エレクトスの共通祖先がまた分岐して、ホモ・サピエンス・イダルトゥは絶滅して、ホモ・サピエンス・ネアンデルターレンシスも絶滅して、約二十一万年前に誕生したアフリカ人祖先集団に由来するのが、すべての現生人類だとか、そういった話だ。

「いつか、またゆっくり話そう」

父さんはそう言ったけれど、結局何かをきちんと話してはくれなかったようだ。

そして、ぼく自身も、重要なことを読み落としていた。父さんはおそらく、話さなくてもぼくが気づくことを期待していたのかもしれない。でも、チサが帰ってくるまで、結局、何も知らなかった。チサはぼくの先生だった。小さいころから、ずっと。

あの日、自動運転の車がやってきて、顔中にピアスをした入れ墨だらけのウーキーが父さんの書斎に入るのを見た。ぼくはそのまま動物園に仕事に出かけた。驚いたのは、ひょろひょろのウーキーが、よろめきながら走って動物園にやってきたことだ。

「おい、おまえ！　おい、おいったら」

ウーキーは怒鳴った。

ぼくは反応できずに固まって立っていた。男は近づいてきて、ぼくの肩に手をかけて揺すった。

「おいってば。どうすんだよお。おまえの父ちゃん、死んでんぜ」

何を言ってるんだろう、この人はと思いながら、そのひょろひょろした男に手を引っ張られて走ることになった。といっても、いつのまにかぼくは彼を追い抜いて、先を走っていたのだけれども。

息を切らして追いかけてきた入れ墨男は、気の毒そうに顔をクシャクシャにした。

「やりすぎなんだよ、おっさん。気をつけろって言っといたのにさ」

父さんは、書斎のソファの上でうつぶせになっていた。クスリと、空いた酒瓶が転がっていた。

「父さん。父さん！」

「揺すっても起きねえよ。俺は何度か見たことがある。オーヴァードーズだよ。なんだってこんなことになるんだ。アホか。医者だろ、おまえの父ちゃんは。適量を考えろって、いっつも言ってやってたんだぜ、俺」

ぼくは呆然として立ちすくむばかりだった。何が起こったか、まったくわからなかったのだ。オーヴァードーズなんて言葉も知らなかった。ぼくは、何にも知らない、純粋培養の田舎の自然児だったのだ。父さんがクスリを飲むのは病気のせいだと思っていた。何の病気だかも知らなかったけれど。

「ちくしょー、どうすりゃいいんだ。俺はこの先、どっからブツを手に入れればいいんだ？」

そう言うなり、ウーキーは壁に頭突きをした。ひどく腹を立ててるみたいだった。

「健康には気をつけて長生きしてくれって、俺、さんざん言っといたのによ。医者の不養生って、こういうことを言うんだろうな」

ウーキーは、ぶつくさ言いながらそこらじゅうの物を蹴飛ばした。それからぼくに食ってかかった。

「おまえ、いっしょに暮らしてて気づかなかったのか。少し、頭が弱いのか。まあ、そうかもな。おまえ、学校も行かなかったしな」

突然、涙が出てきて、ぼくはその場に座り込んだ。父さん、父さん。何が起こったの、父さん。聞いてないよ、こんなこと何も。ぼくは父さんに何も聞いていなかったよ。

　ぼくが泣き出すとウーキーは静かになった。そしておずおずとぼくに近づき、背中をさすり、父さんの引き出しから透明な液体の入った瓶を取り出すと、転がっていたコップを取り上げて液体を注ぎ、ぼくに差し出した。

「何？」

「ちょっと飲め。落ち着く。俺も少しもらう」

　ぼくとウーキーは床に座り込んで、コップの中のアルコールを分け合った。ひどい気分だった。でも、初めてのアルコールは、そのときのぼくには必要なものだったみたいだ。ウーキーはしばらくそこにいてくれて、ぼくの涙が止まると立ち上がり、何をすればいいかを全部教えてくれた。

「俺がいなくなる。いいか、そこんところ、大事だかんな」

　ぼくは慎重にうなずいた。

「俺がいなくなって、正確に二時間経ったら、警察に連絡しろ。俺が来てたってことは言っちゃだめだ。いろいろと、問題があるからな。おまえが小屋から家に戻ってきたら、父ちゃんがこうなってたと言うんだぜ」

「コヤ？」

「鳥小屋だよ。おまえの。とにかく、俺が来てたとか、俺がどんなにおまえに優しかったかとか、言いたくても言っちゃだめだぜ。大事なことだから二度言う。俺が優しいってことを、誰にも言っちゃだめだ、わかったな」

ぼくはうなずいた。ウーキーは、それでよし、とつぶやいて続けた。

「それからおまえ、姉ちゃんに連絡しろ。葬式とか埋葬なんかのことは、姉ちゃんといっしょに警察の誰かに相談するといい。親戚がいるのかどうか知らないけど、そういうことは姉ちゃんが知ってるだろう」

「ありがとう」

ウーキーは礼を言われたのがよほどうれしかったのか、目をつぶって上を向き、両拳を握り締めて二、三度振った。

「気にするな。俺にできるのはこれくらいだ。いいか。二時間経つまで何もするなよ。わかってるな」

「わかってる」

「気をしっかり持てよ。誰でも死ぬんだからよ」

それだけ言うと親切なウーキーは、一目散に去っていった。

二時間後に、警察を呼んだ。警官が二人やってきた。

死因に不審な点があると、捜査した警官が言った。もう一人の警官が、ウーキーの写真を見せて、この男を知っているかと聞いたから知っていると答えた。ウーキーがぼくにどんなに優しかったかは、言いたかったけど黙っていた。二人の警官はお互いの目を見てうなずき、敬礼をして帰った。

チサは、ぼくが連絡するとすぐに帰ってきた。ぼくらは警察の人に教えてもらって、フューネラルサービスに連絡を取り、父さんの簡素な葬式をして、動物園に埋葬した。葬式では泣かなかったけど、埋葬のときは二人とも泣いて、しばらくめそめそして過ごした。ベンジャミンの檻の中に、父さんの立派な墓を建てた。

埋葬から少し経ったある日、チサが川に行こうとぼくを誘った。

「ねえ、昔はよく、二人で泳いだよね！　久しぶりじゃない、いい天気だし」

あんまりめそめそした日々だったから、ちょっと気分転換をしたかったのかもしれない。

子供のころは、チサは泳ぎが下手でいつもぼくの腕にしがみついて離れなかった。あいかわらずカナヅチのチサは、その日もぼくから離れなかった。

チサはきれいになっていた。

そしてぼくは、ぼくがチサよりずっと背が高く胸板が厚いことに、いまさらながら気づいた。そして、ぼくに向かって笑いかけたチサの目が真っ赤で、水に濡れてわからないようにしていたけれど、ほんとうはそのときも泣いていたに違いないことにも気づいた。

ぼくはチサを川岸まで抱いて運び、タオルで体を包んで、それからまたひょいと抱き上げた。彼女はとてもとても軽くて、運ぶのは簡単なことだった。

「やめて。おろして。おろしてよ！」

腕の中でそう叫んだけど、笑っていたから、嫌がっていないことはあきらかだった。笑わせることができるのはうれしかった。ぼくは彼女を抱いたまま、走って家に戻った。チサはずっと、笑い続けていた。泣いていたことなんか、忘れたかのように。

チサはそのまま、大学には戻らなかった。

大学での勉学には失望していたとか、つきあっていた男と別れたとか、むしょうにホームシックになったとか、あんたを一人にしておけないとか説明されたけど、いちばん大きかったのは、チサが大学のある街からそう遠くないところに別の家庭を築いて暮らしていた母親に会ったことじゃないかと思う。

「母さんに会った」

二人でとる何度目かの夕食の席で、チサがそう言った。

「それで、父さんは、ユーゴにどこまで話したの？」

「何を？」

チサは眉間にしわを寄せ、

「よしてよ、父さん、結局、何もかもわたしに押しつけて逝っちゃったわけ？」

と、食卓に置いた遺影に向かって悪態をついた。

「チサ、どうしたの？」

「やんなっちゃう。ほんとに父さんて、めっちゃくちゃ無責任な人だよ」

それから唐突にチサは、ホモ・サピエンスの歴史について語り始め、ぼくはいささか混乱した。

また、あの話か。何かを話そうとすると、どうしても一億年前あたりから始めずにはいられないというのは、この父娘に共通する人としての欠陥ではあるまいかと、ぼくはちらっと思った。

ヒト属とチンパンジーの祖先が分岐して、アウストラロピテクスがどうして、ホモ・ハビリスがどうなって、ホモ・サピエンスとホモ・エレクトスの共通祖先がまた分岐して、ホモ・サピエンス・イダルトゥは絶滅して、ホモ・サピエンス・ネアンデルターレンシスも絶滅して、約二十一万年前に誕生したアフリカ人祖先集団に由来するのが、すべての現生人類で、云々。

ところが、ちょっと違ったのは、チサの話が現生人類の祖先の出現から石器や青銅器や農耕の歴史なんかに移っていかず、ひたすらネアンデルタール人の話に集約されていったことだ。

「ネアンデルタール人は、だいたい五十万年から三十万年前には地球に出現していたと言われてて、絶滅したのは二万数千年前。三十万年くらいの間、ほとんど変わらない。狩猟、採集生活をしていたと考えられてるらしい。かつては、現生人類の遠い祖先と考えられていた時期もあったけど、いまではそうじゃないってことになってる。そんなに数は多くなくて、二万人を超えることはなかったんじゃないかって。ただ、ネアンデルタール人のいた時期と現生人類の祖先が出現した時期は重なっているから、交配した可能性が高いらしい。アフリカにとどまった現生人類の子孫には見られないんだけど、ヨーロッパ人やアジア人には約三万年前に交配したネアンデルタール人の血が一から四パーセントくらい、受け継がれてるんだって。それはまあ、いいんだけど」

チサはここでまた、眉をきゅっと寄せた。

「父さんてば、若い医学生だったころ、『絶滅再生サークル』っていう、奇人の集団みたいなのに入ってて、こっそり標本からDNAを採取して復活させたの」

「ベンジャミンだね!」

ぼくは弾かれたように体を起こし、チサの話を遮った。

チサはぼくを静かに見つめ、それからぼくの手を取り、嚙んで含めるような口調でこう言った。

「あんたをだよ」

チサが何を言っているのか理解するのには、数週間かそこらかかった。いや、いまでも、どこかでぼくの理解を超えているところがあることは否定できない。父親が、奇人の集団みたいなヘンなサークルに入っていて、絶滅した動物を復活させるという夢にとり憑《つ》かれて、結婚して娘ができてもその妙な夢から離れがたく、実験室で培養した胚を妻の子宮に移植し、ネアンデルタール人を復活させたなんて話、誰が信じる？

あれから十年以上が経ってしまって、ぼくとチサはまだ父さんの家で暮らしている。チサは大学で都会の生活を見て、すっかり嫌になったんだそうだ。

「大学のラボには、ユーゴの卵みたいなのがいっぱいある。ありとあらゆる生物のDNAを保管してて、いつでも再生できるようにしてる。『復活』なんてわざわざさせなくても、やりたい研究はできるようになってるの」

自分が自然の営みに反した、生まれてはならない存在だったんじゃないかと悩んだ時期もあったけど、チサは、

「この世に生まれてはならない存在なんかない」

と、はっきり言う。

「父さんが、ユーゴを生み出した行為が正しかったかというのと、あんたが生きてい

るのが正しいことかっていう問題は、別々に考えないとね」

ぼくは、チサほど割り切って考えることができないけど、その代わりにあまり悩まないことにした。いま、考えているのは、ぼくが復活したネアンデルタール人を再度絶滅させるべきかどうかってことなんだけど、チサはそれも考えなくていいと言う。

「成り行きにまかせてりゃいいのよ。どっちにしたって、現生人類のかなりの人の遺伝子に、一から四パーセントの影響が読み取れるんだよ。パーセンテージが増えてどうなるかなんて、それこそ自然にまかせときゃいいんだって」

そういうことで、ぼくらは目下、成り行きにまかせているところだ。

夜に落ちる

櫛木理宇

Message From Author

じわじわと薄気味悪い話を書きたかったので、どんでん返しのインパクト勝負ではなく小技に走ってみた一篇です。

当初は『HUSY－A－BY』（ハッシャバイ＝子守歌）というタイトルを考えていましたが、いまいちわかりにくいということで、担当編集者さんと合議の結果、この『夜に落ちる』に決まりました。

個人的には「箸を渡す」箇所が貧乏くさく書けたのではないかと気に入っています。

なぜか険悪な兄弟姉妹の関係を書くことが多いのですが、現実の作者自身は姉とすこぶる仲良しだったりします。

櫛木理宇（くしき・りう）
1972年新潟県生まれ。2012年、『ホーンテッド・キャンパス』で日本ホラー小説大賞読者賞を受賞。同年、『赤と白』で小説すばる新人賞を受賞。「ホーンテッド・キャンパス」シリーズは第16弾まで刊行される人気作となっている。他の著書に『アンハッピー・ウエディング　結婚の神様』『鵜頭川村事件』『ぬるくゆるやかに流れる黒い川』『虎を追う』など多数。

窓の外では、暈《かさ》をかぶった月が仄白《ほのじろ》く煙っている。

克樹《かつき》は利き手でウイスキーソーダの缶を引き寄せた。

二本目のウイスキーソーダだった。一本目は必ずビールと決めているから、これで克樹の一夜の飲酒量は、三五〇ミリリットル缶を決まって四本だ。

テーブルの向かいには、見慣れた笑顔があった。彼らの間に言葉はなかった。ただ心地よい、肌に馴染んだ静寂だけが流れていた。

メーラーの着信音が鳴った。

克樹は対面の彼女に目礼し、ノートパソコンを引き寄せた。タッチパッドに指を滑らせる。新着メールをひらく。

担当編集者からだった。

「克ちゃん、こないだの記事ＯＫ出たよ。校正でも大きな駄目出しはないはずだ。お疲れさん！　近いうちに、また一杯やろうぜ」

昔馴染みだけあって、さすが文面が気安い。

克樹は缶をひとくち呷《あお》り、レスポンスを打った。

「ぜひ飲もう。近くに来たら声をかけてくれよ」

社交辞令だ。向こうも重々承知のはずだった。担当編集者は元同僚で、克樹をよく知っている。いまの彼にとって、水入らずの晩酌が唯一の愉しみだとも知っているのだ。「近くに来たら声をかけ」るような、無粋な真似はするまい。

克樹は五十五歳の春に、独立してフリーライターとなった。

以後は依頼された仕事だけを細々とこなして暮らしている。第一線からは、一歩も二歩も退いてしまったライター。それが現在の加藤《かとう》克樹だ。

ふと、窓の外へ目を向けた。

どうやら明日は雨らしい。外暈《がいうん》をまとった月は濁り、湿気でふやけて見える。星はなく、薄墨を流したように雲が速い。

——こんな夜は、昔を思いだすな。

彼が記事を担当した、あの『ひかりの森保育園事件』を。

克樹は目を細め、向かいの彼女をいま一度見やった。

＊

加藤克樹が向坂理香《こうさかりか》に出会ったのは、もう二十五年も前になる。

当時の克樹は三十代。記者としてもっとも脂が乗った時期で、理香は取材対象だった。彼女は『ひかりの森保育園』に勤める保育補助員だったのだ。

「あ、『週刊アングル』の記者さんですか。でも、あの、とくにわたしから言えることはないかと……。園長の発表がすべてですから、はい」

克樹の名刺を受けとった理香は、すまなそうに何度も頭を下げた。細い眉は曇り、頬には濃い憂いが貼りついていた。

――まあそりゃ、憂いがあって当然だ。

克樹は胸中でつぶやく。

なにしろこの『ひかりの森保育園』は、つい先日に大事件を起こしたばかりだ。園で預かっている五歳の女児が、真っ昼間に重傷を負ったのである。

事件翌日、朝刊が報じた記事はこうだ。


【保育園で女児が投げ落とされる　神奈川】

十七日午後、神奈川県T市の認可外保育施設『ひかりの森保育園』において、女児が窓から何者かに落とされ、重傷を負う事件が起きた。居合わせた児童らは「おじさんがいきなり入ってきた」、「知らない人だった」と証言。犯人はすぐに逃走したという。

警察によると『ひかりの森保育園』は四階建てビルの二階にテナントとして入っており、保護者以外でも出入りは自由だったとのこと。県警は事件の可能性があるとみて、捜査を開始した。

窓から落とされたという女児は曽田美咲《そだみさき》ちゃん、五歳。鎖骨と右上腕骨を折る重傷だったものの、命に別状はなかった。意識もしっかりしており、「おじさんの顔は見えなかった」、「早くおうちに帰りたい」と繰りかえしているという。

編集長は事件を耳にするなり、克樹に密着取材を命じた。

「加藤、この保育園、おまえの実家の近所だろ。ちょうどいい、おまえ行ってこい。実家に泊まりゃあ、ホテル代の経費も浮くしな」

「そんな安易な」

克樹は気乗りしなかった。だが結局は押し切られてしまった。

ちょうど『国連子どもの権利条約』が日本でも批准され、児童の人権について取り沙汰されている時期だった。一九八八年の『巣鴨子供置き去り事件』や、一九九二年の『風の子学園事件』を受け、児童に対する虐待や遺棄が問題視されつつある過渡期でもあった。

「——記者さんには申しわけありませんが、やはりお役に立てないかと」

理香が頭を下げる。

「美咲ちゃんが落とされたのはお昼寝の時間で、わたしは現場にいませんでした。犯人の顔も見ていません。ですから、ほんとうにお話しできることは……」

向坂理香は年長クラス『れんげ組』の副担任だ。

化粧気がないことを差し引いても、地味な顔立ちである。二十代後半だろうか、目も鼻も全体にちまちまと小造りで、どこか雛《ひな》人形を思わせた。左手の薬指に指輪はない。

ちいさな体をさらに縮こまらせる理香に、

「いやいや、そんなにかしこまらないでください」

と克樹は手を振った。

「べつにぼくは、あなたを責めに来たわけじゃありません。園長先生の会見は拝見しました。美咲ちゃんの怪我の具合も把握しています」

「はあ」

理香がため息のような相槌を打つ。

記者会見にあらわれた園長は、脂ぎった初老の小男であった。バブルの名残りか、エンポリオ・アルマーニのスーツをまとい、袖からオメガの金ぴか時計を覗かせていた。

一方、担任の保育士は五十代の女性で、眉間と口もとに刻まれた皺《しわ》がいかにも癇症《かんしよう》そうだった。二人とも会見の最後に深ぶかと頭は下げたものの、それ以外は他人事のような態度であった。

「把握した上で、われわれは事件の空白部分を埋めていきたいんです。保育園に乱入して、年端もいかない女の子を窓から落として逃げるなんて、たちの悪い変質者ですよ。ぼくの経験からして、この手のやつは味をしめて再犯する可能性が高い。野ばなしにしちゃいけません。ぼくは二度と、子供をこんな怖い目に遭わせたくない。事件の再発防止のためにも、どうかご協力をお願いします」

克樹は熱心に言いつのった。本心だった。

編集長に「担当しろ」と命じられ、いったん尻込みしたのは、事件に興味が湧かなかったからではない。実家うんぬんのくだりのせいだ。投げ落とし事件そのものには、はっきりと義憤を感じていた。

「向坂先生だって、美咲ちゃんに怪我をさせた犯人を捕まえたいでしょう」

「それは、ええ、もちろん」

理香がおずおずとうなずく。強張《こわば》った肩がすこし緩む。

だがやはり、彼と目線を合わせようとはしない。

「でも捜査は、警察がすることですから」

「むろん警察は捜査が仕事です。しかしわれわれマスコミも、彼らと平行して真実を探すのが仕事だ。先生の立場上、警察には話しにくいこともあるでしょう。夜中にふっと、なにか思い出すこともあるでしょう。そんなときは何時でもかまいません、ここにかけてください。名刺の表に印刷されているのが編集部の番号。そして裏に手書きしてあるのが、ぼくの実家の番号です。夜中だろうと明け方だろうと遠慮は無用です。こんな卑劣なやつは、絶対に捕まえなくちゃいけない。いいですね、先生。約束しましたよ」

克樹が念を押しても、理香は目をそらしたままだった。

だが克樹が諦めないのを見てとると、やがて、渋しぶながらうなずいた。

克樹の実家は、『ひかりの森保育園』から電車で二駅離れた住宅街に建っている。東京の住まいから実家まで、特急で一時間もかからない。だが滅多に足を向けることはなかった。正月や盆はおろか、祖父の七回忌にすら帰らなかった家であった。

「――ただいま」

「ああ、克ちゃん。おかえりなさい」

玄関まで出迎えてくれたのは、姉だった。

この人は見るたび瘦《や》せていくな――と克樹は思う。

姉は今年で三十八歳だ。そして鬱《うつ》をわずらってから、早三年が経っていた。頰がこけ、目が落ちくぼんでいる。知らない人なら五十代なかばと言っても信じるだろう。脂気のないショートカットは白髪だらけで、目尻と鼻の脇にくっきり皺が刻まれていた。

「お父さん、お母さん」

姉が障子戸を開け、室内の父母へ声をかける。

「克ちゃんが帰ってきたよ」

「ああ、そうかい」

「おう」

姉につづいて克樹は居間に入った。父は上座で夕刊を広げ、母は卓袱台《ちゃぶだい》に夕飯の皿を並べているところであった。

塩鮭と青菜のおひたし、薄い味噌汁だけの簡素な夕餉《ゆうげ》だ。長男が帰省すると知っていてさえ、ご馳走を用意しないのはいかにも母らしかった。

夕刊に目を落としたまま、父が唸《うな》るように言う。

「取材とやらは終わったのか。例の、なんとかいう幼稚園の事件」

「保育園だよ」

克樹は応えて、引き寄せた座布団に腰を下ろした。

「どっちだっていい。犯人はどうせ、どこかから流れてきたよそ者だろう。いわゆる変態ってやつだ。女子供しか狙えん、いかれた弱虫野郎だ」

「かもね」

「おまえもおまえだ。いい歳をして、変態男の尻ばかり追いかけているんじゃない。政治家や官僚どもの汚職事件を、ばーっと暴いてやったらどうなんだ。三十づらを下げた男が、いつまでも暴露記事だの芸能人の惚れた腫れただのを書き散らかして、飯の種にしているなんて恥ずかし……」

「母さん、箸《はし》ある？」

父の小言を克樹は遮った。

母は無言で立ちあがり、茶簞笥の抽斗《ひきだし》から箸を抜いて息子に手渡した。割り箸だった。箸袋に刷られた蕎麦屋の店名が、経年劣化で薄れかけている。

克樹は素直に「ありがとう」と受けとった。

父がビールを啜《すす》るように飲んで、

「まあおれもな、夕方のニュースですこしばかり観た。子供らが昼寝してる最中に入ってきたらしいな、その変態野郎は」

「そうらしいね」

塩鮭を割り箸でほぐして、克樹は首肯した。

「大通りに面したビルの、二階にある保育施設なんだ。部外者でも自由に入ってこれるし、交通量が多くてうるさいから、のぼってくる足音程度じゃ誰も気づかないらしい。『ひかりの森保育園』では昼食のあと、毎日二時間の午睡をとる決まりだそうでね。犯人が闖入《ちんにゅう》したのは午後二時十五分。まさに午睡タイムのただ中だった」

「保育士の先生たちは、教室にいなかったの？」

姉が口を挟む。

克樹はかぶりを振った。

「午睡の間ずっと保育士が付いているのは、年少以下のクラスだけなんだそうだ。年中と年長の担当は、奥の職員室で日誌や連絡簿を書いたり、工作遊びの下準備をしていた。子供が泣きながら駆けこんできて、ようやくみんな異変に気づいたんだよ。このあたりの証言は一致していて、とくに不自然な点はない」

とはいえ、施設側の不備は記事で批判しなければならない――。克樹は考えた。忙しいのはわかる。立地的に侵入者に気づきづらい環境でもある。それでも無防備に眠る子供たちを放置して、見張りの大人を置かないのははっきりと不手際だ。

――理香に反感を抱かれる恐れはあるが、この点は看過できない。

克樹は白飯を薄い味噌汁で流しこんだ。

いまのところ他社の記者は園長と担任に的を絞り、向坂理香はノーマークに近い。

しかし克樹は、理香こそ与《くみ》しやすしと見た。

彼女はけっしておしゃべりではない。まとった殻は脆《もろ》くない。

――しかし理香は、いつもなにか言いたげだ。

あの目つき。いつももの言いたげになかばまでひらいて閉じる、あの唇。園長に対し、まったくの無批判ではないと克樹は睨んでいた。

――犯人は園、もしくは園長に恨みのある人物なのではないか。

むろんただの変質者である可能性は高い。子供を狙う不届き者は、世間が想像するよりずっと多い。

しかし性的いたずらでなく、白昼堂々、これ見よがしに窓から投げ落とすという手口が気になった。

――園の体制にもし問題があるなら、理香が洩らしてくれるかもしれない。

「犯人の手がかりはないのか」

だみ声で父が問うた。ビール一杯で、すでに耳たぶまで赤い。

「手袋をしていたようでね。ドアノブ等から指紋は検出されていないんだ。でも現場に、泥靴の足跡が複数あった。靴のサイズは二十八センチだというから、標準より大柄な男だろうな。園児たちの証言も『知らない大きなおじさん』、『大きくて怖かった』で一致している」

「そんなでかい男が餓鬼を投げ落としたってのか。ケッ、世も末だな」

「怖かったでしょうね、子供たち」と姉。

「みんなおびえているよ。『れんげ組』はビルの階段から一番近い保育室だったんだ。階段やエレベータに近い教室の子供たちは、とくに怖がっている。登園拒否する子供たちが続出しているらしい」

言い終えると同時に、玄関戸を開け閉めする音がした。廊下の板張りが悲鳴のように軋《きし》む。二人ぶんの足音が近づいてくる。

「あらお兄ちゃん。来てたんだ」

障子戸を開けて入ってきたのは、妹夫婦だった。

来てたんだ、と無造作に言ったのみで、ろくな挨拶もなく姉の隣に座る。義弟、つまり妹の夫にいたっては、わずかに頭を下げたきりだ。

母が立ちあがり、台所から妹夫婦の夕餉を運びはじめた。

「やだ、また塩鮭？　お兄ちゃんが来てんだから、肉くらい出せばいいじゃん」

「おれは鮭でいいさ。それよりおまえ、まだ実家にメシをたかってるのか。いくらアパートが近いからって……」

克樹の言葉に、妹はむっと頬をふくらませた。

「しょうがないでしょ。あたしだってパートとはいえ働いてんだよ？　終わってからごはんの支度したら、お腹すいてるケイちゃんを待たせちゃうじゃん。お母さんだって、いつでも来ていいって言ってるしぃ」

そう言う妹は、姉とは逆にかなり太ったようだ。顎の下に贅肉《ぜいにく》がだぶついて、人相が変わっている。

その横で義弟が、早くも白飯に味噌汁をかけてかきこみはじめる。

「ほらー、ケイちゃんまた『いただきます』言わなかったあ。一昨日《おととい》話し合ったばっかでしょ？　そんなんじゃ子供にしめしがつかないって。親は子供の手本なんだからね、いまからちょっとずつ直していこう？」

「子供にしめしがつかない？　おまえ、妊娠したのか」

「違う違う、未来の話よ。でもきっと近々できるって。毎晩がんばってるしー、昨日だって二回もはりきっちゃったし」

あはは、と大口を開けて笑う。口腔の奥で銀歯がにぶく光った。

父はまずそうにビールを啜り、母と姉は無言だ。義弟がたてる咀嚼《そしやく》音が、くちゃくちゃとやけにうるさい。

「子供といえば――」

沈黙を避けようと、克樹は言葉を継いだ。

「おれはいま『ひかりの森保育園』の事件を追っているんだ。おまえ、その保育園を知らないか？　駅から徒歩五分ほどの、ビル内の施設なんだが」

「知ってるよ。友達の先輩があそこに娘を預けてるもん」

「そうか。じゃあ評判はどうだ。もちろん事件が起きる前のだぞ。園長や保育の先生について、先輩が文句を言っていたことはないか」

「ふん」

妹は鼻で笑った。

「文句だらけだよ。みんな言ってる。〝あそこ最低〟って」

福祉課職員からの聞きとり取材を終えたあと、克樹はバスで『ひかりの森保育園』へ向かった。

だがビルに入って早々、エレベータの横に立つ案内板に足止めされた。『本日は閉園しました　ひかりの森保育園』の案内板だ。

腕時計を覗く。午後七時半。窓のあかりからして職員はまだいるはずだが、一足遅かったようだ。

早く携帯電話が普及してほしい、と克樹は顔をしかめた。

一人一台の時代になれば、理香に直接「いま時間の都合はどうだ」、「質問していいか」と訊けるのに。とはいえ克樹自身、携帯電話など持たされてはいない。予算の都合で、もっぱらポケットベルと公衆電話の併用だ。

克樹はビルを出て、裏手の駐車場へ向かった。誰でもいいから、職員と鉢合わせできないかと考えたのだ。

街灯のあかりが、舗装された駐車場を青白く円状に照らしだしている。

思わず足を止めた。

光の円の中に、複数のちいさな影が見えたからだ。

克樹は張られたロープをまたぎ、駐車場に踏み入った。大股で、ゆっくりと影たちに近づいていく。

「やあ」

反応はない。

影の正体は園児たちだった。まるくしゃがみこみ、それぞれ白いチョークで地面に絵を描いている。ひまわりの花や、猫や象の絵であった。

「みんな上手《うま》いな」

こんなところで危ないよ、だの、駄目じゃないか、と叱る気はなかった。

子供たちとて、危ないのは百も承知のはずだ。好きで地べたにたむろしているわけでもあるまい。ほかに行き場所がないのだ。

ひときわ絵の上手い男児の横に、克樹は膝を突いた。

「締めだされちゃったか」

「いつものことだよ。園は七時までなんだ」

顔も上げず男児は応えた。

「ママ、まだお仕事終わってないから」

「そうか。じゃあ迎えに来てくれるまで、時間を潰さなきゃいけないな」

「うん」

こんなとき、子供に向かって親の悪口を言うのは厳禁だ。子を愛さない親はいても、親を愛さない子はいない。無用な正義感を発揮したところで、園児たちの反感を買うだけだ。

だから克樹は余ったチョークを手にとり、子供たちにならって絵を描きはじめた。選んだ構図は、仮面ライダーの有名な変身ポーズである。

克樹が馴染んだ仮面ライダーは、むろん初代だ。しかし昨年、映画『仮面ライダーZO』が大ヒットしたことは知っていた。克樹自身も取材して記事をものしたゆえ、いまどきの子供にも通じるジャンルだと心得ている。

「おじさん、上手いじゃん」

気づけば仮面ライダーの絵のまわりに、園児たちが全員集まっていた。

「ありがとう」

克樹は言った。

「きみたちくらいの頃、漫画家になりたかったんだ」

「上手い人のを真似ると、上達が早くなるんだぞ。おれはそうしてた」

「へえ。そういうもん？」

「ああ。上からなぞるだけでもいい。何度もなぞっているうち、線の流れが摑めて自分でも描けるようになる」

十分ほど、仮面ライダーやルパン三世のイラストを描きつづけた。地面が白いチョークの線で埋まっていく。頭上では、風で流れた雲が星を隠しつつあった。

絵の上手い男児が、ぽつりと言った。

「――おじさん、キシャの人だろ」

「そうだよ」

「新聞の人？　テレビの人？」

「週刊誌だ」

「じゃあ病院にシュザイに行ったよね。……美咲に会った？」

「いや、会わせてもらえなかった」

克樹はちらりと目を上げた。男児のシャツの首筋から、タグの記名が覗いていた。油性ペンで『ハジメ』と書いてある。

「でも順調に回復しているそうだよ。きっとまた、園にすぐ通えるさ」

「ふうん」

「心配か？」

「そりゃ、まあね……」

ハジメが声を落とすと同時に、角を曲がってくるヘッドライトが目を射た。

まぶしさに克樹が眉根を寄せた途端、

「ママだ！」

ハジメがぱっと顔を輝かせ、立ちあがる。

潮どきと見て、克樹はヘッドライトを避けるように中腰で駆けた。一台が駐車場の前に停まったのを皮切りに、続々と迎えの車が列を成していく。

克樹はふたたびロープをまたぎ、歩道に出た。振りかえりざまビルを見上げる。

二階の窓は、いつの間にか真っ暗になっていた。

その後しばらく、克樹は地味な聞き込み作業に専念した。

他社はすでに『ひかりの森保育園事件』から離れ、芸能人のスキャンダルを追っていた。人気力士の結婚、国民的歌手の不倫疑惑、アイドルの自殺未遂騒動など、芸能ネタの当たり年であった。

他社やワイドショウが芸能人を追いかける中、克樹は地道に『ひかりの森保育園』の評判を集めていった。

――しかし、見事なまでにいい噂を聞かないな。

いわく、職員に保育士資格者がいない。いわく人手不足で、乳児クラスにさえろくに人員を割かない。いわくお昼寝や園庭遊びの際、見守りを置かず子供たちだけにする。いわく保育士の態度が悪く、言葉遣いも乱暴。

また誤飲による病院搬送、水遊び中の事故、子供同士の喧嘩《けんか》による怪我も絶えないという。

近隣からは、

「しょっちゅう子供の悲鳴が聞こえる」

「顔に痣《あざ》をつくって歩く園児を見た」

「七時きっかりで締めだすから、園児が駐車場や近隣のスーパーをうろついて困る」

との苦情が聞こえてきた。

しかしそれでも、『ひかりの森保育園』に我が子を預ける親は絶えないのだ。

元利用者からの声はこうである。

「月々の保育料が安いし、大通りに建ってるから便利」

「園長がうるさいこと言わないし、仕事が休みの日でも預かってくれる」

「グッズとか手づくり強制じゃないし、月五千円で配達弁当が頼めるのが嬉しい。子供はまずいって言うけど、でもないよりマシじゃない？」

妹が言っていた〝友達の先輩〟とやらもほぼ同意見で、

「なーんか最近世間がさ、子供のジンケンがどうとか、ちょっとずつうるさくなってきてるっしょ？　その皺寄せがうちら親に来てるっていうか、窮屈になってる感じだよね。けど実際問題、うちらにどうしろってのよ。離婚して女手ひとつでさ、親は飲んだくれだし元旦那も似たようなもんだし、あたしが子供抱えて働かなきゃ、母子とも飢え死にしちまうっつの。そりゃ、あそこの保育園はクソだよ？　クソだけど、しゃーないじゃん。世の中ってしゃーないことと、我慢しなきゃいけないことの連続よ？　うちの子賢いから、そんなんあの歳でもう知ってるよ。だから保育園なんか、うるさいこと言わずに預かってくれるだけで御の字。感謝しなきゃねー」

だそうだった。

ちなみに彼女の娘は被害者の曽田美咲と仲がいいらしく、

「そうそう、折り紙で鶴折って届けに行ったの。うちの子ってばマジ優しいっしょ。まあ『れんげ組』の子はだいたいみんな仲良しなんだけどね。同じような片親家庭ばつかだから、苦労人が多いっていうかさ」

と笑った。


その頃、実家の姉の鬱は悪化していた。

「季節によって、よくなったり悪くなったりの繰りかえしよ。毎年のことさ。あんたが気にすることない」

と母は言い、父は「薬、飲んでんならいいだろ」とまるで他人事だった。

姉は起きあがれず、ほぼ一日中布団の中にいた。入浴はおろか、顔も洗わず歯も磨かず、脂じみていく姉は克樹の目にも汚らしかった。

「汚いのはわかってるのよ。でも億劫《おっくう》でなにもできないの。本人が言うには、体が重くて、手足がうまく動かなくて、喉の奥にいつも小石がつっかえているみたい」

なのだそうだ。

「食欲がない。なにを食べても味がしない」

と姉は訴えた。しかし母は、

「だからって食べないわけにいかないでしょうが」

「そうやって閉じこもってるから、よけい鬱が悪化するのよ。あんたには家族の団欒《だんらん》がなによりの薬なんだ」

と言い張り、姉を食卓へ引きずりだした。

妹夫婦は毎日のように夕飯を食べにやって来た。

義弟はあいかわらず無愛想で、妹だけがぺちゃくちゃとよくしゃべった。同僚の愚痴を言い立て、近所の主婦を「男好きのする顔だ」とくさし、ゴミ捨てのマナーにうるさい町内会長を「早く死ねばいい」と罵《ののし》った。

「ゴミと言えばさあ、お姉ちゃん、臭いよ」

妹は濡れた箸先で姉を指した。

「その髪の毛、いつ洗ったの？　きったないなあ、脂でべたべたじゃん。おまけに鼻の下、ひげが伸びちゃってる。病気なのは知ってるけど、そこまで女捨てちゃうってやばいよ。ね、ケイちゃんもそう思うっしょ？」

「ああ」

義弟はテレビに目を向けたまま、うわのそらでうなずいた。

「――なあ加藤ちゃん、『ひかりの森保育園事件』ってのは、確かあんたの担当だったよな？」

そう声を低めてささやいたのは、天正《てんしょう》日報で警察回りを務める記者だ。

サツ回りはたいてい新人の役目だが、志願して警察担当を長年つづけている変わり種である。ちなみに『週刊アングル』は、天正日報系列の一雑誌だった。

「そうだけど、どうかしたかい」

「いや、別の事件を追ってて、ぽろっと洩《も》れ聞いたのさ。こいつはオフレコで頼みたいんだが……」

「もちろんだ」克樹はうなずき、彼に顔を寄せた。

「新ネタか」

「だと思う。現場に残っていた犯人の靴底痕《ゲソ》がな、国内メーカーの靴底と一致せず、特定に難航しているらしい」

「ほう」

克樹の目が光った。記者がつづける。

「捜査員はむろん、過去に園長と揉《も》めたやつらを中心に洗っている。しかし並みいる容疑者の中に、靴のサイズ二十八センチの男が見あたらんのだそうだ」

「では、誰か雇って襲撃させたかな。靴の大きさからいって、外国人の可能性もあり得そうだ」

「むろんその線も追ってるだろう。……一応言っとくが、まだ書くなよ。いま書かれたら、ネタの出所がおれだってバレバレだ」

「わかってるよ」

克樹は苦笑した。別の事件情報が入ったら流す約束をして、記者から離れた。

その夜も克樹は、子供たちと駐車場で絵を描いていた。

彼らはすこしずつ、克樹と打ちとけつつあった。どの子もけっして多弁ではなく、思いをひとつひとつこぼすように言葉を発した。

「園のお弁当は美味《おい》しくないから嫌い」

「田中先生はすぐ怒鳴るし、叩く」

「鈴木先生は体を触ってくる。一昨日はスカートの中に手を入れられた」

「弟が生まれてから、ママがかまってくれなくてつまんない」

だが絵の上手いハジメだけは、親や先生への文句を洩らさなかった。彼はいつも同じキャラクターを熱心に描いていた。『週刊少年ジャンプ』で連載中の探偵漫画だそうで、来年にはアニメも放映されるのだという。

「なあ」

克樹は園児たちに呼びかけた。

「美咲ちゃんを落としたおじさん、ほんとうに知らない人だったか？」

「うん」

答えたのはハジメだった。

「見たことない人だったよ。すぐ逃げたから、顔はよく見えなかったけど」

「そうか」克樹は首肯した。

すぐ脇の女児が、長い長いため息をつく。

「美咲ちゃん、いまごろなにしてんのかなあ」

「退院したってママが言ってたぜ。いまは〝オウチデユックリ〟してるんだって」

「へえ。うらやましい」

「美咲のママ、お酒飲んでなきゃ優しいらしいもんな。よかったよ」

ハジメが妙に大人びた口調で言った。

「……怪我はよくないけど、昼間のママと一緒にいれるのはいい」

克樹は八時に駐車場を出た。バスを使って実家へ戻ると、

「ねえ、さっきあんたに電話があったよ」

母が暖簾《のれん》から顔を突きだして言った。

「電話？　誰からだ？」

「女だったよ。挨拶もろくにしない、無礼な女さ。あんた、いまはあんなのと付き合ってるのかい。もうちょっと相手を選びなよ。まったくうちの子ときたら、どいつもこいつも見る目がないったら」

「はあ？　なに言ってんだ」

克樹は苛立ち、母を遮った。

「付き合ってる女性なんかいないって。それより、早く誰からか教えてくれ」

「コウサカとかいう女だよ。『加藤さんに伝言です。元事務員のアリモトさんに話を訊いてください。経理をしてたアリモトさんです』だってさ」

克樹の心臓が跳ねた。コウサカなる知人は一人しかいない。向坂理香だ。

「元経理事務員のアリモトさんに話を訊け、って？　それだけか？　ほかにはなにも言ってなかったか」

「それだけだよ。『記者さんにはそれで通じるから』って言うなり切っちゃった。ふん、あの女、きっとあんたに気があるね。声でわかるよ。でも克樹、あんなのはやめときな。電話一本、ろくにかけられないような女じゃ――」

母の声を背に、克樹は黒電話に飛びついた。

あせる指さきでダイヤルをまわす。

頭にも体にも沁みついた、編集長への直通番号であった。

元職員の有元は、理香の情報どおり『ひかりの森保育園』で経理を担当していた男だった。編集長の許可を得て、克樹はさっそく有元にアプローチした。

「試算表の不透明な数字を指摘したら、園長にいやがらせされるようになったんです。退職に追い込まれるまで、半年とかかりませんでした」

有元はこってり恨み節をまじえて、園長が会計事務所の所長を抱きこんで横領していること、不動産トラブルを複数抱えていること等を暴露してくれた。

有元の独占インタビューは、巻頭特集記事として『週刊アングル』の誌面を飾った。

克樹は園児たちの不審な痣や、ビル内に日中響く悲鳴。職員による性的いたずらの可能性を記事へやや煽情的《せんじょう》に盛りこんだ。

さいわい特集記事は話題となり、テレビのワイドショウが追随した。

ちょうど芸能人のスキャンダルが途切れた、絶好の時期であった。『ひかりの森保育園』の名は、数日間テレビで連呼された。

園の利便性をありがたがっていた保護者たちも、連日の報道にさすがに危機感を覚えたようだ。群がるレポーターたちに、

「転園させます。こんなんじゃ信用して子供を預けられません」

「保育士資格者が一人もいないなんて知りませんでした。痣はてっきり子供同士で喧嘩でもしたのかと思ってたんです。痣の説明？　いえ、そんなの一度もありません」

と母親たちは声をうわずらせた。

園長は批判を浴び、園からも自宅からも雲隠れした。世間は「女児投げ落とし事件は、ダーティな園長への怨恨から起こったに違いない」と意見を固めつつあった。

しかし犯人が捕まる気配は、いまだなかった。

雨がつづいていた。

着替えのため三日ぶりに帰った実家は、湿気のせいか古家の臭いがいつもよりきつかった。黴《かび》臭さに、樟脳《しょうのう》と大蒜《にんにく》の香りが入りまじって鼻を突く。

「克ちゃん、おかえりなさい」

襖《ふすま》が開いて、顔を覗かせたのは姉だった。

寝間着のままだ。三日前に顔を合わせたときより、さらに垢《あか》じみている。髪の根もとに、大きなふけが点々と浮いていた。

「具合悪いんだろ。いいよ、寝てろよ」

「でも、おかえりくらい、言おうと思って」

姉は薄く微笑んだ。

その瞬間、克樹はなぜか叫びだしたくなった。

この黴臭い古家も、色落ちした姉の寝間着も、軋む廊下も、いま目の前にいない妹夫婦も、父も母も、なにもかもがたまらなかった。実家を厭《いと》っているのに、こうして来てしまった己にも嫌気がさした。

やはり帰ってくるべきではなかった――。痛いほど克樹は思った。

実家から顔をそむけ、かたくなに遠ざかっていたかった。編集長がどう言おうが、姉がどれほど気になろうが、目と耳をふさいだまま逃げまわっておけばよかった。

克樹は、低く言った。

「姉さん。……この家を出ろよ」

われながら、かすれた声だった。

「引っ越し費用くらい、おれが出してやる。独り暮らししろ。いつまでも実家にいてどうするんだ。病院にだって、通っているのを見たことないぞ。薬は、ほんとうに飲んでるのかよ」

「気にしないで」

「気にしないで、って……」

「大丈夫よ。克ちゃんには、迷惑かけたりしない」

そう告げた姉の顔は、やはり薄く笑んでいた。

克樹の記事から約一箇月後、世間のバッシングを一身に浴びた『ひかりの森保育園』の園長は退職した。

あとがまとなる新園長選びには、行政の指導が入るという。問題の多い職員にも、同じく聞きとり調査が入るようだ。

職員のブラックリストには克樹も目を通した。向坂理香の名は、さいわいなかった。

しかし曽田美咲ちゃんを投げ落とした男は、やはり特定できぬままだった。

克樹は『ひかりの森保育園事件』の担当を後輩に引継ぎ、実家から離れた。編集長には「最後まで記事に責任を持て」と命じられたが、

「どうせ犯人は園長に恨みのある人物ですよ。あとは後輩の筆で充分です」

と断った。

ひさしぶりに帰った東京のマンションは、しんと冷えきっていた。無機質で、静謐《せいひつ》だった。

その静けさに、克樹は心の底からほっとした。

だが四箇月後、彼はふたたび『ひかりの森保育園事件』にかかわることになる。

ビルの窓から、またも園児が落とされたのだ。

犯人は逃走し、現場にはやはり二十八センチの足跡が残っていた。そして二人目の被害者は、あの絵の上手いハジメであった。

＊

「よう、元気そうじゃないか」

病室のベッドに横たわったハジメは、目を細めて笑った。

「おじさん」

「骨折だから、食事制限はないんだろ？」

克樹は洋菓子店の化粧箱を掲げてみせた。

駅前のなんとかいう店で買ってきた、見舞いの菓子だ。味は知らないが、女性たちが長い行列をつくっていたからまずくはあるまい。

六人入る大部屋で、ハジメは入り口に一番近いベッドをあてがわれていた。トラウマを慮《おもんぱか》ったのか、窓に向かう側のカーテンが閉め切られている。

ハジメは右脚をギプスで固められていた。

大腿骨を折る大怪我だったのだ。医者は克樹に「子供は骨癒合《こつゆごう》が早いから、手術の必要はありません」と語った。ただし軟骨の形成などに不安が残るため、今後も経過を観察していく必要があるという。

「おれが会えるよう、ママにお願いしてくれてありがとうな。……ママはどうした？」

「お仕事だよ。毎日休んでられないからね」

「そうか」

克樹はパイプ椅子に腰をおろした。化粧箱を開ける。

「エクレアとショートケーキだよ。どっちが好き？」

「両方。ねえ、いま食べていい？」

「もちろんいいさ」

ハジメは嬉しそうに苺のショートケーキに手を伸ばした。フォークは使わず、フィルムだけ剝《は》がして直接かぶりつく。鼻の頭に白い生クリームが付いた。

「おじさん、なんだか元気ないね」

「そう見えるか？」

「見える。お仕事うまくいってないの？」

「いや、仕事はまあまあだよ」

「そっか。じゃあ、おうちのことだね」

賢《さか》しらに口を曲げるハジメに、「鋭いな」と克樹は苦笑した。

「奥さんと喧嘩したの？」

「残念ながら奥さんはいないんだ。……なんというか、問題は――、姉だよ」

子供相手におれはなにを話しているんだろう。克樹は自嘲した。愚痴と言うより独りごとに近い。

だが大人に打ちあけるより、なぜか気が楽だった。

「うちにいる姉に、おれは実家を出て自立してほしいんだ。そのためなら、いくらでも協力したいと思っている。でもおれの言葉なんて、耳に入れてくれやしない」

「ふうん」

ハジメはショートケーキの最後のかけらを口に放りこんだ。フィルムに残ったクリームを、指ですくって舐めとる。

「おうちから出てほしいの？　だったら無理やりでも出しちゃえばいいじゃん。おじさんくらいの大人が二、三人いれば簡単でしょ」

「力ずくは駄目だよ」克樹は笑ってかぶりを振った。

「姉がかわいそうだろう」

「じゃあさ、じゃあ、嘘つけばいいじゃん。たとえば外にすっごくいいことがあるとか、芸能人とかが会いに来たって言ってさ」

「うーん。そんな嘘を信じてくれりゃ、苦労しないんだがなあ」

「大丈夫だってば」

ハジメはむきになり、口をへの字にした。

「こうするんだよ、いい？　あのね……」

月の見えない夜だった。

木造二階建てアパートの、外付け階段をのぼっていく。靴の踵《かかと》が金属に当たる音が、やけに耳に響く。

並んだ四室のうち、克樹はいちばん奥のドアで立ちどまった。

表札はない。しかし迷わずチャイムを押す。

応える声がして、ドアが薄くひらいた。

隙間から顔を覗かせたのは、向坂理香であった。訪問者が克樹と知って、はっと目を見ひらく。白い頬に血がのぼり、一瞬、驚くほどなまめかしく映る。

どうしてこの住所が──と彼女に訊かれる前に、

「有元さんから、古い職員名簿のコピーをもらいました。まだ引っ越されていなくてよかった」

克樹は言い、ドアの隙間に爪さきをねじ入れた。

「ご心配なく。下手に騒ぎたてて近所迷惑になるような真似はしません。だからあなたもお静かに。そのほうが、双方にとって得でしょう」

「……ええ」

理香はうなずき、ドアをひらいて彼を迎え入れた。

克樹は素早く中へすべりこんだ。理香にものを言う間も与えず、作りつけの靴箱を開ける。腕を突っこみ、ビニール袋に包まれた塊を引き抜いてかざした。

「――こんなもの、早く処分してしまいなさい」

苦い声で、克樹は言った。

理香は無言のままだ。克樹はビニール袋から靴を取りだした。

米軍放出品のオーバーブーツだ。靴の上から履ける、完全防水のミリタリーラバーブーツである。

「オーバーブーツを履くと、本来の靴より三センチから四センチ、外周が大きくなるんだそうですね。さらに一センチほど余裕をもたせて履くのが一般的なようだ。あなたの靴のサイズは二十三センチです。その上から履くオーバーラバーブーツの靴底は、つまり通常の二十八センチサイズとほぼ同じになる」

「……園芸用に、いいんですよ」

理香はひらたい声で言った。

「雨の日に、園庭を掃除するときにも使えるんです。伯父が、キャンプが趣味でね、軍用のオーバーブーツが便利だというから、わたしも一足取り寄せてもらったんです」

「美咲ちゃんが窓から落ちた日、このブーツはどこに？」

「園の、わたしのロッカーに。でも……」

「わかっています。美咲ちゃんを落としたのはあなたじゃない」

克樹は理香を見つめた。

「――狂言だったんですよね。もとはといえば、子供たちが立てた計画だった」

理香の肩が、すとんと落ちた。

「……ええ」

つぶやくような声だった。

「でも、美咲ちゃんに怪我をさせたのは予定外です。あの子たちはただ――」

「漫画の真似をしただけだ、でしょう？　それもわかっています。ハジメがいつも描いていたキャラクターの漫画を、おれも読んでみましたよ。『仕事ばかりの親に振りむいてもらうため、わざと怪我を偽装する子供』のエピソードが載っていた。漫画の中では窓から落ちても、木にひっかかって擦《す》り傷で済んでいましたがね」

克樹は苦笑した。

「『ひかりの森保育園』が入っているビルも、すぐ近くに街路樹が植わっている。ハジメは漫画と同じく、美咲ちゃんも擦り傷程度で済むと思っていたんだろうな。……ハ
彼女が落ちたのは、本人の志願ですか？」

「そのようです」

理香はうなずいた。

「美咲ちゃんの母親は、酒癖がよくなくて。あの子はいつも、その被害者でした。でもホステスは飲むのも仕事のうちでしょう。美咲ちゃんは『お酒をやめて』とは言えなかった。だから『もし怪我をしたって、保育園を休める』、『昼間のママと一緒に家にいられる』と思って、ハジメくんに『自分が落ちる』と申し出たんです」

「あの子たちは、それほどまでに『ひかりの森保育園』が嫌いだった」

克樹は言った。

「すぐ叩いたり怒鳴ってくる職員も、無責任な園長も、親から引き離される孤独な時間も嫌いだった。でも親にストレートに訴えたところで、聞き入れてもらえないだろうこともわかっていた。だからこその芝居だ」

克樹は言葉を切って、

「今日、ハジメの見舞いに行きましたよ」

と重苦しいため息をついた。

「おれの愚痴に、彼はこうアドバイスしてくれました。『火事だ！　と外で叫べば、どんな人だって部屋から飛び出してくる』。これも彼が好きな漫画にあるエピソードです。そして彼はこうも言いました。『おれ、叫び声あげるのうまいんだぜ。ほら、園におれを預けて、ママが仕事行こうとするだろ。でも痛いふりして悲鳴をあげれば、振りかえってくれるんだ。だからいままでに、何度も何度も叫んだ』と」

「……みんな、寂しいんです」

理香は目線を下げた。

「園であがる泣き声や悲鳴の半分は本物。もう半分は——練習でした。子供は、どんなにないがしろにされようと、叩かれようと親が好きです。すこしでも親の気を引きたくて、しょうがないんです」

「その気持ちがわかっていたから、あなたは協力したんですか」

克樹は一歩前へ出た。

「子供たちがやったことを隠すため、あなたはあのオーバーブーツで泥の足跡を付けて、さも犯人がいるかのように偽装工作した。そうして園長に恨みを持つ有元さんの存在をリークし、おれに世論を誘導させた。いや、このあたりは私怨かな。あなた自身、園の体制に不満があったでしょうからね。有元さんの話では、給与の遅配や、福利厚生のごまかしが何度もおこなわれていた」

「否定はしません」

理香は言った。

「わたしは、あの園長が嫌いでした。あんな人が子供にたずさわる仕事をすべきではないと、常づね思っていました」

「その点は、おれも同感です。だから真相に気づいてからも、あなたがたを通報するつもりはなかった。――しかし事情が変わりました。なぜだ。なぜあなたは、二度目の偽装事故に協力したんです？」

　克樹は問うた。

「美咲ちゃんが怪我をしたのは不可抗力だった。園長は辞職した。体制は変わった。なぜハジメまで、骨折するほどの怪我をする必要が？」

「……やりたいと言ったのは、ハジメくんです」

　理香がわずかに顔をそむける。

「彼の親は、転園を考えるそぶりすらなかった。園長に抗議する保護者の会にも加わらなかった。……ハジメくんは、聞き分けのいい賢い子です。でもいくら賢くたって、子供なんです。寂しさには勝てない。美咲ちゃんの親は、あの怪我を機に煙草をやめ、節酒するようになったそうです。彼は、美咲ちゃんがうらやましかった。お母さんに、美咲ちゃんの母親のようになってほしかった」

「違う」

　克樹はさえぎった。

「そうじゃない。俺が訊きたいのは、そこじゃない。さっきも言ったでしょう。なぜ、あの子に大腿骨を折るほどの怪我をさせたんです？　今後の成長にも影響しかねない重篤な骨折だ。一度目は咄嗟《とっさ》の事後協力だっただろうから、あなたを責める気はありません。だが二度目は違う。あなたは、最初からかかわっていた。なのになぜあそこまで、ハジメにひどい怪我を負わせたんです」

「わからないんですか？」

「わかりませんよ。だから訊いているんじゃないか！」

克樹は声を荒らげた。

しかし理香は動じなかった。それどころか彼を見上げ、薄く笑った。ひどく覚えのある笑みだった。

理香は彼にすっと近づき、耳もとで低くささやいた。

克樹は目を見ひらいた。

あらためて理香を見おろす。

雛人形のように小造りの、白い顔がそこにあった。つくりもののような面《おもて》だ。二の腕が、わずかに粟立った。

「あなたは……」

しわがれた声が洩れた。

「あなたは、——おれの、姉に似ている」

言いざま、彼はきびすを返した。

ドアノブを握って開ける。冷えた外気が吹きつけ、両の頰を叩いた。

「ブーツを処分しておきなさい」

振りむかずに克樹は言った。

「警察は馬鹿じゃない。いずれあなたのもとへたどりつくだろう。でも物証はそのブーツだけだ。処分しておきなさい。子供たちがなにか洩らしたとしても、未就学児童の証言と状況証拠だけでは弱い。……起訴までは、きっと持ちこめないでしょう」

ドアが重く閉まった。


克樹は夜道を走った。

理香のアパートから、実家までゆうに三キロはある。バスかタクシーか、交通機関を使うべきだとわかっていた。わかっていて走った。肌寒い夜だったが、じきに頭皮から汗が噴きだし、シャツが肌に貼りついた。

駆けながら彼は思いかえした。

はじめて義弟に会った日のことを。

——あいつはあの日、姉の恋人として我が家を訪れた。

当時はまだ、姉と義弟は大学生だった。交際は二人が卒業し、就職してからもつづいた。

両親も克樹も、義弟の親も、二人はいずれ結婚するのだと思っていた。しかし義弟の転職や、祖父の突然の不幸が相次ぎ、そのたび結婚話は後まわしにされてきた。

「そろそろ正式な婚約を」

とようやく両家が言いだしたとき、姉は三十四歳になっていた。

だが一年後。

克樹の義兄となるはずだった男は、義弟になっていた。

彼は克樹の姉ではなく、妹と入籍したのだ。

「好きになってしまったのだからしかたがない。人の心に鎖は付けられないでしょう」

義弟はそううそぶき、彼の両親は、

「女は若いほうがいい。三十五にもなった女じゃ、孫の顔が見れるかわからないものな。六つも若い女を射止めるなんて、でかした」

と息子の鞍替えを手ばなしに誉めたたえた。

克樹がすべてを知ったのは、

「ハワイで挙式するのよ。お兄ちゃんも来れる？」

との母の電話でだった。

昔から母は自分似の次女びいきで、姑《しゅうとめ》似の長女を厭っているふしがあった。

克樹は呆れ、憤った。だがあとのまつりだった。妹夫婦はとうに入籍済みで、加藤家から目と鼻の先に新居を構えていた。

慌てて帰省した克樹を迎えたのは、別人のように病みやつれた姉だった。

重度の鬱病と診断され、幼い頃から夢だった仕事も辞めざるを得なかったという。がりがりに痩せ、骸骨《がいこつ》に皮膚が貼りついているかに見えた。

姉は実家に閉じこもった。

妹夫婦は姉がいるとわかっていて、

「共働きで、夕飯の支度してる暇ないもん」

「食費を浮かせたいから、ごはん食べさせてぇ」

と実家に入りびたった。

母は「病気のお姉ちゃんを一人にさせておけないでしょ」と実家に姉を縛りつけながら、妹夫婦をこれ見よがしに歓待した。

父はどちらかといえば長女びいきのはずだった。だが姉を表立ってかばいはしなかった。代わりに酒量を増やし、愚痴を増やし、八つ当たりのように克樹にねちねち説教する男になった。

克樹は、そんな実家から遠ざかった。盆正月はおろか、祖父の七回忌にも帰らなかった。

あまりにいびつな我が家を、直視したくなかった。

克樹は走りつづけていた。

夜はしっとりと黒く、なまぬるい雨の匂いがした。

走って、走って、何十もの街灯を通り過ぎた末に、ようやく見慣れた景色にたどり着いた。

生まれ育った実家は、怪物が夜空を背に、まるくうずくまっているかに見えた。門柱に掲げられた『加藤』の文字が、ひどく寒ざむしかった。

克樹は汗を拭った。

街灯の柱にもたれて荒い息をおさめた。

居間の窓から洩れるあかりが、植え込みを白く照らしている。加藤家を知らぬ者が見たなら、あたたかな団欒の笑い声を想像するだろう光だった。

克樹はその場から、しばらく動けなかった。植え込みを照らすあかりを、じっと同じ姿勢で眺めつづけていた。

やがて、裏口が開いた。

影がすべり出てくる。

姉だった。シルエットでわかった。

街灯の下に立つ克樹に、姉はすぐに気づいたらしい。歩み寄ってくる。重い両足を引きずるような歩きかただった。

「どうしたの、克ちゃん」

姉が問う。

あかりを背にしているせいで、表情が見えない。

「こんなところにいたら冷えるわよ。あら、汗びっしょりじゃない。具合でも悪いの？　早く中に入らないと、風邪を――」

「姉さん」

克樹はさえぎった。

「姉さん。この家を、出ろよ」

いらえはなかった。しかし克樹はつづけた。

「自分でもわかってるんだろう。実家にいる限り病気はよくならないって。よくなるどころか、病原菌と住んでるようなもんじゃないか。姉さんを鬱病にさせたのは、――あいつらだ」

「やめて」

姉がちいさく呻《うめ》く。

「あなたには、わからないのよ。……やめて」

――わからないんですか？

鼓膜の奥で、理香の声がそう問いかける。先刻かわしたばかりのやりとりだ。

――わかりませんよ。だから訊いているんじゃないか！

克樹自身の声が返答する。

姉が顔をあげた。唇が薄くひらく。

克樹は歯嚙みした。やめろ。やめろ。おれは答えを聞きたくなんかない。姉さんこそ、やめろ、それを言うな。

「だって」

――言うな。

「だって……、家にいないと、あのひとに会えないじゃない」

姉の声はうつろだった。

「妹と並んでいるあのひとを見るのは、もちろんつらいわ。でも――でも、あのひとに会えなくなるより、まし。ずっとまし」

姉の顔は、やはり陰になって見えない。

だが克樹には姉の眼が見えた。見えた気がした。暗い、木の洞《うろ》のような瞳。どこまでもぽっかりと薄黒い、底なしの双眸《そうぼう》。

耳の奥で、ふたたび理香の声がよみがえる。

なぜハジメに怪我をさせたのだと詰問された理香は、体を寄せて克樹にささやいたのだ。

「だって、大きなニュースにしたかったの」

熱っぽい声だった。

「また大きな事件が起これば、記者さんと——あなたと、もう一度会えると思ったの」

その瞬間、克樹の体を戦慄が駆けぬけた。

鳥肌が立つほどの恐怖と、生理的な嫌悪感であった。

——あなたと、もう一度会えると思ったの。

——家にいないと、あのひとに会えないじゃない。

克樹は身をひるがえした。

アスファルトを蹴り、ふたたび駆けた。

なぜおれはかかわってしまったのだろう、と悔いた。『ひかりの森保育園事件』にも、実家にもだ。いったん手を引いたなら、二度とかかわるべきではなかったのに。

——あなたは、おれの姉に似ている。

耳鳴りがつづいている。脳を貫くような耳鳴りだった。

一度も振りかえらず、彼は走りつづけた。

＊

その夜から、二十五年が経った。

そうしていま、克樹は自分名義のマンションにいる。手もとには二本目のウイスキーソーダ。テーブルの向かいには、見慣れた笑顔。

黒枠に囲まれた写真の笑顔だ。

二十代の姉を写した遺影であった。

あれから向坂理香には二度と会っていない。克樹の予言ははずれ、彼女に捜査の手が及ぶことはなかったようだ。『ひかりの森保育園事件』は、急速に人々の耳目から忘れ去られていった。

克樹の姉は、事件の翌年に死んだ。

肺炎をこじらせたのだ。あっけない死だった。

さらに二年後、妹夫婦が離婚した。義弟の両親が熱望した子供は、できぬままであった。

姉が亡くなった途端、妹夫婦は目に見えて不仲になったという。

母は「喧嘩ばっかりなのよ。あんたからなにか言ってやって」と何度も克樹に電話してきた。そのたび克樹は適当に母をあしらった。妹たちに、いっさい口出しはしなかった。

——姉を蔑《さげす》むことで、心をかよわせていた夫婦だったのだ。

そうとしか思えなかった。

姉があのとき家を出ていたら、といまでも思う。

実家を離れるだけで充分だった。目の前から姉が姿を消すだけで、妹夫婦の仲には亀裂が入ったことだろう。姉の反応が彼らの恋愛の肥やしだった。二年ともたず、枯れてしまったはずだ。

——あのとき無理にでも連れだしていれば。

そうすれば姉は、妹たちの離婚をその目で見届けられたのに。

病気だって寛解したかもしれないのに。

理香と会ったあの夜を境に、克樹は性的に不能になった。女に対し、まともな愛情を抱くことができなくなった。

かろうじて残っているのは、姉への感情だけだ。彼女への憐《あわれ》みといとしさ。そしてわずかな嫌悪と、大きな恐怖。

克樹はウイスキーソーダの缶を呷った。

窓の外では、暈をかぶった月が仄白く煙っている。

明日は雨らしい。外暈をまとった月は湿気でふやけて見えた。星はなく、薄墨を流したように雲が速い。

夜が、静かに更けていった。

時計屋探偵と多すぎる証人のアリバイ

大山誠一郎

Message From Author

アリバイ崩しもする時計屋を主人公にした『アリバイ崩し承ります』は、浜辺美波さん、安田顕さん、成田凌さん主演で連続ドラマ化されるという大変な幸運に恵まれました。テレビ朝日さんからドラマ化のお話をいただいたとき、最終話は「秘書が殺害されたが、犯人の大物政治家にはパーティに出席していたというアリバイがあった」という設定にしたいとうかがい、設定の面白さに挑戦意欲を掻き立てられて、連載中の『アリバイ崩し承ります』第二シーズンの一編として書いたのが本作です。本作をベースにさらにひねりを加えて、ドラマの最終話が作られました。多すぎるほどの証人によるアリバイをどう崩すのか、とくとご覧ください。

大山誠一郎（おおやま・せいいちろう）
1971年埼玉県生まれ。京都大学在学中は推理小説研究会に所属。海外ミステリの翻訳を手掛けたのち、2004年、『アルファベット・パズラーズ』でデビュー。2013年、『密室蒐集家』で本格ミステリ大賞を受賞。2018年、『アリバイ崩し承ります』で「2019本格ミステリ・ベスト10」の第1位を獲得。同作は2020年、連続ドラマ化された。他の著書に『赤い博物館』など。

1

〈美谷《みたに》時計店〉という看板が掲げられた、間口一間半ほど、かなり年季の入った木の外壁の店構え。看板の下の扉を押し開ける前に、僕は辺りをきょろきょろと見回した。

八月の昼下がり。アーケード式の屋根の下、鯉川《こいかわ》商店街にはふだん通り買い物客が行き交っている。だが、その中にこちらを見張る人物がいるのではないかと思わず疑ってしまう。

まさか、いるはずはないと思い直して、扉を押し開けた。からんころんと鐘が鳴る。

店内はほどよくエアコンが効いていて心地《ここち》よかった。カウンターの向こうで作業をしていた店主がくるりと振り向く。

「いらっしゃいませ。今日も暑いですね」

右手にドライバーを握りしめ、右目に時計修理用のルーペを着けたままだ。

「またアリバイ崩しをお願いしたいんですが……」

僕の言葉に、美谷時乃《ときの》は微笑《ほほえ》んだ。

「いつもありがとうございます」

彼女に他意はないのだろうが、「いつも」という言葉についこだわってしまう。何しろ僕は県警捜査一課の捜査員であり、「いつも」アリバイ崩しを依頼しているということは、捜査一課がたびたび民間人に頼っていることを意味するからだ。

〈美谷時計店〉は、アリバイ崩しをしてくれる、日本でおそらく唯一の時計店だ。料金は成功報酬で五千円。店主の時乃は先代の店主だった祖父から、時計修理と並んでアリバイ崩しの仕方を教わったのだという。

僕が骨董品《こっとうひん》のソファに座ると、時乃は涼しげな薄緑色のお茶の入ったグラスを出してくれた。

「緑茶を水出しで淹《い》れてみました。お口に合うかわかりませんけれど」

ひと口、口に含むと、まろやかで爽やかな苦みが広がっていく。

「おいしいです」

「ありがとうございます」

おいしいお茶の淹れ方も祖父から教えられたそうだが、本当においしい。

このままお茶を飲んで何もせず座っていたいのだが、そうもいかない。僕は居住まいを正すと言った。

「今回ご相談したいアリバイは、これまでの中で一番強固かもしれません。何しろ、容疑者のアリバイは、五百人もの証人によって保証されているんです」

「五百人？　どうしてそんなに証人がいるんでしょう」

「パーティ会場の出席者全員が証人なんです」

「パーティ会場の出席者全員？　それはすごいですね。　挑戦し甲斐がありそうです」

それから時乃はふと不思議そうな顔になり、

「いつもより心配そうなご様子ですが、どうされましたか」

「――心配そうな様子をしていますか」

「ええ。何となく、後ろを気にされているような」

どきりとする。

「――実は、今回の犯人は、これまでの中で一番危険かもしれません」

「危険？」

「犯行の秘密を知った人物の口を封じています」

「まあ……」

時乃は目を見開いた。

だから、あなたのことを犯人が知ったら、アリバイ崩しをさせないためにあなたにも危害を加えようとするんじゃないかと心配なんです――と、これは心の中で呟《つぶや》く。

実際、今回に限っては時乃の力を借りる――正確には買う――のはやめておこうかと悩んだのだった。彼女のことは秘密にしているが、どんなところからばれないとも限らない。悩んだ末にいつものようにこの店を訪れたものの、誰かに付けられていないか、店に入るところを見られていないか、気になって仕方がなかった。

だが、僕の言葉を聞いても、時乃は少しも怖がる様子は見せなかった。にこりとして言う。

「それでしたら、絶対、アリバイを崩さなければなりませんね」

僕は、どことなく白兎《しろうさぎ》を思わせる時乃の顔を見た。小柄で華奢《きゃしゃ》で、特に頼りになりそうには見えない若い女性。だけど、とても勇気のある女性だ。

「はい。それでは……」

僕はもう一口、お茶を飲んで語り始めた。

2

捜査車両から先輩たちが降り立つと、最後に僕も運転席から外に出た。

むっとするような熱気がからだを包み込み、遠くから蟬《せみ》の鳴き声が聞こえてくる。青い空に入道雲が湧き、降り注ぐ陽光に水面《みなも》がきらめいている。

七月八日、日曜日。舞黒《まいくろ》市を流れる久利須川《くりすがわ》の河川敷。その一角がブルーシートで囲まれ、周りをワイシャツ姿の男たちが動き回っていた。阿賀佐《あがさ》署の捜査員たちだ。僕たちはそちらに向かい、挨拶を交わした。それからブルーシートの中に案内される。

中は草いきれでむせ返るようだったが、それを圧する異臭が漂っていた。タンパク質が焼けた臭いだ。

雑草に埋もれるようにして、黒く焦げた死体が倒れている。あまりに強烈な光景に、僕は奇妙な非現実感にとらわれていた。

「大丈夫か？」

下郷《しもごう》巡査部長が声をかけてくる。

「だ、大丈夫です」

「お前さん、焼死体を見るのは初めてだったな」

はい、とうなずく。県警捜査一課に配属されて一年三ヶ月、いくつもの他殺死体を見てだいぶ慣れてきたつもりだったが、まだまだだと思い知らされていた。

「――下郷さんは、何ともないですか」

「焼死体を見るのは五年ぶりぐらいだな。なかなか強烈だ」

そう言いながらも、巡査部長は穏やかな表情を崩さない。

僕たちはブルーシートの外に出た。吐き気を抑えつつ深呼吸する。第四係に同行してきた鑑識課員たちが捜査に取り掛かり、そのあいだ、阿賀佐署の捜査員が状況を説明してくれた。

今朝六時過ぎ、犬を連れて河川敷を散歩していた近所の老人が、死体を発見したのだという。通報を受けて到着した阿賀佐署の捜査員は、死体から五メートルほど離れたところに鞄《かばん》が落ちているのに気がついた。中にはスマートフォンと名刺入れが入っていた。スマートフォンはあいにくロックされていたが、名刺入れは手がかりになりそうだった。名越徹《なこしとおる》と記された名刺が何十枚も入っていたのだ。肩書は「衆議院議員戸村政一《とむらせいいち》秘書」。これが焼死体の身元である可能性が高かった。阿賀佐署の捜査員は戸村の事務所に、「名越徹さんらしい焼死体が発見された」との連絡を入れた。

自殺なのか、他殺なのか？　捜査員たちは周辺を捜索したが、燃やすのに用いた燃料を入れていたと思しき容器も、火を点《つ》けるのに使われたライターやマッチ類も見つからなかった。名越以外の何者かが持ち去ったことになる。ここに至り、他殺の疑いが強くなった。かくして県警本部捜査一課の出動が要請され、待機番だった第二強行犯捜査第四係――僕の所属する係だ――が現場に向かうことになったのだった。

ブルーシートの中から、検視官がしかめっ面で出てきた。

「どんな具合だ？」

第四係係長の牧村《まきむら》警部が問う。

「遺体が焼けているので、外から見ただけでは死因も死亡推定時刻もわからないですね。司法解剖待ちです」

「被害者は生きたまま焼かれたんだろうか、それとも殺害後に焼かれたんだろうか」

「それもわかりません。焼かれた時点で被害者が生きていたかどうかは、皮膚の熱傷の有無、気道や食道内の煤片《すすへん》の有無、血液中の一酸化炭素ヘモグロビンの有無などによって判断するんですが、どれも司法解剖しなければわからないことなんです」

「生きた人間にガソリンをかけたのだとすると、ぞっとしますね」

僕が言うと、下郷巡査部長が首を振った。

「この臭いはガソリンじゃなくて灯油だ」

「灯油なんですか」

「ああ。そもそも、ガソリンは入手が面倒だ。ガソリンスタンドでは、ガソリンは専用の金属製の携行缶を持っていかなければ売ってくれないし、売ってくれる量も限られている。おまけに免許証などで住所氏名の確認を求められる。捕まる覚悟で犯行に及ぶのでない限り、犯行用にガソリンを購入するのは愚の骨頂だ。かといって、車からガソリンを抜き出そうとしても、給油口の奥に網《あみ》があって、それより先にはポンプのホースを突っ込めないようになっている」

そのとき、道路を走ってくる黒い乗用車が目に入った。

「議員のお出ましだ」牧村警部が言う。

車は捜査員たちのそばで停《と》まった。運転手が出てくると、後部座席のドアを開ける。男がゆっくりと降り立った。

すらりとした長身で、彫りの深い顔立ちをしている。髪は半ば白く、年齢は六十過ぎだろうか。

「新人、記録係をやれ」

牧村警部が僕に言い、男に近づいていった。僕は慌ててあとを追った。

「ご苦労様です。県警捜査一課の者です」

警部が声をかけると、男は沈痛な面持ちで頭を下げた。

「衆議院議員の戸村政一です。名越君の遺体らしいとのことですが……」

「遺体のそばに落ちていた鞄の中にあった名刺が名越さんのものなので、遺体もそうだと思われますが、何しろ火で損傷しているので、身元をはっきりと特定できません。ご覧になりますか」

「お願いします」

牧村警部は戸村政一をブルーシートで囲まれた遺体のところへ連れていった。議員は青ざめた顔で遺体を見下ろした。

「名越さんかどうかわかりますか？」

「……何とも言えません。身長やからだつきは名越君のようですが……」

「名越さんを最後にご覧になったのはいつですか」

「昨晩六時半頃です。実は、昨晩六時から八時まで、舞黒駅前のパトリシアホテルで私が主催のパーティを開きましてね。名越君は私の傍らでいろいろサポートしてくれていたんですが、パーティが始まってしばらくして、名越君の携帯に電話がかかってきたんです。名越君のお父さんが倒れて県立医科大学附属病院に入院したという。名越君はそのことを私に話して、パーティが終わったら病院に行かせてくださいと言ったんですが、私は今すぐ病院に行くよう勧めました。君がいなくてもパーティはやっていけると言ってね。名越君はためらったが、最後には『ありがとうございます』と言って会場をあとにしました。彼を見たのはそれが最後だった……」

「誰からかかってきたと言っていましたか」

「誰からかは言いませんでした」

「そのあと、名越さんと電話で話されましたか」

「いえ。彼から電話がかかってくることはなかったし、邪魔をしては悪いと思ってこちらからかけもしなかったので。しかし、お父さんを見舞いに行った名越君がなぜこんなことに……」

牧村警部が僕に目を向けた。

「新人、昨日、県立医科大学附属病院に該当する患者が入院したかどうか問い合わせてくれ」

僕はスマートフォンを取り出すと、病院に電話した。昨日、年配の男性が入院したかどうかを問う。県警捜査一課の者ですと名乗ったが、向こうは半信半疑のようだった。まあ、無理もない。とりあえず、昨日、入院した年配の男性がいないことだけは答えてくれた。

電話でのやり取りは、牧村警部と戸村にも聞こえていたようだった。警部が戸村に言う。

「このあと、病院を訪れてあらためて確認する必要はありますが、名越さんにかかってきた電話は嘘《うそ》だったようですね」

戸村の顔には信じられないという表情が浮かんでいた。

「――嘘だった？　誰が、何のためにそんなことを……。今回のことと関係あるのでしょうか」

「それはまだわかりません。ただ、名越さんは殺害されたようです。あの遺体が名越さんのものだとしてですが」

「――殺害された？　まさか、生きたまま灯油をかけて燃やされたのですか？」

「その点は司法解剖を待ってみなければわかりませんが、灯油を入れるのに用いた容器も、火を点けるのに使われたライターやマッチ類も見つからないことから、持ち去った人間がいると思われます」

「名越君が殺されるなんて……」

「名越さんは何かトラブルに巻き込まれていませんでしたか？」

「今回のことと関係があるかどうかわからないが……実は、一週間前に、パーティ会場に爆弾を仕掛けてやるという匿名の電話が入ったんです」

牧村警部と僕は驚いて議員を見た。

「県警の警備課に相談しましてね。パーティ会場には荷物の持ち込みを遠慮してもらうとともに、警備課の捜査員の方何名かに会場に来ていただくことにしました」

そんなことがあったのか。同じ県警でも捜査一課は刑事部、警備課は警備部と所属が異なるので、まったく知らなかった。

「ただ、パーティ会場に爆弾を仕掛けてやると電話をかけてきたのは、あくまでも私がターゲットでしょう。なぜ私ではなく名越君がこんなことに……」

「名越さんはおいくつですか？　ご家族は？」

「三十九歳で、独身です。お母さんは早くに亡くなっていて、お父さんがご存命だと。だから余計、彼をすぐに病院に行かせようと思ったのですが……」

「遺体が名越さんのものかどうか確認するために、ＤＮＡを採取してお父さんのＤＮ

Aと比較してみます。お父さんのお住まいはご存知ですか」

「すみません、知りません。那野《なの》市に住んでいるとは聞いたことがありますが」

「こちらで探してみます。DNA型鑑定の結果は、明日にはお知らせできると思います」

「よろしくお願いします。遺体が名越君のものであろうとなかろうと、こんなことをした犯人を必ず捕らえてください」

「もちろんです。のちほど事務所にうかがってまたお話を聞かせていただくので、よろしくお願いします」

議員が帰ると、牧村警部は検視官に言った。

「遺体の細胞を採取して、科捜研に送ってくれないか。あとで父親の細胞も届ける」

「体表は焼けているので、口腔内のものを採取します」

続いて警部は、第四係で下郷巡査部長に次ぐベテランである小西《こにし》警部補に、被害者のスマートフォンを捜査一課に持ち帰り、ロック解除ができる捜査ツールを用いてデータを抽出するように言った。

「被害者が名越徹なら、スマートフォンの電話帳に父親の電話番号があるはずだ。姓は名越だろう。父親に電話をかけて住まいを聞き、DNAを採取しに行ってくれ」

わかりました、と答えて警部補は立ち去った。息子さんの可能性が高い遺体が見つかりましたと告げるのは、ベテランでなければできない仕事だ。

3

牧村警部は、捜査員を二手に分けた。現場で捜索を続ける班と、昨晩、パーティが催されたパトリシアホテルで名越の足取りを調べる班だ。

パトリシアホテルに向かったのは、下郷巡査部長と僕を含む四名の捜査員だった。パトリシアホテルは、舞黒駅前にそびえ立つ十二階建てのホテルだ。舞黒市では一番格が高いホテルだろう。

下郷巡査部長が警察手帳を示して用件を話す。警備担当者に連れられて、フロント奥の一室に入った。ディスプレイが何台も並べられている。

パーティが行われたのは二階の大広間〈楓《かえで》の間〉とのことなので、まずは〈楓の間〉前の廊下の防犯カメラの、パーティが行われた午後六時から八時にかけての映像を早送りで見せてもらう。

六時、出席者たちが次々と〈楓の間〉に入っていった。政治資金パーティとあって、年配の男性が多い。

「皆さん、鞄は持っていませんね。一週間前に来た、爆弾を仕掛けるという脅迫を受けての対策ですか」

下郷巡査部長が警備担当者に訊《き》く。

「はい。県警警備課の捜査員の方の提案を受けまして、お客様には、鞄類はすべてクロークルームに預けていただくようにしました」

午後六時三十一分、名越が〈楓の間〉から急ぎ足で出てきた。白いワイシャツにネクタイ、紺色のズボンという格好だ。鞄の類は手にしていない。

映像を流し続けたが、そのあと、パーティがお開きになった八時まで、名越が戻ってくることはなかった。名越が会場をあとにしたのは六時三十一分ということにな る。

続いて、一階ロビーの防犯カメラの映像を見せてもらう。ロビーの防犯カメラは四台あるとのことだったが、そのうち、正面出入口を映した一台の映像にする。

六時三十三分、ホテルのロビーを出ていく名越の姿が映っていた。クロークルームで受け取ったのか、鞄を手にしている。

さらに、駐車場の防犯カメラの映像を見せてもらう。タワー式の立体駐車場で、防犯カメラは一階の車両出入口付近に設けられていた。六時三十四分、係員と名越の姿が現れた。係員がパネルを操作すると、出入口の扉が開いた。名越が扉の奥の車に乗り込み、発進させる。それが六時三十五分のことだった。

駐車場の外には防犯カメラはないので、このあと、名越の車がどちらに向かったかはわからない。

＊

その日の午後八時から、捜査本部の置かれた阿賀佐署で第一回の捜査会議が開かれた。第一回なので捜査一課長や阿賀佐署署長も出席している。進行役は牧村警部が務めた。

まずは、科学捜査研究所から届いたばかりのDNA型鑑定の報告。名越の父親のDNAと死体のDNAを比較したところ、両者は親子関係を示した。名越の父親によれば、息子は一人っ子だそうだから、死体が名越のものであることは間違いない。

二番目に、司法解剖の結果が報告された。燃やされた時点ではすでに死亡していたと思われる。焼死体ではなく焼損《しょうそん》死体ということだ。死体の後頭部に殴られた跡があり、これによる脳挫傷が死因。死亡推定時刻は、燃やされたため算出が難しくなっているが、昨日午後六時から九時のあいだ。

死者の胃からは、米を中心とした食べ物の咀嚼物《そしゃくぶつ》が、ほとんど消化されていない状態で見つかっていた。食後、三十分程度しか経《た》っていないという。つまり、名越はその食べ物を口にして三十分以内に死亡したということだ。調べた結果、その食べ物は、パーティ会場で出された、イタリア米を用いたリゾットだった。イタリア米は日本の米より細長く、咀嚼後であっても形状の違いはわかる。日本では珍しく、パーティ会場で食べられたことは間違いなかった。

三番目に、下郷巡査部長が、事件前の名越の足取りを報告した。防犯カメラの映像によれば、名越がパーティ会場の〈楓の間〉を出たのは六時三十一分。そして三十三分、ホテルのロビーを出る。三十五分、駐車場を車で出る。同乗者はいない。そのあとの足取りは不明……。

牧村警部が言った。

「名越の胃から見つかったイタリア米のリゾットは、パーティ会場で出されたものだった。名越が会場を出たのは六時三十一分だから、食べたのはどんなに遅くても六時三十一分までのあいだ。それから三十分以内に名越は殺害されたから、死亡推定時刻の下限は七時過ぎということになる。

一方、名越が駐車場を車で出たのは六時三十五分。これが死亡推定時刻の上限だ。つまり、名越は、六時三十五分から七時過ぎのあいだに殺害された――そう見なしていいと思う」

捜査員たちは賛同した。

四番目の報告は、名越がパーティ会場にいたとき携帯にかかってきた電話について。父親が倒れて入院したというものだったが、この電話は嘘で、実際には父親は元気だった。この電話のことを名越が明かした相手は戸村だけだったが、彼の話によれば、誰からかかってきたのか名越は言わなかったという。

名越のスマートフォンは、死体のそばに落ちていた鞄の中にあった。ロック解除ができる捜査ツールを用いて着信履歴を調べたところ、午後六時二十八分に電話がかかってきていた。これが、パーティ会場にいたときかかってきた電話だ。発信元はプリペイド携帯で、購入者は今のところ不明。

電話の内容が嘘であることや、所有者の身元を特定できないプリペイド携帯を用いていることから、かけてきたのは犯人だと思われる。その目的は名越を呼び出すことだろう。六時三十八分にも、同じプリペイド携帯から着信がある。この電話は、落ち合う場所を知らせる犯人からのものだったのだろう。名越と落ち合った犯人は、七時過ぎまでに彼を殺害したのだ。

名越の携帯電話の番号を知っていたこと、名越が相手の言葉を疑いもせずに信じたことから、電話の主は名越の知人である可能性が高かった。

五番目の報告は、名越の車について。彼の車は、舞黒市西村町に乗り捨てられているのが発見された。犯人は、名越と落ち合い、殺害して死体を焼いたあと、西村町まで走って車を放置したのだ。西村町は舞黒市の繁華街であり、タクシーも多く走っている。犯人はそこからタクシーを拾って自宅に戻ったと思われる。だが、今のところ、犯人らしき人物を乗せたタクシーは見つかっていない。

六番目の報告は、名越殺害の一週間前にあった、戸村議員のパーティ会場を爆破するという脅迫電話について。これについては、戸村から相談を受けた警備課の捜査員が報告した。

電話は、戸村の事務所にかかってきたという。男とも女ともわからないくぐもった声で、「戸村の政治資金パーティ会場に爆弾を仕掛けてやる」とだけ言って電話を切った。報告を受けた戸村は悪戯《いたずら》かとも思ったが、念のために警察に届けたのだった。そして、パーティが始まる前に警備課の捜査員に会場をチェックしてもらうとともに、会場に鞄類の持ち込みを禁止するという措置を取った。鞄類に爆弾を入れて会場に持ち込むのを防ぐためだ。

事務所ではかかってきた電話の声は録音しておらず、声紋から電話の主を特定することはできそうになかった。また、政治資金パーティを行うことは戸村のホームページで予告しており、誰もが知り得たので、そこから電話の主を絞ることもできなかった。

「ここで、いくつか検討したいことがある」

牧村警部が、捜査員たちを見回した。

「第一は、この脅迫電話と、被害者が殺害されたことのあいだには関係があるのかないのか、あるとすればどんな関係なのかということだ」

「脅迫電話と名越殺害とは一週間しか空いていないことから、関係があることは間違いないと思います」

「どんな関係だと思う？」

「脅迫電話を受けたのは戸村の事務所ということですが、秘書である名越が電話を受けたのではありませんか。名越は電話の主が誰であるかを悟り、そのことを相手に告げた。そこで犯人は、口封じのために名越を殺害した」

だが、警備課の捜査員は、「電話を受けたのは名越ではありませんでした」と否定した。

他に意見は出なかったので、牧村警部は言葉を続けた。

「第二に検討したいのは、犯人はなぜ、死体を焼いたのかということだ。ＤＮＡ型鑑定の結果から、死体が名越のものであることは間違いない。だから、死体が名越のものでないことを隠すために焼いたという可能性はない。それでは、なぜ焼いたのか？」

捜査員の一人が発言した。

「犯人の身元を示すものが被害者のからだに付着してしまったのではないでしょうか。そのまま放置するわけにはいきませんが、取るのは時間がかかるし、完全に取るのも難しい。そこで、被害者のからだごと燃やしてしまうことにした」

「犯人の身元を示すものというと、何だ？」

「犯人の身元を示すもの、しかも被害者のからだに付着するものとして真っ先に考えられるのは、血です。犯人は名越を殺害する際に争って負傷し、飛び散った血が名越のからだや衣服に付着したのではないでしょうか」

なるほど、と僕は思った。賛同の声があちこちで上がる。

最後に、捜査一課長がまとめた。

「名越の携帯電話の件から考えて、犯人は名越の知人である可能性が高い。明日以降の捜査では、名越の知人を重点的に洗ってくれ。そして、犯人は怪我《けが》をしている可能性が高いから、その点もよく観察するように」

＊

僕はそこまで語ると、お茶を飲んで喉を潤した。時乃はカウンターの向こうで穏やかな顔で耳を傾けている。

「……警察の無能さを明かすようで恥ずかしいですが……実はこのときすでに、犯人は第二の殺人に及んでいたんです」

「先ほどおっしゃった、口封じですね」

「ええ。パーティの出席者の一人を殺害したんです。その人物は、どうしてかはわからないですが、名越殺害の秘密を知っていたらしい。それがわかったのは、二日後のことでした……」

4

翌日と翌々日、僕たち捜査員は、名越が殺された理由を求めて真夏の街を動き回った。牧村警部は阿賀佐署に設けられた捜査本部に残っている。捜査一課の各係長は、最初の現場検証のとき以外は本部に残り、司令塔の役目を果たすのだ。

僕は下郷巡査部長と組み、名越の友人や知人を何人も訪ねて回った。政治家の秘書だけあって、名越はとても顔が広く、知人は多岐にわたった。だが、誰もが口を揃《そろ》えて、彼が殺される理由に心当たりはないと答えた。

犯人は怪我をしている可能性があることから、僕たちは訊き込みの相手の外見や身のこなしもチェックした。だが、誰も怪我をしている様子はなかった。

下郷巡査部長と定食屋で昼食を食べているとき、巡査部長の携帯が鳴り始めた。

「係長からだ。何だろうな」

下郷巡査部長はスマートフォンのディスプレイを見て呟き、電話に出た。かすかに眉根を寄せ、「……わかりました」と答えて電話を切る。

「どうしたんですか？」と僕は尋ねた。

「今朝、舞黒市百川町《ももかわちょう》で男の他殺死体が見つかったんだが、それがうちの事件と関係がありそうなことがわかった。それで、合同で捜査会議を開くから、阿賀佐署の捜査本部にすぐに戻ってくれと言うんだ」

「……すぐに？」

僕は定食の残りを慌てて口の中にかき込んだ。

＊

阿賀佐署の会議室は熱気に包まれていた。

第四係の捜査員、阿賀佐署の捜査員に加えて、第七係の捜査員が何名かいる。

牧村警部が言った。

「昨晩、舞黒市百川町にあるマンションで他殺死体が発見された。被害者は、安本孝《やすもとたか》之《ゆき》、三十八歳。会社員だ。第七係が捜査に当たっているが、七日の議員秘書殺害事件と密接な関連があることがわかったので、合同で捜査会議を開くことにした」

「密接な関連というと？」

「安本孝之は、七日の戸村のパーティに出席していたんだ」

「本当ですか！」

居並ぶ捜査員たちはざわめいた。

詳しいことは第七係に話してもらおう、と牧村警部が言い、代わりに第七係の捜査員が口を開いた。

「安本孝之は、昨日九日、勤め先の測量事務所を無断で欠勤しました。夜になって同僚が安本の携帯にかけてみたんですが、何度かけても出ない。安本はとても真面目《まじめ》で、これまで無断欠勤したことなど一度もないそうなんです。同僚は、安本が病気で動けなくなっているのではないかと心配して安本の自宅マンションを訪ね、死体を発見しました。安本は何とも奇妙な状態に置かれていました。左右の手足をベッドの枠に手錠で固定され、口に猿ぐつわを嵌《は》められていたんです」

「妙なプレイでもしていたんじゃないですか」

捜査員の一人が苦笑しながら言う。

「安本は着衣のままだったから、そうしたプレイをしていたとは思えません」

「では、強盗？」

「現場には荒らされた痕跡はまったくありませんでした」

そう答えると、第七係の捜査員は言葉を続けた。

「司法解剖の結果、安本の死亡推定時刻は七月八日の午後九時から十一時のあいだと判明しました。死因は撲殺。安本の胃や十二指腸は空っぽになっていて、殺害される前、少なくとも二十四時間は何も食べていないことがわかりました。つまり、少なくとも二十四時間は拘束された状態だったということです」

「犯人はなぜ、そんなことをしたんでしょうか」

「我々は、犯人が安本に強い憎しみを抱いていて、安本を飢えで苦しめるためにそうしたのだと考えました。現場を捜索していたところ、引き出しから、パーティ券の領収書が見つかりました。被害者は七日のパーティに出席していたようです。被害者の本棚には戸村政一の著書が何冊も並んでいて、戸村の支持者のようでした」

第七係の捜査員がプロジェクターを操作し、三十代後半の男の顔が映し出された。

「被害者の安本孝之です」

眼鏡《めがね》をかけ、鼻の下と口元から顎にかけて髭《ひげ》を蓄えている。仕事のためか、それとも屋外スポーツを趣味にしているのか、よく日に焼けていた。

僕は、この男にかすかな見覚えがあった。昨日、パトリシアホテルで見た防犯カメラの映像に映っていたような気がする。見事な髭が記憶に残っていた。

「パーティの名簿と会場の防犯カメラの映像をこちらの捜査本部が押収しているということだったので、確認させてもらいました。すると、名簿の最後に安本の名前がありました。最後に会場にやって来たようです。防犯カメラの映像を見ると、午後六時五十分、会場の受付に現れていました」

牧村警部が言った。

「安本殺害は名越殺害と関連があると見て間違いない。同じパーティに出席した二人の人間がわずか一日の間隔で殺されて、関連がないわけがない。問題は、どんな関連かということだ」

かたや戸村政一の秘書、かたや戸村の支持者。二人を殺害する動機とは何だろう。

「安本は会場で、名越殺害の犯人を明かしてしまう何かを目にしたのではないでしょうか。そのことを知った犯人は、口封じのために安本を殺害した」

「だが、安本が会場に来たのは、名越が会場を去ったあとだぞ。安本は、名越殺害の犯人を明かしてしまう何かをどうやって知ったんだ？」

「それはわかりません。ただ、口封じだと考えると、犯人が、名越殺害のわずか一日後に安本を殺害したという性急さが説明できるのではないでしょうか」

賛同の声が相次いだ。

牧村警部がうなずいた。

「確かに、犯人が犯行を急いだ理由としては、口封じがぴったりくるな」

5

その後一週間ほど、捜査は進まなかった。名越が殺害された理由は不明のままだったし、安本が何を知ったために殺害されたのかもわからなかった。

僕は下郷巡査部長と組んで、パーティの出席者への訊き込みを担当した。安本の写真を見せ、彼と知り合いかどうか、会場でどのような行動を取っていたのかを尋ねた。安本はパーティ会場で何かを見たか知ったかしたために殺害されたと思われる。パーティの出席者は、安本が何かを見たか知ったかした場面を目撃したのではないか。

パーティの出席者は五百人もいた。それを捜査員のペア十組で担当することになったので、一組につき五十人前後に訊き込みをしなければならないことになる。

広い会場だったから、安本を見かけなかった者も大勢いた。不思議だったのは、誰も安本と面識がなかったことだった。不審に思って、安本がどういう経緯でパーティ券を購入したのか、戸村に尋ねてみた。

それによると、戸村のホームページに、一般人でもパーティ券は購入できるのかという問い合わせがあったという。戸村の本を読んで感銘を受け、応援したいと思うようになったとのことだった。そこで、名越が銀行の口座を教え、入金を確認して、安本の住所にパーティ券を発送した。

ひょっとしたら、安本は反対陣営の人間だったのではないか、という意見が捜査会議で出された。反対陣営が、戸村政一の交友や支持者を探るために、安本をスパイとしてパーティに送り込んだのではないか。安本はスパイとしてパーティ会場を歩き回るうち、名越殺害の犯人につながる手がかりをつかんだのではないか。

前回の選挙で戸村と対立したのは、川島祐英《かわしますけひで》という人物だった。戸村と川島はもともと盟友だったが、十年ほど前に袂《たもと》を分かったのだという。

僕と下郷巡査部長は川島の事務所に向かった。川島祐英は、戸村政一とは何から何まで対照的な人物だった。小柄で、太っていて、脂ぎっていて、見るからに精力的だ。

安本孝之という人物を知らないか尋ねたが、予想していた通り、知らないと答えられた。

＊

捜査が大きく動いたのは、七月十八日のことだった。

その日、名越徹の父親が、阿賀佐署に置かれた捜査本部を訪ねてきた。応対したのは牧村警部だ。

名越の父親は七十二歳のはずだったが、それより十以上老けて見えた。

「息子を殺した犯人はまだ見つからんのですか？」

「申し訳ありません。鋭意捜査しているのですが……」

名越の父親は黙り込んだ。何か心に抱え込んでいるようだ。牧村警部はじっと待った。こういうときは急《せ》かさない方がよいと経験からわかっている。

やがて名越の父親は口を開いた。

「……息子が一度、ちらりと漏らしたことがあるんです」

「何をです？」

「俺は、戸村先生の地盤を受け継ぐことになっているんだと」

「議員が秘書に地盤を継がせるのは、よくあることではないですか」

「戸村先生は、息子さんに地盤を継がせるつもりで、息子さんが小さい頃から事務所によく連れてきては、一種の英才教育を施していたそうなんです。息子さんもお父さんのあとを継ぐことに乗り気だと聞いたことがあります。それなのに、徹が地盤を受け継ぐと聞いて驚きました。よく先生が了解したな、と私が言うと、徹は妙な笑みを浮かべて、先生は俺の言うことを聞かざるをえないんだ、と……」

「言うことを聞かざるをえない？」

「……私は思うんです。徹は戸村先生の弱みを握って、地盤を譲るよう脅迫していたんじゃないか。戸村先生は徹に譲ると約束したが、本当は息子さんに譲りたかった。そこでやむなく徹を……」

父親は、それ以上は口にできないようだった。

「仮にご想像の通りだとすると、戸村議員の弱みはどのようなものだと思いますか？」

わかりません、と父親は弱々しく首を振った。

父親が帰ったあと、牧村警部は第四係の部下たちを呼んだ。事が重大なので、捜査会議で発表する前にまずは第四係だけで検討することにしたのだ。

「父親の話が事実だとすると、戸村には名越を殺す動機があることになりますね。しかし、それで戸村を容疑者と見なすのはまだ弱いのではないですか」

下郷巡査部長が言う。

「弱いな。ただ、戸村が口にした言葉で、気にかかることがあるんだ。死体発見直後に戸村に現場に来てもらったときのことだ。そのときは何とも思わず、今になって気にかかってきたんだが……」

警部は僕に目を向けた。

「新人、お前さんも記録係でその場にいただろう。俺が、名越が殺害されたようだと伝えると、戸村は『殺害された？　まさか、生きたまま灯油をかけて燃やされたのですか？』と言ったんだよ。憶《おぼ》えていないか？」

「——確かに、そう言いました」

「あの時点では、戸村には『灯油をかけて燃やされた』とは言っていない。それなのになぜ、戸村は『灯油をかけて燃やされた』と知っていたんだ？」

僕ははっとした。

「燃やされたと聞いたら、普通はガソリンを使ったと思うはずだ。ドラマなんかではみなそうなっているからな。実際、新人は、ガソリンを使ったと思っていただろう？」

「ええ」

僕はあのとき、「生きた人間にガソリンをかけたのだとすると、ぞっとしますね」などと言ったぐらいだ。

「それなのに、戸村は『灯油をかけて燃やされた』と言った。もちろん、臭いでガソリンではなく灯油を使ったとわかった可能性もなくはない。だが、ベテランの捜査員でもない戸村が臭いからわかったとは考えにくい。仮に臭いからわかったのだとしても、『この臭いは灯油ですか？』とまず確認ぐらいはするだろう。ところが、戸村はいきなり『灯油をかけて燃やされた』と言った。ここから考えられることはただひとつ。戸村は、灯油が使われたと初めから知っていたんだ。なぜ、初めから知っていたかといえば、戸村が犯人だからだ」

「――戸村政一が犯人ですか」

下郷巡査部長が眉根を寄せた。

「ああ。俺はそう思う」

「しかし、問題がひとつあります。戸村には、七日の午後六時から八時まで、ずっとパーティ会場にいたというアリバイがある」

その通りだ、と牧村警部はうなずいた。

僕は言ってみた。

「少しのあいだだけ会場を出て、会場の外にいた名越を殺害し、また会場に戻ることはできませんか」

「防犯カメラの映像を見たが、戸村は六時に会場に入ってから八時に出てくるまで、一度も会場の外に出ていない。そもそも、大勢の出席者が戸村を見ていたはずだ。彼らに不審に思われずに、犯行に必要な時間だけ会場の外に出るのは不可能だろう」

「では、六時から八時にかけての戸村が偽者だったとしたらどうでしょう」

「偽者?」

「戸村にそっくりな人物です」

影武者か何かか、という突っ込みが入り、笑いが起きた。

「パーティ会場では、戸村は大勢の出席者と言葉を交わしただろう。偽者だったら気づかれると思うが、いちおう、確認しておこう」

＊

その晩の捜査会議で、牧村警部は戸村政一犯人説を発表した。管理官は渋い顔をしたが、結局、その線で追及してみることが決定された。

その後一週間、捜査員たちはパーティの出席者にかたっぱしから会って、会場で戸村政一がどうしていたかを確認した。

もちろん出席者たちは戸村の動きをずっと目で追っていたわけではなかったが、彼らの話を総合すると、戸村が会場からいなくなった時間帯はまったくないようだった。

そして、戸村と言葉を交わした何百人という出席者は皆、間違いなく戸村だったと証言した。そっくりの他人だったなら感じるだろう違和感はまったく覚えなかったようだった。さらに、戸村には双子や三つ子の兄弟はいないことも確認された。

「新人、何か考えはないか？」

ある晩の捜査会議で、牧村警部が僕に言った。第四係の中で、僕はアリバイ崩し（だけ）は得意ということになっている。これまで何件もの事件で容疑者のアリバイを崩してきたからだが、もちろん本当に崩したのは僕ではなく、〈美谷時計店〉の店主だ。ただ、捜査情報を民間人に明かしたと知られるわけにはいかないので、僕が推理したようにして発表した結果、僕の手柄だと思われているのだった。

僕は必死で頭を働かせた。

「――名越の胃の中で、パーティ会場で出されたイタリア米のリゾットがほとんど消化されていなかったことから、名越は会場を出たあとすぐに殺害された――死亡推定時刻は六時三十五分から七時過ぎのあいだと見なされています。ですが、名越がそのリゾットを食べたのがパーティ会場でだとは限りません。戸村がイタリア米のリゾットを会場からこっそりと持ち出し、八時以降に名越に食べさせてから殺害したのだとしたらどうでしょうか」

なるほどな、と牧村警部がうなずいた。

「それならば、戸村にも犯行可能になる」

そこで、僕の脳裏に閃《ひらめ》くものがあった。

「――そうだ。安本が会場に現れたのは名越が会場を去ったあとなのに、安本が名越殺しの秘密をどうやって知ったのかが謎でしたが、戸村がリゾットを会場から持ち出したという説を採れば、この謎も説明がつくと思います。安本は、戸村がリゾットをこっそり持ち出すところを見てしまったんじゃないでしょうか。安本はそのことを戸村に告げ、戸村は口封じのために安本を殺害した」

「戸村がイタリア米のリゾットを持ち出せたかどうか、防犯カメラの映像をチェックしてみよう」

事件当日午後五時から十時にかけての時間帯の、〈楓の間〉前の廊下、ロビー、駐車場の防犯カメラ映像のコピーを、パトリシアホテルから入手している。そのうち、〈楓の間〉前の廊下の映像を映してみることにした。捜査一課の備品であるプロジェクターを出すと、ハードディスクに保存している防犯カメラの映像を早送りで流し始める。この映像は、事件翌日、パトリシアホテルの警備担当者の立会いの下ですでに見ていたが、今回は戸村のみをマークすることにする。

戸村は、六時ちょうどに、出席者たちとともに〈楓の間〉に入った。そのあと、出席者たちが続々と〈楓の間〉に入っていく。だが、戸村は一度も出てこなかった。ずっと〈楓の間〉にいるのだ。

戸村が〈楓の間〉から出てきたのは、八時過ぎのことだった。半袖シャツにズボンと夏らしい軽装で、他の出席者と同様、鞄は持っていない。

「……これは、リゾットを持ち出せたとは思えんな」下郷巡査部長が呟いた。「リゾットというのは、柔らかくて崩れるものだろう？　容器に入れなきゃならんし、そのままでは目立つからさらに鞄にいれなきゃならんはずだ」

「共犯者に頼んだんじゃないでしょうか」

「……共犯者か。もう一度、映像をチェックしなければならんな」

映像を六時の時点から再度、早送りで見始めた。僕は目を皿のようにして映像を見続けた。しまいに目が痛んできたが、やめるわけにはいかない。イタリア米のリゾットをパーティ会場の外に持ち出して名越に食べさせたという説を唱えたのは僕だから、それが実際に可能だったかどうか、責任を持って調べなければならない。

「……誰も持ち出せたようには見えませんね。皆、鞄を持っていませんし、軽装なので、リゾットを入れた容器を衣服のどこかに隠せたとも思えない」

さらに、会場に設置した防犯カメラを見たが、リゾットを容器に詰めたような不審な動きをした人物はいなかった。

僕は気落ちして、椅子に沈み込んだ。目がしくしくと痛む。第四係の同僚や上司たちに無駄な作業をさせてしまったことが申し訳なかった。

戸村は、あるいはその共犯者は、何か思いも寄らない方法でリゾットを会場の外に持ち出した。安本はそれを目にしたがために殺害された……。この想定は正しいように思う。だが、どのような方法を取ったのか。

そこで、検討していない可能性があることに気がついた。

「……そうだ。戸村は、リゾットを調理した料理人自身から手に入れたという可能性があります」

翌朝さっそく、僕と下郷巡査部長は、イタリア米のリゾットを調理した料理人に話を聞きに行った。だが、料理人は、戸村にはもちろん誰にも会場以外でリゾットを渡してはいないと断言した。とうてい嘘をついているようには見えず、信じるほかなかった。しかし、そうすると、僕の推理は成り立たなくなる——。

*

その後二日間、捜査班は戸村のアリバイを崩すべくいろいろ検討したが、どうしても崩すことができなかった。そのうちに、管理官が、戸村を犯人だと見なす捜査方針に疑問を呈し始めた。戸村を犯人だと見なす根拠は、名越の父親が聞いた息子の言葉、そして牧村警部と僕が耳にした戸村の言葉に過ぎない。物的証拠があるわけではない。勘違いや聞き違いだった可能性はないのか、と疑い始めたのだ。

少なくとも牧村警部と僕は、聞き違いはしていない。だが、そう言っても水掛け論にしかならないだろう。このままでは、戸村を犯人だと見なす捜査方針は変更されてしまう。

〈美谷時計店〉に相談したいという思いが脳裏をよぎった。だが、いつも民間人に頼っているようでは、捜査一課員失格だ。それに、今回の犯人は、事件の秘密を知った人物を容赦なく殺すなど、危険極まりない。もしも時乃に相談するところを見られたら、彼女に危害が及ぶかもしれない。さんざん迷った末、僕はこの店に来たのだった。

話を聞き終えた時乃はにこりとした。

「時を戻すことができました。――戸村政一さんのアリバイは、崩れました」

6

いつもながら、時乃がアリバイを崩す速さには本当に驚かされる。彼女は新しいお茶を淹れて僕の前に置いてくれた。そして、カウンターの向こうの定位置に戻ると喋《しやべ》り始めた。

「大変失礼な言い方ですけれど、お客様の推理は、いいところまで迫っていたと思います」

「――そうですか？」

時乃にそんな風に言われたのは初めてだったので、びっくりする。

「でも、イタリア米のリゾットを会場から持ち出すことはできないとわかって、僕の推理は否定されました。リゾットを持ち出せなかったのだったら、八時以降にそれを名越に食べさせることもできませんから」

「おっしゃるように、リゾットを持ち出すことはできませんでした。そして、リゾットを持ち出さずに名越さんに食べさせようとすれば、名越さんが会場で食べるしかありません」

「――会場で食べる？　それは無理です。名越は六時三十一分に会場を出ていったんです。会場で食べたのだったら、消化状態が食後三十分以内だった以上、名越が殺されたのは七時過ぎになり、戸村には犯行が不可能になります。戸村のアリバイを崩そうと思ったら、リゾットは会場から持ち出されたと考えるしかありません」

「はい。でも、ある一点の見方を変えることで、お客様の推理を活《い》かすことができます」

「――ある一点の見方？」

時乃はそれには直接答えず、こう言った。

「わたし、パーティの最中に名越さんにかかってきた電話について、ちょっと気にかかることがあるんです。戸村さんが犯人だとすれば、戸村さんは、パーティの最中に、名越さんの携帯に電話をかけ、名越さんを会場から呼び出したことになります。会場の人目がありますから、戸村さん自身は、名越さんの携帯に電話をかけることはせず、別の人物――共犯者にやらせたと思われます。しかし、これは危険なことです。名越さんは共犯者の声を聴いて誰だか見破るかもしれません。ボイスチェンジャーで声を変えることも考えられますが、その場合は、名越さんが怪しんで相手の言うことを信じないでしょう。

そう考えると、名越さんの携帯に電話をかけたのは名越さん自身だったのではないでしょうか」

「――名越の携帯に電話をかけたのは名越自身だった？」

「はい。たとえば、プリペイド携帯をポケットに入れておき、こっそりと操作して、自分の携帯に電話をかけ、その電話に出るんです。そして、相手と話しているふりをし、それから電話を切る。そうすると、傍目《はため》には、また通話記録上は、電話をしたように見えます」

「名越はなぜそんなことをしたんですか」

「会場を出るためだと思います。名越さんには行きたい場所があったんです。でも、その場所がどこかを明かすわけにはいかないので、電話を口実にした」

「行きたい場所？　どこですか。別の場所に行きたいにしても、パーティが終わったあとにすれば、そんな芝居をしなくてもすんだのに」

「そうですね。そこからわかるのは、名越さんが行こうとした場所は、パーティが開かれている時間帯でなければならない場所だったということです」

「パーティが開かれている時間帯でなければならない場所？　どこですか」

「い、い、い、パーティ会場です」

「――は？」

何を言われたのかわからなかった。

「名越さんはパーティ会場に行きたいために、口実を設けてパーティ会場を抜け出したんです」

「すみません、ちょっと意味がわかりません」

大丈夫だろうか。暑さでどうにかなってしまったのではないだろうか。僕は心配になって時乃を見た。時乃は涼しい顔をしている。

「より詳しく言うと、名越さんは別人になってパーティ会場に戻ってくるために、パーティ会場を出たんです」

「――別人になって？」

はっとした。

「まさか、安本ですか⁉」

時乃はにこりとした。

「はい。名越さんは安本さんに変装してパーティ会場に戻ってきたんです。六時五十分に会場の受付に現れた安本さんは、名越さんが変装した姿だったんです」

「――そんなことが可能ですか？」

「パーティの出席者たちに訊き込みをしたところ、誰も安本さんの知り合いではなかったそうですね。名越さんが誰とも口をきかないようにしておけば、偽者だとばれる恐れはなかったでしょう。少人数のパーティだったら、誰も知らない出席者が来たら不審に思われますけれど、出席者が五百人もいる大きなパーティだったら、誰も知らない人が来ても、皆、自分は知らないけれど何かのつながりがあるのだろうと考えるので、不審に思われることはありません。特に、政治資金パーティの場合、誰も知らない人でも、戸村議員の支持者なのだろう、と納得されます」

「確かに……」

「それでは、事件を再構成してみましょう。パーティの最中の午後六時二十八分、名越さんはポケットにでも隠し持ったプリペイド携帯を操作して自分の携帯に電話をかけ、相手の言葉に驚いて二言三言言葉を交わすふりをしたあと、自分の携帯とプリペイド携帯それぞれの通話を終了させます。こうして、傍目には、また通話記録上は、プリペイド携帯の持ち主と名越さんとのあいだで通話がなされたように見えます。名越さんは戸村さんに、父が倒れて入院しましたと告げ、戸村さんはすぐに病院に行きなさいと言います。もちろんこれは、周囲の人たちに見せるための二人のお芝居です。

名越さんは六時三十一分に会場を出ると、車に乗ってホテルをあとにします。これは防犯カメラの映像として記録されます。

名越さんはホテルの駐車場を出るとすぐに、近所のコインパーキングにでも車を停め、車内で安本さんに変装します。安本さんを真似《まね》て付け髭をし、眼鏡をかけ、日に焼けた肌に見せるためドーランを塗ったのでしょう。

安本さんに変装した名越さんは、歩いてホテルに戻り、六時五十分、パーティ会場に現れます。

受付では、パーティ券を渡し、名簿に名前を書きさえすれば、一言も口をきかなくても会場に入ることができます。変装した名越さんは、受付係には口をきかず、名簿に名前を書くときも利き手ではない方の手を使ったのでしょう。受付係は、目の前にいる人物が、つい先ほど会場を出ていった議員秘書だとは夢にも思いません。

会場に入った名越さんは、誰とも口をきかず、ただ歩き回って、変装した姿を印象付けます。

そして、名越さんは、パーティがお開きになる八時直前に、会場で出されたイタリア米のリゾットを食べます。

パーティ終了後、戸村さんは口実を設けてホテルを出ると、名越さんが車を停めた近所のコインパーキングで名越さんと落ち合い、撲殺。たぶん、会場で見破られなかったかどうか名越さんに問い、見破られなかったことを確認したうえで、犯行に及んだのでしょう。そして、遺体を車の中に放置すると、すぐにホテルに戻ります。

この時点で名越さんの胃の中では消化が止まり、リゾットは胃の中でほとんど消化されないままになります。

名越さんは会場を六時三十一分に出たと思われているので、リゾットの消化状態から、六時三十一分から間もなく殺害されたと見なされます。司法解剖の結果、三十分以内と見なされることまでは戸村さんには予測できなかったでしょうけれど、六時三十一分から間もなくと見なされることは間違いありません。この時間帯はパーティの最中ですから、戸村さんには、五百人もの出席者を証人としたアリバイが成立します。

もちろん、このままではアリバイとしてまだ穴があります。パーティ会場でしか出されなかったイタリア米のリゾットをこっそりと持ち出して、パーティ終了後に名越さんに食べさせてから殺害したという可能性が考えられるからです。

その可能性を否定するためには、リゾットを会場から持ち出すことはできなかったという状況を作る必要があります。そこで戸村さんは、事件の一週間前に、パーティに爆弾を仕掛けてやるという匿名の電話を入れたのです」

「あの電話は戸村自身の仕業だったんですか？」

「はい。戸村さんの相談を受けた県警警備課は当然、会場への鞄の持ち込みを禁止することを提案するでしょう。それが戸村さんの狙いでした。鞄がなかったら、リゾットを会場から人目に触れずに持ち出すことはまず不可能だからです」

「なるほど……」

「戸村さんはその後、コインパーキングに戻り、遺体を積んだ車を運転して久利須川の河川敷へ運び、あらかじめ用意していた灯油をかけて燃やしました」

「なぜ、燃やす必要があったんですか」

「遺体に残っている変装の痕跡を消すためです。名越さんは安本さんに変装するため、髭を付け、眼鏡をかけ、日焼けしたように見せるために肌にドーランを塗りました。戸村さんは名越さんを殺害したあと、そうした変装の痕跡を消したでしょうけれど、夜中の作業だったので、完全に消せたかどうか不安だった。それに、名越さんは安本さんに変装するため、服を着替えたでしょうけれど、そのままでは不審に思われてしまうから、元に戻さなければならない。だけど、遺体が着ている服を脱がせ、別の服をまた着せるのは難しいし、時間もかかります。そこで、遺体を燃やすことにしたんです。こうすれば、肌に残っているかもしれないドーランを消せますし、服も燃えてしまい、それが名越さんのものでないことはわからなくなります」

なるほど、それが、遺体が燃やされた理由だったのだ。

「これだけの作業をすると、戸村さんは名越さんの車を運転して現場を離れ、車を乗り捨てると、自宅に戻りました。翌朝、久利須川の河川敷で名越さんらしい焼死体が発見されたという連絡を受けると、現場に駆けつけました。戸村さんはきっと、ほとんど眠れていなかったと思います」

だから、「まさか、生きたまま灯油をかけて燃やされたのですか？」などという失言をしてしまったのだろう。

「でも、戸村さんのアリバイ工作はまだ終わっていませんでした。アリバイ工作を完全にするためには、まだしなければならないことがありました」

「安本の殺害ですね」

「はい。戸村さんのアリバイ工作は、名越さんが別人に化けてパーティ会場に戻ることにかかっています。その別人が名越さんでないと確実に思わせるためには、その別人に実体を与える必要があります。だから、名越さんに安本さんという実在の人物に化けさせたわけですが、変装だけではまだ不充分です。パーティに行ったのは確かに安本さんだと思わせる必要がある。そこで、安本さんを殺して、パーティ券の領収書を現場に置いておくことにしたんです。それに、殺しておけば、安本さんが『自分はパーティに行っていない』と言い出す恐れもありません」

思わず絶句した。何という犯行動機だろう。

「八日の晩、戸村さんは安本さんのマンションへ向かいました。そこでは、安本さんがすでにベッドに拘束されていました。戸村さんは、七日の夕方、パーティに出席する前に安本さんの部屋を訪れ、安本さんを昏倒《こんとう》させてベッドに拘束しておいたんです」

「なぜ、そんなことを？」

「パーティの時間帯、安本さんの姿を見られないためです。もしパーティの時間帯、安本さんが他の場所にいるところを目撃され、後日、警察がその目撃情報を手に入れたら、パーティに現れたのが安本さんでないことがばれてしまいますから。そうなるのを防ぐためには、パーティの時間帯、安本さんを自宅マンションに拘束しておく必要があります。もちろん、部屋の灯《あか》りは消しておいたのでしょう」

「七日の夕方に安本を拘束したのだったら、殺害を八日の晩まで待ったのはなぜですか。七日の深夜に殺害してもよかったのでは？」

「殺害を八日の晩まで待ったのは、安本さんの胃や十二指腸を空っぽにするためです」

「どういうことですか」

「安本さんはパーティに出席したことになっています。それなのに、安本さんの胃や十二指腸の中からパーティで出された食べ物が見つからなかったら、怪しまれます。そこで、安本さんの胃や十二指腸を空っぽにして、そこにパーティで出された食べ物がもともとなかったことを隠そうとしたんです」

あまりに悪魔的な発想に茫然《ぼうぜん》とする。

「戸村さんは安本さんを撲殺すると、七日のパーティ券の領収書を現場に置き、安本さんがパーティに出席したように偽装しました。また、戸村さんの本を本棚に何冊も並べて戸村さんの支持者のように見せ、パーティに出席したことを少しでも自然に見せようとしました。

戸村さんは、どこでかはわかりませんけれど安本さんを見かけ、名越さんとからだつきや身長がよく似ていることに気づいたのでしょう。それに、大きな髭を生やして眼鏡をかけているので、変装で真似やすい。安本さんは、名越さんに似ているというだけの理由で被害者に選ばれたんです。

安本さんが本当に戸村さんの支持者だったかどうかも怪しいと思います。むしろ、戸村さんの支持者でない方が好都合でしょう。支持者だったら、パーティの出席者の中に面識がある人がいるかもしれません。そうしたら、名越さんが安本さんに変装して会場に戻ったとき、偽者だと見破られてしまうかもしれませんから」

「戸村はどういう口実を設けて、名越を安本に変装させ、いろいろな芝居をさせたんでしょう」

「これはわたしの想像ですけれど、安本さんがまだ生きていると思わせる――という口実だと思います」

「まだ生きていると思わせる？　どういうことですか」

「戸村さんは、安本さんが自分の何らかの弱みを握っていると嘘をつき、安本さんを殺害する計画の共犯を務めるよう名越さんに持ちかけたのではないでしょうか。自分が安本さんを殺害するから、そのあと名越さんが安本さんに化けてパーティ会場に現れ、安本さんの死亡推定時刻を後ろにずらせてアリバイを作ってほしい。安本さんを知る人間はパーティ会場にはいないから大丈夫、ただ歩き回るだけでいい、安本さんはリゾットが好きだったから、それを食べるのも忘れないように……とでも言ったのかもしれません。ちょっと想像が過ぎるかもしれませんけれど、それなら、名越さんを安本さんに化けさせ、リゾットを食べさせることができます」

「なるほど、そうですね」

戸村は、被害者（安本）の死亡推定時刻を後ろにずらすトリックを仕掛けると名越に思わせ、実際には被害者（名越）の死亡推定時刻を前にずらすトリックを仕掛けたというわけか。

「それにしても、名越はよく、戸村の持ちかけた計画に乗りましたね」

「名越さんは戸村さんの弱みを握っていました。ここで戸村さんの計画に協力すれば、さらに弱みを握ることができます。もちろん、名越さんも共犯者になりますが、戸村さんの方がダメージは大きいですし、戸村さんを自由に操る強力な弱みを握ることができるというメリットの方が大きいと名越さんは判断したのでしょう。でも、戸村さんは名越さんがそのように考えて計画に乗るだろうことを見越していたんです」

狐《きつね》と狸《たぬき》の化かし合いを見るようだった。

もちろんこれはわたしの勝手な想像なのですけれど——と時乃は付け加える。だが、それが正しいことを僕は確信していた。

うで良心が痛む。

＊

翌日の捜査会議で、僕は時乃の推理を自分が思いついたようにして語った。捜査員全員が納得し、僕はほめそやされた。カンニングしたのに先生にほめられた生徒のようで良心が痛む。

さっそく、安本の勤務先に提出された書類に残されていた彼の筆跡と、パーティ会場受付の名簿に記された「安本」の筆跡を比較したところ、両者はまったく異なっていた。さらに、名簿の「安本」の筆跡と名越の筆跡を比較したところ、前者は意図的に変えようとした形跡があったものの、同一であることが判明した。

捜査陣は戸村に任意同行を求めてこれらの事実を突き付け、僕の（実際には時乃の）推理をぶつけた。戸村はそこまで完璧に見抜かれているとは思わなかったようで、あっけなく自供した。

それによれば、名越に握られていた弱みは、二年前に戸村がひき逃げをしたことだった。その日、戸村は名越の運転で選挙区を回っていたのだが、山道に入った辺りで、ふと気まぐれを起こして自分で運転すると言い出した。そうして戸村が運転しているとき、通りすがりの中年男性をはねてしまった。山道だったので目撃者はなかった。戸村はまた運転を代わるように名越に言い、救急車を呼ぶこともなくその場から走り去った。あとで、はねられた男性が死亡したことを知った。

それからしばらくして、名越は戸村に、引退して地盤を譲り渡すよう言い始めたのだという。息子に譲り渡すつもりだと戸村が言うと、名越はひき逃げのことを持ち出した。戸村は名越を殺害する決意を固めた。

名越を安本に変装させるのに用いた口実も時乃が推理した通りで、僕は彼女の能力にあらためて畏怖の念を覚えた。

事件を解決して喜びに沸く捜査本部で、僕は何人もの捜査員からほめ言葉をもらい、何とも居心地の悪い思いをしていた。時乃に頼らなくてもいいようにならなくては——と思う。それは、捜査一課員として恥ずかしいという理由だけでなく、時乃の身に危害が及ぶ恐れがあることに気がついたからでもあった。時乃の存在を知った容疑者が、アリバイが崩されるのを防ぐために時乃を狙ったらどうしよう。これまではそんなことはなかったが、今後、そんなことが起きないとも限らない。

いっそ、〈美谷時計店〉の近所に引っ越そうか。そうすれば彼女の身の安全を確認できるし。僕はそう思い、それから自分に呆れた。おいおい、それじゃまるでストーカーじゃないか。いったいどうしてしまったんだ？

解説

円居 挽

本アンソロジーは二〇一九年に発表された短編ミステリの中から福井健太、酒井貞道、円居挽の三人で選定を行った。

昨年から本アンソロジーが文庫オリジナルとなったことで紙幅が大幅に減り、従来よりも少ない本数での収録となった。中には落とすには心苦しい作品もあったが、結果的に充実したラインナップになったのではなかろうか（収録できなかった作品に未練が残るぐらいの方がアンソロジーとしての質は高まる筈なので）。

二〇一九年の本格ミステリ業界の出来事について挙げていくと枚挙に暇《いとま》がないが、個人的には同期デビューの相沢沙呼氏の『medium―霊媒探偵 城塚翡翠《じょうづかひすい》―』の三冠獲得、阿津川辰海『紅蓮館の殺人』のスマッシュヒット、そして今村昌弘『屍人荘の殺人』の映画化などが印象的で、実に活気のある年だったと思う。そんな二〇一九年のシーンを切り取った七本の短編ミステリをお届けする。

結城真一郎「惨者面談」

気鋭の若手作家との出会いがあるのもアンソロジーの妙味というものではなかろうか。本作は第五回新潮ミステリー大賞を受賞し、二〇一九年一月に『名もなき星の哀歌』でデビューした結城真一郎氏のデビュー後第一作の短編ミステリーである（厳密な発売日のことを言えば同時発表だが、そこはまあ些事《さじ》だ）。

主人公が家庭教師の営業のために訪問した家庭で起きる「三者面談」がテーマの本作だが、読み進めていくと「ああ、あれか！」となる。だが家庭教師業界の詳細な内幕話（おそらく実体験であろう）や、妙に嚙《か》み合わないやりとりから徐々に漂い始める緊迫感などで読ませるのである。その上で更にこちらの一歩先を行く念入りなどんでん返しがあるのが良い。この捻《ひね》り方と書きぶりについては好みの分かれるところかもしれないが、新人である結城氏の気合いの表れだろう。もしかすると今後は本アンソロの常連になるかもしれない。要チェックの才能だ。

東川篤哉「アリバイのある容疑者たち」

本作は「ミステリーズ！」誌上で行われた〈懸賞付き犯人当て小説〉である。

ここで個人的な話をすると、私と「犯人当ての執筆」とは学生時代からの付き合いだが未だに正解が解《わか》らない。長年の試行錯誤の末、ようやく「問題編に誠実に向き合った読者に報いるような、『当てさせる犯人当て』は誰も不幸にならない」という一つの結論に至ったが、残念ながら読者をふるい落とす必要のある懸賞付き企画において「努力が報われる」方式の犯人当てはそぐわないのだ。

だが『アリバイのある容疑者たち』はそのジレンマを解消してみせた。示された論理パズルを解くには相応の努力が必要だが、一方で作者が用意した絵を見抜くセンスも要求される……「木を見て森を見ず」という言葉があるが、森を見ることのできた読者だけが真相に辿り着く権利を得る構造になっているというわけだ。ベテランの技、ここに極まれり。

伊吹亜門「囚われ師光」

伊吹亜門氏がまたもやってくれた。

タイトル通り、物語は若き尾張藩士・鹿野師光が牢に入れられたところから始まる。師光は牢に入れられた状態で別の牢にいる人物相手に安楽椅子探偵をやってみせ、更に彼を翻意させるべく「七日以内に牢を抜けてみせる」と宣言する……。

脱獄の方法については「ああ、あれやん！」となるものの、仕事が丁寧でちゃんと舞台設定を踏まえたものになっている。伊吹氏が本作の着想をどこから得たのかは不明だが、結果的に母校愛に溢《あふ》れた内容になっているのも微笑《ほほえ》ましい。

福田和代「効き目の遅い薬」

デート中に毒を服用して死んだ一人の男性、彼と関わりのある人間たちの語りを繋いでいくことでその死の真相に接近していく所謂『藪の中』方式の短編なのだが、アンクル《おじさん》という仇名の女性と被害者の間に存在する、男女間の友情が良いスパイスになっている。それこそ真相も『藪の中』のような部分もあるのだが、「効き目の遅い薬」というタイトルも最後になって読者に効いてくる構成なのが憎い。

中島京子「ベンジャミン」

本作の語り手である「ぼく」は父さんと姉のチサと三人暮らし。母親は物心ついた頃にはもういなかったが、「ぼく」は優しいチサの愛情で無事に育つ。しかし成長して大人になった「ぼく」はやがて父さんの仕事と向き合うことになる……。

読んでいただければ解るが、今回収録された作品の中では一番の異色作だ。本作がどんな話かを数行で要約してみせるのは簡単だが、そんな内容をじっくりと読ませるのが「ぼく」の語りだ。察しのいい読者には真相がすぐに解ってしまうかもしれないが、その後の「ぼくら」が何を考え、どんな答えに至るのかまでこちらで想像するところまで含めて真相だと思うと、なかなかに素敵な短編ミステリではなかろうか。

櫛木理宇「夜に落ちる」

本作は主人公のフリーライターが週刊誌記者時代に出合ったあるおぞましい児童虐待事件を回想する形で進められるのだが、それとはパラレルに当時の実家のグロテスクな状況も語られる。

本作の根幹を成すネタについては例によって「あれじゃん！」なのだが、事件と実家という全く無関係な筈の両者が主人公の中で重なる瞬間にカタストロフィが起こる構成はお見事としか言いようがない。イヤミスというカテゴライズで済ませるには勿《もっ》体《たい》ない怪作。

大山誠一郎「計屋探偵と多すぎる証人のアリバイ」

選考作業をしていると「バラエティ性を担保するためにはなるべく常連を作らない方がいいのかもしれない。なのに今年もまたこの人が候補に入って来てしまった……」という作家が存在することに気がつく。そして大山誠一郎氏もそうした枠《わく》の作家だ（まあ本アンソロジーにおいて主体は作品であって作家ではないので、作品さえ良ければ同じ作家が何年連続で選ばれようが構わないのだが）。そのぐらい近年の大山氏は精力的に短中編を発表し続けている。

やはり大山氏といえば『アリバイ崩し承ります』でのブレイクだろう。ドラマ版も放映開始からずっと好評のまま最終回を迎え、大山氏のことをよく知っている後輩としては喜ばしい限りだ。

本作も『アリバイ崩し承ります』のシリーズの一編で、パーティを利用したアリバイ工作を見破る話なのだが、複雑な犯行計画の扱い方やそれを解き明かすための論理運びはもう職人芸としか言いようがない。

大山氏の快進撃は当分続きそうだ。


今回は選に漏れた作品も含めて、全般的にネタの使い方の上手さが光るものが多い印象だった。社会のあり方が大きく変化していく中、所謂《いわゆる》「古い酒を新しい革袋に入れる」式の創作メソッドもまだまだ掘り下げる余地があるように思えた。

また、その一方で新手に挑むような作品も待ち望まれているような気がする。

●初出一覧

結城真一郎「惨者面談」…………………………（「小説新潮」2019年2月号）
東川篤哉「アリバイのある容疑者たち」
……………………………（「ミステリーズ！」vol.93&94　2019年2月・4月）
伊吹亜門「囚われ師光」………（「ミステリーズ！」vol.94　2019年4月）
福田和代「効き目の遅い薬」
………………………（『アンソロジー　嘘と約束』（光文社）　2019年4月刊）
中島京子「ベンジャミン」………（「小説すばる」2019年7月号掲載後、
19年12月刊『キッドの運命』（集英社）に収録）
櫛木理宇「夜に落ちる」……………………（「小説すばる」2019年10月号）
大山誠一郎「時計屋探偵と多すぎる証人のアリバイ」
…………………………（「Webジェイ・ノベル」2019年12月24日更新版）

本格王《ほんかくおう》2020
本格《ほんかく》ミステリ作家《さっか》クラブ選《せん》・編《へん》

講談社文庫
定価はカバーに
表示してあります

2020年8月12日第1刷発行

発行者――渡瀬昌彦
発行所――株式会社　講談社
東京都文京区音羽2-12-21　〒112-8001
電話　出版（03）5395-3510
　　　販売（03）5395-5817
　　　業務（03）5395-3615

デザイン―菊地信義
本文データ制作―講談社デジタル製作
印刷―――豊国印刷株式会社
製本―――株式会社国宝社

Printed in Japan

ISBN978-4-06-520131-2

講談社文庫刊行の辞

二十一世紀の到来を目睫に望みながら、われわれはいま、人類史上かつて例を見ない巨大な転換期をむかえようとしている。

世界も、日本も、激動の予兆に対する期待とおののきを内に蔵して、未知の時代に歩み入ろうとしている。このときにあたり、創業の人野間清治の「ナショナル・エデュケイター」への志を現代に甦らせようと意図して、われわれはここに古今の文芸作品はいうまでもなく、ひろく人文・社会・自然の諸科学から東西の名著を網羅する、新しい綜合文庫の発刊を決意した。

激動の転換期はまた断絶の時代である。われわれは戦後二十五年間の出版文化のありかたへの深い反省をこめて、この断絶の時代にあえて人間的な持続を求めようとする。いたずらに浮薄な商業主義のあだ花を追い求めることなく、長期にわたって良書に生命をあたえようとつとめるところにしか、今後の出版文化の真の繁栄はあり得ないと信じるからである。

同時にわれわれはこの綜合文庫の刊行を通じて、人文・社会・自然の諸科学が、結局人間の学にほかならないことを立証しようと願っている。かつて知識とは、「汝自身を知る」ことにつきていた。現代社会の瑣末な情報の氾濫のなかから、力強い知識の源泉を掘り起し、技術文明のただなかに、生きた人間の姿を復活させること。それこそわれわれの切なる希求である。

われわれは権威に盲従せず、俗流に媚びることなく、渾然一体となって日本の「草の根」をかたちづくる若く新しい世代の人々に、心をこめてこの新しい綜合文庫をおくり届けたい。それは知識の泉であるとともに感受性のふるさとであり、もっとも有機的に組織され、社会に開かれた万人のための大学をめざしている。大方の支援と協力を衷心より切望してやまない。

一九七一年七月

野間省一

講談社文芸文庫

多和田葉子
ヒナギクのお茶の場合／海に落とした名前

解説＝木村朗子　年譜＝谷口幸代

パンクな舞台美術家と作家の交流を描く「ヒナギクのお茶の場合」（泉鏡花文学賞）、レシートの束から記憶を探す「海に落とした名前」ほか全米図書賞作家の傑作九篇。

たAC6

978-4-06-519513-0

多和田葉子
雲をつかむ話／ボルドーの義兄

解説＝岩川ありさ　年譜＝谷口幸代

読売文学賞・芸術選奨文科大臣賞受賞の「雲をつかむ話」。ドイツ語で発表した後、日本語に転じた「ボルドーの義兄」。世界的な読者を持つ日本人作家の魅惑の二篇。

たAC5

978-4-06-515395-6

深水黎一郎 世界で一つだけの殺し方
深水黎一郎 ミステリー・アリーナ
深水黎一郎 倒叙の四季〈破られた完全犯罪〉
藤谷 治 花や今宵の
深町秋生 ダウン・バイ・ロー
古市憲寿 働き方は「自分」で決める
船瀬俊介 かんたん「1日1食」!!〈万病が治る! 20歳若返る!〉
二上 剛 黒薔薇 刑事課強行犯係 神木恭子
二上 剛 ダーク・リバー〈暴力犯係長 葛城みずき〉
藤野可織 おはなしして子ちゃん
古野まほろ 身元不明《ジェーン・ドウ》〈特殊殺人対策官 箱崎ひかり〉
古野まほろ 陰陽少女
藤崎 翔 時間を止めてみたんだが
藤井邦夫 大江戸閻魔帳《えんまちょう》
藤井邦夫 三つの顔〈大江戸閻魔帳(二)〉
藤井邦夫 渡世人〈大江戸閻魔帳(三)〉
藤井邦夫 笑う女〈大江戸閻魔帳(四)〉
福澤徹三 糸柳寿昭 忌《い》み地〈怪談社奇聞録〉
辺見 庸 抵抗論

星 新一 エヌ氏の遊園地
星 新一 編 ショートショートの広場 ①〜⑨
本田靖春 不当逮捕
保阪正康 昭和史 七つの謎
保阪正康 昭和史 七つの謎 Part2
保坂和志 未明の闘争(上)(下)
堀江敏幸 熊の敷石
堀江敏幸 燃焼のための習作
本格ミステリ作家クラブ編 探偵の殺される夜〈本格短編ベスト・セレクション〉
本格ミステリ作家クラブ編 墓守刑事の昔語り〈本格短編ベスト・セレクション〉
本格ミステリ作家クラブ編 子ども狼ゼミナール〈本格短編ベスト・セレクション〉
本格ミステリ作家クラブ編 ベスト本格ミステリ TOP5〈短編傑作選001〉
本格ミステリ作家クラブ編 ベスト本格ミステリ TOP5〈短編傑作選002〉
本格ミステリ作家クラブ編 ベスト本格ミステリ TOP5〈短編傑作選003〉
本格ミステリ作家クラブ編 ベスト本格ミステリ TOP5〈短編傑作選004〉
本格ミステリ作家クラブ選・編 本格王2019
星野智幸 夜は終わらない(上)(下)
本多孝好 君の隣に
穂村 弘 整形前夜

穂村 弘 ぼくの短歌ノート
堀川アサコ 幻想郵便局
堀川アサコ 幻想映画館
堀川アサコ 幻想日記店
堀川アサコ 幻想探偵社
堀川アサコ 幻想温泉郷
堀川アサコ 幻想短編集
堀川アサコ 幻想寝台車
堀川アサコ 幻想蒸気船
堀川アサコ 大奥の座敷童子
堀川アサコ おちゃっぴい〈大江戸八百八〉
堀川アサコ 月下におくる(上)(下)〈沖田総司青春録〉
堀川アサコ 芳《ほう》一《いち》
堀川アサコ 月夜彦
堀川アサコ 魔法使ひ
本城雅人 境界〈横浜中華街・潜伏捜査〉
本城雅人 スカウト・デイズ
本城雅人 スカウト・バトル
本城雅人 嗤うエース

本城雅人　贅沢のススメ
本城雅人　誉れ高き勇敢なブルーよ
本城雅人　シューメーカーの足音
本城雅人　ミッドナイト・ジャーナル
本城雅人　紙の城
本城雅人　監督の問題
本城雅人　去り際のアーチ〈もう一打席！〉
堀川惠子　裁かれた命〈死刑囚から届いた手紙〉
堀川惠子　死刑の基準〈「永山裁判」が遺したもの〉
堀川惠子　永山則夫〈封印された鑑定記録〉
堀川惠子　教誨師
堀川惠子　戦禍に生きた演劇人たち〈演出家・八田元夫と「桜隊」の悲劇〉
堀川惠子　小笠原信之　チンチン電車と女学生〈1945年8月6日・ヒロシマ〉
ほしおさなえ　空き家課まぼろし譚
誉田哲也　Qros《キュロス》の女
松本清張　草の陰刻
松本清張　黄色い風土
松本清張　黒い樹海
松本清張　連環
松本清張　花氷
松本清張　ガラスの城
松本清張　殺人行おくのほそ道(上)(下)
松本清張　塗られた本
松本清張　熱い絹(上)(下)
松本清張　邪馬台国　清張通史①
松本清張　空白の世紀　清張通史②
松本清張　カミと青銅の迷路　清張通史③
松本清張　天皇と豪族　清張通史④
松本清張　壬申の乱　清張通史⑤
松本清張　古代の終焉　清張通史⑥
松本清張　新装版　増上寺刃傷
松本清張　新装版　紅刷り江戸噂
松本清張　〈レジェンド歴史時代小説〉大奥婦女記
松本清張他　日本史七つの謎
松谷みよ子　ちいさいモモちゃん
松谷みよ子　モモちゃんとアカネちゃん
松谷みよ子　アカネちゃんの涙の海
眉村　卓　ねらわれた学園
眉村　卓　なぞの転校生
麻耶雄嵩　翼ある闇〈メルカトル鮎最後の事件〉
麻耶雄嵩　痾《あ》
麻耶雄嵩　メルカトルかく語りき
麻耶雄嵩　神様ゲーム
町田　康　耳そぎ饅頭
町田　康　権現の踊り子
町田　康　浄土
町田　康　猫にかまけて
町田　康　猫のあしあと
町田　康　猫とあほんだら
町田　康　猫のよびごえ
町田　康　真実真正日記
町田　康　宿屋めぐり
町田　康　人間小唄
町田　康　スピンク日記
町田　康　スピンク合財帖
町田　康　スピンクの壺
舞城王太郎　煙か土か食い物〈Smoke, Soil or Sacrifices〉

年6月15日現在